오이디푸스 왕 · 안티고네
아가멤논 · 코에포로이

오이디푸스 왕 · 안티고네
아가멤논 · 코에포로이

소포클레스/아이스킬로스 | 천병희 옮김

문예출판사

Oedipus Tyrannus · Antigone · Agamemnon · Choepboroi
Sophokles / Aischylos

차례

아가멤논 / 아이스킬로스 • 7
코에포로이 / 아이스킬로스 • 123
오이디푸스 왕 / 소포클레스 • 203
안티고네 / 소포클레스 • 315

작품 해설 • 411
소포클레스 연보 • 419
아이스킬로스 연보 • 420

아가멤논

아이스킬로스

일러두기

1. 텍스트로 Aeschylus, *Agamemnon*, edited with a commentary by Eduard Fraenkel, 3 vols., Oxford 1950을 사용하였다. 각주도 이 책에 실려 있는 E. Fraenkel의 것을 참고하였다. 현대어역(現代語譯)으로는 E. Fraenkel과 R. Fagles의 영역(英譯)들과 W. v. Humboldt와 J. G. Droysen의 독역(獨譯)들을 참고하였다.
2. 고유명사는 희랍어 발음대로 표기하였다.
3. 본문 중 설명이 필요한 부분은 본문 아래 각주를 달았다.
4. 5행마다 행수 표시를 하여 참고하는 데 도움이 되게 하였다. 코로스의 노래에서 행수가 정확히 맞지 않는 곳은 텍스트 자체가 그렇게 되어 있기 때문이다.
5. 텍스트의 분위기를 살리기 위하여 의미가 통하는 범위 내에서 되도록 직역을 하였다.

등장 인물

파수병

코로스(Choros) 아르고스 시(市)의 노인들로 구성된

클리타이메스트라(Klytaimestra) 아가멤논의 아내

전령

아가멤논(Agamemnon) 아르고스의 왕

카산드라(Kassandra) 프리아모스의 딸로 아가멤논의 포로

아이기스토스(Aigisthos) 티에스테스의 아들로 아가멤논의 종제

무대

아르고스에 있는 아트레우스의 아들들의 궁전[1] 앞. 중앙에 큰 문이 있고 옆에는 작은 출입구들이 나 있다. 궁전 앞에는 제단들이 마련되어 있다. 문 옆에는 아폴로 신의 석주(石柱)가 서 있다. 별이 총총한 밤, 궁전의 평평한 지붕 위에 파수병이 누워 있다.

파수병

신들이여, 제발 이 고역에서 벗어나게 해주소서!

---

1 이 작품에서는 아트레우스(Atreus)의 두 아들 아가멤논(Agamemnon)과 메넬라오스(Menelaos)가 한집에 사는 것으로 되어 있다. 그러나 호메로스와 다른 시인들의 작품에서는 메넬라오스는 스파르테(Sparte. 라틴명 Sparta)의 왕으로 되어 있다.

기나긴 한 해 동안 나는 망을 본답시고
개처럼 여기 아트레우스의 아들들의 지붕 위에
팔을 베고 누워서 밤하늘의 별들의 집회와
인간들에게 겨울과 여름을 가져다주는   5
창공에 빛나는 저 찬란한 왕자들²을 보아왔으며
별들이 언제 뜨고 언제 지는지를 잘 알게 되었나이다.
지금 이 순간도 나는 횃불의 신호가,
트로이아의 함락을 알리는 찬란한 불빛이 오르기를
지켜보고 있나이다. 마음가짐이 사내대장부 같은 그 여인³이   10
기대에 부푼 마음에서 이렇게 하도록 시켰기 때문입니다.
하나 밤의 휴식을 모르는 이슬에 젖은 잠자리를,
꿈조차 찾아오지 않는 잠자리를 지키고 있노라면,
— 하긴 잠 대신 공포가 내 곁을 지키고 있으니
난들 어찌 눈을 감고 잠을 잘 수가 있겠나이까—   15
그래서 노래라는 약으로 잠을 쫓아버릴 양으로
노래를 부르거나 콧노래를 흥얼거릴라 치면
지난날처럼 훌륭하게 다스려지지 못하는 이 집안의 불행이
머리에 떠올라 노래는 어느새 눈물과 탄식으로 변하나이다.
이젠 제발 반가운 소식을 알려주는 불빛이 어둠 속에 나타나   20

---

2   "창공의 찬란한 왕자들"이란 앞 행에 나오는 이름 없는 별들과는 달리 Sirius, Orion, Pleiades 등과 같이 이름을 가진 별들을 가리킨다. 고대 희랍인들은 이런 큰 별들이 계절의 변화를 알려줄 뿐만 아니라 직접 계절의 변화를 가져다주는 것으로 생각했다.
3   아가멤논의 아내 클리타이메스트라를 가리키는 말.

나의 고역에 행운의 종말을 가져다주었으면!

잠시 후 봉화가 보이자 파수병이 벌떡 일어선다

오오 반갑도다, 밤을 대낮같이 밝혀주는 불빛이여,
이제 그대가 나타났으니 이 행운에 감사하고자
아르고스에는 수많은 가무단(歌舞團)이 조직되겠지.
만세! 만세!   25

아가멤논의 아내에게 이 사실을 똑똑히 알려야지.
그러면 그녀는 잠자리를 걷어차고 일어나 온 집 안이 다 들을 수
    있도록
목청을 돋우어 이 횃불을 반기는 환호성을 올리겠지.
일리온[4]의 도시가 함락되었음이 분명하니까.
어둠 속에서 빛나고 있는 저 횃불이 그것을 말해주고 있어.   30
우선 나 자신이 먼저 춤을 추어야겠구나.
주인께서 던지신 행운의 주사위가 내 것이나 다름없을진대
저 횃불이 나를 위해 세 번 거푸 여섯 점[5]을 던져주었으니까.

---

4   일리온(Ilion)은 트로이아(Troia)의 다른 이름. 트로이아의 왕이었던 일로스(Ilos)
    가 도시를 건설한 까닭에 그렇게 불리게 되었다.
5   고대 희랍인들은 세 개의 주사위로 운수를 점치곤 했는데 세 개가 모두 여섯 점을
    보이면 가장 큰 길조로 생각했다고 한다. 앞에서 "주인께서 던지신 행운의 주사위
    가 내 것이나 다름없다" 함은 아가멤논이 트로이아를 함락했기에 이젠 자기도 지
    루한 망보기로부터 해방되었다는 뜻이다.

아가멤논   11

아아, 돌아오시는 집주인의 다정하신 손을
내 이 손으로 쥐어보았으면 좋으련만.   35
그러나 다른 일들에 관해서는 입을 다물어야지. 내 혀에는
커다란 자물쇠가 채워져 있으니까.[6] 만일 이 집 자체가
말을 할 수 있다면 사연을 가장 분명하게 말해주련만.
나야 그저 알아듣는 사람들에게나 말하고
알아듣지 못하는 자들에게는 모르는 체해야지.

파수병 궁전 안으로 퇴장하고 아르고스의 열두 노인들로 구성된
코로스 등장

코로스장(등장가[7] 40~257행)
프리아모스[8]의 강력한 소송 상대이자,   40
메넬라오스 왕과 아가멤논,

---

6 이 구절을 글자 그대로 옮기면 "내 혀 위에는 큰 황소 한 마리가 발을 올려놓고 있다"는 말이 된다. 이 말은 일종의 격언적 표현으로서 "말 못할 중대한 사정이 있다"는 뜻이라고 한다. 여기서는 왕비 클리타이메스트라와 간부(姦夫) 아이기스토스가 아가멤논을 살해할 음모를 꾸미고 있음을 알고는 있지만 아무 영문도 모르는 아가멤논에게 말해보았자 괜히 오해만 살 것이므로 차라리 모르는 척하고 입을 다무는 편이 더 좋겠다는 뜻으로 한 말이다.
7 등장가(parodos)는 코로스가 그들의 위치인 오케스트라(orchestra)로 등장하며 부르는 노래.
8 프리아모스(Priamos)는 트로이아의 마지막 왕으로 파리스(Paris)의 아버지다. 트로이아 전쟁은 파리스가 메넬라오스의 아내 헬레네(Helene. 라틴명 Helena)를 유혹하여 트로이아로 데리고 간 것이 원인이 되어 일어났다. 그래서 아이스킬로스는 "프리아모스의 강력한 소송 상대자"란 구절이 말해주듯 트로이아 전쟁을 단순한 적대 행위가 아니라 불의에 대한 고발로 보고 있는 것이다.

두 개의 왕자와 두 개의 홀(笏)의 영광을
제우스 신에게서 함께 물려받은
아트레우스의 늠름한 두 아들들,
전쟁을 돕고자   45
아르고스인들의 천 척의 함선을 이끌고
이 땅을 떠난 지도 어언 십 년.

노한 가슴에서 우렁찬 전쟁의 함성을
지르던 그 모습, 마치 독수리들이
애써 돌본 보람도 없이   50
어린 새끼들을 잃고
극도의 슬픔에 잠겨
날개로 하늘을 노 저으며
둥지 위를 높이 떠돌 때와도 같았네.

하나 하늘에 계신 어떤 신께서,   55
아폴론 아니면 판[9] 또는 제우스께서
자기 영토의 거주자들인 이 새들의
애통한 비명을 들으시고 불쌍히 여겨 범법자들에게
늦게라도 벌을 내리는 복수의 여신들을 보내시도다.

---

9 판(Pan)은 원래 아르카디아(Arkadia) 지방의 산신(山神)이었으나 나중에 모든 산
   과 숲의 신으로 되었다. 따라서 판은 독수리를 포함하여 산과 숲에 사는 모든 생물
   의 보호자인 것이다.

꼭 그처럼 가정의 보호자[10]이신 통치자 제우스께서도　　　60
아트레우스의 아들들을 보내 알렉산드로스[11]를 치게
　하셨으니
이는 여러 남편을 섬기는 한 여인[12]을 사이에 두고
혼례식을 위한 첫 제물로서
다나오스인들[13]과 트로이아인들에게 다 같이
무릎을 먼지 속에 처박고 창자루를 부러뜨리는　　　65
힘겨운 씨름을 쉴새없이 시키고자 함이라.

일은 지금 이렇게 되어가고 있으나
만사는 결국 정해진 대로 이루어지고 마는 법.
불에 구운 제물과 헌주(獻酒)로도,
눈물과 불기에 닿지 않은 제물로도,　　　70
죄지은 자 신의 가혹한 노여움을 풀지 못하리라.

하나 우리들은 쓸모없는 늙은이들이라
당시의 구원대(救援隊)에도 참가하지 못하고

10　제우스는 가정의 보호자로서, 가정의 신성함과 주객(主客) 사이의 신성한 묵계를 짓밟는 파리스의 처사에 크게 노했던 것이다.
11　알렉산드로스(Alexandros)는 파리스의 별명으로 '적을 물리친 자'란 뜻이다. 그는 자신의 용맹 때문에 이런 별명을 얻게 되었다고 한다.
12　헬레네.
13　다나오스(Danaos)가 이집트에서 건너와 아르고스의 왕이 된 이후부터 아르고스의 주민들은 다나오스인들이라고 불리게 되었다. 그러나 여기서는 트로이아 전쟁에 참가한 희랍인들 전체를 가리키는 것으로 봄이 타당할 것이다.

뒤에 처져 어린애와도 같은 힘을

이렇게 지팡이에 의지하고 다니네.　　　　　　　　　　75
어린애의 가슴속에 제아무리 혈기가 뛰어도
그 속에 아레스[14]가 들어 있지 않으니
노인의 혈기와 뭐가 다르겠는가!
이렇게 나이 들어 잎사귀가 시든 채
어린애처럼 허약한 몸을 이끌고　　　　　　　　　　80
세 발로 걸어 다니니[15]
그 모습 떠돌아다니는 백일몽과도 같구나.

　　그동안 하녀들이 제물과 제기(祭器)를 들고 등장하고 이어서 클리타이메스트라가 등장하여 제물을 바치기 시작한다

그대 틴다레오스[16]의 딸이여,
클리타이메스트라[17] 왕비여, 무슨 일입니까?
무슨 새로운 소식이라도 들었습니까?　　　　　　　　85

14　아레스(Ares)는 제우스와 헤라의 아들로서 전쟁의 신. 여기서 "아레스가 들어 있지 않다" 함은 아직은 싸움터에 나가 싸울 만한 힘과 투지가 없다는 뜻이다.
15　"세 발로 걸어 다닌다" 함은 지팡이를 짚고 다닌다는 뜻이다.
16　틴다레오스(Tyndareos)와 레다(Leda)의 두 딸 클리타이메스트라와 헬레네는 모두 아트레우스의 아들들과 결혼했다.
17　보통은 클리타임네스트라(Klytaimnestra)라고 쓰는데 n이 없는 클리타이메스트라 (Klytaimestra)는 이 이름의 고형(古形)이다.

무슨 소문을 듣고, 누구의 말을 믿고
이렇게 사방으로 사람을 보내 제물을 차리게 하십니까?
가장 높으신 신들로부터 지하의 신들에 이르기까지
하늘의 신들로부터 시장의 신들에 이르기까지
이 도시를 수호해주시는 모든 신들의 제단이   90
선물들로 불타고 있습니다.
그리고 왕가(王家)의 안 창고에 비장해두었다가
신께 제물로 바친 성스러운 기름의
부드럽고 거짓 없는 설득에 힘입어
여기저기서 불길이   95
하늘로 솟고 있습니다.

이 일에 관해 그대가 말할 수 있는 것과
말해도 좋은 것은 부디 말씀해주시어
이 불안의 치료자가 되어주소서.
이 불안으로 인해 내 마음 불길한 생각에 사로잡히다가도   100
그대가 바치는 제물들을 보니 그 속에서
희망이 솟아나 마음을 좀먹는
탐욕스런 근심 걱정을 쫓아주기 때문입니다.

    클리타이메스트라 그들의 물음에 대답하지 않고 제물을 바치는 일에만 열중하다가 코로스가 다음 노래를 부르는 동안 궁전 안으로 퇴장한다

코로스

좌[18]

내게는 우리 주군들의 상서로운 원정을 노래할 능력이
 있으니
몸은 비록 늙었어도 저 하늘의 신들께서 아직도   105
노래의 설득력을 내게 내려보내 나의 전사로서 용맹이
되게 했음이라.[19]
듣거라! 아카이아인들의 두 개의 왕좌를 가진 지휘자들,
헬라스[20]의 젊은이들을 이끄는 한마음 한뜻의 장수들,   110
복수의 창과 팔로 무장하고 테우크로스[21]의 나라로 간 것은

---

18 좌(左)는 strophe를, 우(右)는 antistrophe를 가리킨다. strophe란 '돌아섬'이란 뜻의 희랍어로 코로스가 오케스트라의 중앙에 있는 제단을 향하여 돌아서서 걸어가며 부르는 노래를 말하고, antistrophe란 코로스가 되돌아서서 원래의 위치를 향하여 걸어가며 부르는 노래를 말하는데 이때 antistrophe는 strophe와 동일한 운율 구성을 갖는다. 그리고 이 양자에 이어 또는 이 양자 사시에 운율 구성이 다른 시련(試鍊)이 나타나는 경우도 허다한데 이런 시련은 epodos라고 불린다. 역자는 이 epodos를 종가(從歌)라고 번역해보았다.
19 몸은 늙어 싸움터에 나갈 수 없으나 노래의 힘을 빌려 사실을 밝힐 수 있으니 싸움터에 나가 싸우는 것이나 다름없다는 뜻이다. 즉 전쟁에 나가 공을 세우는 것도 중요하지만 그것을 노래로 읊어 후세에 전하는 것도 그에 못지않게 중요하다는 뜻이다.
20 헬라스(Hellas)는 희랍인들이 자기들이 살고 있는 나라를 부르는 이름이다.
21 테우크로스(Teukros)는 트로이아 지방의 전설적인 왕으로, 그의 딸이 후일 트로이아 왕들의 선조가 된 다르다노스(Dardanos)와 결혼하였다.

용맹스런 새[22]가 그들을 보냈기 때문이라.
새들의 왕이 함대의 왕들에게 나타났을 때
한 마리는 검고 한 마리는 꼬리가 희었도다. 115
이들이 왕들의 거처 가까이, 창을 쥐는 오른손 편[23]의
환히 보이는 곳에 내려앉아
새끼를 배어 배가 부른 어미 토끼를 뜯어먹으니
어미 토끼가 마지막 도망질을 칠 수 없었음이라. 120
슬퍼하고 또 슬퍼하라. 하나 결국에는 선(善)이 이기기를!

우 2

이에 진중(陣中)의 현명한 예언자[24] 한마음 아닌 아트레우스의
  아들 형제를
보고는, 토끼를 먹어치운 용맹스런 독수리들이 뜻하는 것
원정대의 지휘자들임을 알고 그 전조를 이렇게 풀이했도다. 125
"때가 되면 원정대는 프리아모스의 도시를 함락하리니
성벽 앞의 모든 가축과
백성들의 풍족한 재물은
운명의 여신이 폭력으로 황폐케 할 것이오. 130

---

22 독수리.
23 고대 희랍인들은 새가 나는 방향을 보고 운수를 점치곤 했는데 새가 오른손 편에 나타나면 길조(吉兆)로 생각했다.
24 다음에 나오는 칼카스(Kalchas)를 가리킨다.

다만 신들께서 시기하여 트로이아의 입에 물린 큰 재갈인
진중의 군사들을 사전에 강타하여 전도를 어둡게 하는
  일이
없도록 하시오. 순결하신 아르테미스[25]께서는 동정심이 많은
  분이라   135
아버님의 날개 달린 개들[26]이 떨고 있는 가련한 어미 토끼를
새끼도 낳기 전에 제물로 찢어 죽인 데 대해 원한을 품고
  있으니
이는 여신께서 독수리들의 잔치를 싫어하시기 때문이오."
슬퍼하고 또 슬퍼하라. 하나 결국에는 선이 이기기를!

종가

"아리따운 여신께서는 사나운 사자들의   140
의지할 데 없는 어린 새끼들에게 그토록 상냥하시고
들판을 헤매는 온갖 짐승들의
젖먹이들을 그토록 사랑하심에도
원정의 길흉(吉凶)을 동시에 보여주는

---

25 아르테미스(Artemis)는 제우스와 레토(Leto)의 딸로 아폴론의 누이다. 아르테미스는 순결과 사냥과 출산의 여신으로 숲 속에 사는 어린 야수들의 보호자이기도 하다. 따라서 새끼 밴 어미 토끼를 잡아먹은 독수리들에게 원한을 품을 것은 당연하다.
26 제우스의 사조(使鳥)들인 독수리들을 말한다.

이 전조들이 이루어지기를 허락하십시오.[27]   145
치유자 아폴론[28] 신이여, 내 그대에게 비노니
부디 여신께서 법에도 없고 먹을 수도 없는
다른 제물[29]을 마련하려는 욕심에서 다나오스인들에게   150
시간을 앗아가고 배를 억류하는 역풍(逆風)을 보내
그들을 항구에 붙잡아두지 못하게 하소서.
그러한 제물은 남편조차 두려워하지 않는 뿌리 깊은
  가정불화의
씨앗이 될 것인즉 그칠 줄 모르는 무서운 노여움이 집안을
  지키며
자식의 원수를 갚고자 두고두고 흉계를 꾸밀 것이기
  때문입니다."   155
이것이 곧 칼카스가 원정 도중에 새를 보고
큰 축복과 함께 왕가(王家)를 위해 풀이한 운명이었노라.
이에 맞추어
슬퍼하고 또 슬퍼하라. 하나 결국에는 선이 이기기를!

---

27 이 구절은 여신께서 비록 아버지 제우스의 뜻대로 이 원정의 목적이 성취되기를 바라기는 하지만 마음속으로는 탐탁잖게 여긴다는 뜻이다.
28 아폴론(Apollon)은 음악, 궁술, 예언, 광명 및 의술의 신이다.
29 아르테미스가 역풍을 보내 희랍인들의 함대를 아울리스(Aulis) 항에 묶어버리자 아가멤논은 여신의 노여움을 풀기 위해 마지못해 자기 딸 이피게네이아(Iphigeneia)를 여신께 제물로 바친다. 이 때문에 클리타이메스트라는 남편에게 원한을 품게 되어 결국에는 그를 죽이기로 결심한다.

좌 2

제우스, 그분이 어떤 분이시든 160
이 이름으로 부르는 것이 마음에 즐거우시다면
이 이름으로 내 그분을 부르리라.
아무리 저울질해보아도
그분께 견줄 만한 것은 아무것도 없도다.
근심에 싸인 마음으로부터 헛된 사념의 짐을 165
진실로 덜어줄 이는 오직 제우스 한 분뿐이로다.

우 2

일찍이 모든 싸움에서 용맹을 떨치며
권세를 누리던 자도 이제는 옛이야기가 되어
사람들의 입에 오르내리지 않을 것이고 170
그다음에 나타난 자도
오늘의 장사를 만나 사라졌거니[30]
"승리자 제우스 만세"를 진심에서 외치는 자만이
지혜의 표적을 정통으로 맞히게 되리라. 175

---

30 신들의 권력투쟁에 관한 노래다. 맨 처음으로 만물의 지배자가 된 우라노스(Ouranos)는 아들 크로노스(Kronos)에게 그 지위를 빼앗기고, 크로노스는 다시 그의 아들 제우스에 의해 권좌에서 축출되었다.

좌 3

그분께서는 인간들을 지혜로 이끄심에
고뇌를 통하여 지혜를 얻게 하셨으니
그분께서 세우신 이 법칙 언제나 유효하도다.
마음은 언제나 잠 못 이루고
고뇌의 기억으로 괴로워하기에   180
원치 않는 자에게도 분별은 생기는 법.
이는 분명히 저 두려운 키잡이의 자리에 앉아
힘을 행사하시는 신들께서 내려주신 은총이로고!

우 3

그리하여 아카이아[31] 함대의 연상의 지휘자[32]도
예언자를 꾸짖지 않고   185
아카이아 백성들이 칼키스의 맞은편 해안
성난 파도가 밀려왔다 밀려가는

---

31 아카이아인들(Achaioi)은 북쪽으로부터 맨 처음 희랍 반도로 남하한 종족으로 알려져 있다. 그러나 어떤 사람들은 그들이 이주민이 아니라 토착민이라고 주장한다. 호메로스는 이 이름을 좁게는 아킬레우스(Achilleus) 왕국의 주민들을, 넓게는 트로이아 전쟁에 참가한 희랍인들 전체를 가리키는 명칭으로 사용하고 있는데 여기서도 후자를 가리키는 것으로 봄이 타당하다.

32 아가멤논.

아울리스 항[33]에 발이 묶여
배를 띄우지도 못하고 굶주림에 시달리고 있을 때에   190
자신에게 떨어진 운명의 돌풍을 순순히 받아들였도다.

좌 4

스트리몬[34]으로부터 강풍이 불어와
사람들을 하릴없이 빈둥거리게 하고
굶주림에 시달리게 하고 주위를 배회하게 하며   195
배와 밧줄을 상하게 하니
이렇듯 출항이 거듭해서 지연되는 가운데
아르고스의 꽃은 지쳐 시들어져갔도다.
이에 진중의 예언자
이 모두 아르테미스의 탓이라고 밝히며
괴로운 폭풍을 진정시키기 위해   200
그보다 더 괴로운 약(藥)을 지휘자들에게 일러주니
아트레우스의 아들 형제

---

33 아울리스는 보이오티아(Boiotia) 지방의 항구로 에우보이아(Euboia) 섬의 항구 칼키스(Chalkis) 맞은편에 있다. 희랍군의 함선 약 일천 척이 트로이아로 떠나기 전에 그곳에 집결하였다.
34 스트리몬(Strymon)은 트라케(Thrake) 지방에 있는 강 이름이다. 스트리몬에서 불어오는 강풍이란 여기서는 북북동풍(北北東風), 즉 희랍인들이 보레아스(Boreas)라고 부르는 바람이다. 이 바람이 불면 희랍에서 트로이아로 항해하는 데 힘이 든다.

그들의 홀(笏)로 땅을 치며
흐르는 눈물을 억제치 못했도다.

우 4

이윽고 연상의 왕이 이렇게 말했도다. 205
"복종치 않는다는 것은 진정 괴로운 일이오.
하지만 내 집안의 낙(樂)인 자식을 죽임으로써
제단 옆에서 이 아비의 손을
딸의 피로 더럽힌다면
이 또한 괴로운 일이오. 210
그 어느 것인들 불행이 아니겠소?
하나 내 어찌 동맹의 서약을 저버리고
함대를 이탈할 수 있단 말이오?
처녀의 피를 제물로 바치기를 그토록 열렬히 바라는 것도
바람을 잠재우기 위함이니 215
부당하다고는 할 수 없을 것이오.
나는 그저 만사가 잘되기를 바라는 마음뿐이오."

좌 5

이리하여 그가 한번 운명의 멍에를 목에 매니
그의 마음도 바람도 방향이 바뀌어
불경하고 불손하고 부정하게 되었도다. 220

이때부터 그는 마음이 변하여 무슨 일이든 꺼리지 않게
　되었도다.
치욕을 꾀하는 미망(迷妄)은 사람의 마음을 대담하게 하는
　법이니
미망이야말로 모든 재앙의 시작이로다.
이제 그는 한 여인[35]의 원수를 갚는 전쟁을 돕고　　　　225
함대를 위해 미리 제사 지내고자
자신의 딸을 손수 제물로 바치기로 결심했노라.

우 5

그녀의 기도에도, "아버지!"라고 부르짖는 그녀의 절규에도
그녀의 순결한 청춘에도
호전적인 지휘관들 아랑곳하지 않았도다.　　　　　　　　230
그리고 그녀의 아버지는 기도를 올린 뒤
시종들에게, 자기의 딸이 졸도하거든
그녀가 입고 있는 겉옷으로 사정없이 휘감아
새끼 양처럼 그녀를 제단 위에 올려놓되　　　　　　　　　235
가문에 대해 저주의 소리를 지르지 못하도록
그녀의 아름다운 입을 틀어막으라고 명령했도다.

35　헬레네.

좌 6

폭력과 소리 없는 노끈의 힘으로.[36]
그리하여 그녀가 사프란의 샛노란 물감을 들인 옷을
땅에 떨어뜨리며 자기를 제물로 바치려는 자들에게   240
일일이 애원의 화살을 눈에서 쏘아 보내니
그림에서처럼 돋보이는[37] 그녀,
그들의 이름을 부르며 말을 건네고 싶었음이라.
그럴 것이 남자들을 위해 풍성한 잔치를 베풀곤 하던
아버지의 연회실에서 그녀가 노래를 부른 것이
   그 몇 번이었으며
세 번째 헌주(獻酒)[38]에 이어 아버지의 축복받은 찬신가를   245
처녀의 청순한 목소리로 축하해드린 것이 그 몇 번이었던가!

---

36 일종의 행도약(行跳躍, enjambement)으로 여기서는 연(聯)까지 뛰어넘고 있다.
37 "그림에서처럼 돋보인다" 함은 전면의 제단 옆에 서 있는 장군들과 시종들은 뒤에 떨어져 서 있는 군사들과 더불어 이피게네이아의 모습을 더욱 돋보이게 해주는 배경을 이루고 있다는 뜻이다.
38 당시의 풍습으로는 식사가 끝난 뒤 본격적인 주연에 들어가기에 앞서 먼저 신들에게 헌주 삼배를 올리고 파이안(paian, 찬신가)을 부르는 것이 관례였다. 집주인이 헌주를 하며 기도를 올리고 나면 이에 맞추어 주연에 참석한 자들 모두 혹은 한 사람이 파이안을 불렀다. 여기서는 아가멤논이 기도를 올린 뒤 파이안을 부르기 시작하면 그의 딸도 같이 부르기 시작했다는 뜻이거나 아니면 기도가 끝나자마자 참석자 모두가 노래를 부르기 시작했지만 처녀의 맑은 목소리가 가장 뚜렷하게 들렸다는 뜻으로 생각된다. 앞에서 이피게네이아가 자기를 제물로 바치려는 자들에게 이름을 부르며 말을 건네고 싶었던 것은 이와 같은 연회를 통하여 그들과는 전부터 잘 아는 사이가 되었기 때문이다.

우 6

그 뒤의 일은 보지 못했으니 말하지 않으리라.
하나 칼카스의 예언은 반드시 이루어지고야 마는 법.
정의의 여신께서는 고난을 겪은 자들에게   250
지혜를 주시니 미래사도 때가 되면 알게 되리라.
이리 미리 기뻐함은
미리 슬퍼함과 무엇이 다르랴!
아침 햇빛과 더불어 모든 것이 명백하게 드러날 것을.

  클리타이메스트라 궁전 문 앞에 나타난다

아무튼 앞으로는 행운이 우리를 따라주었으면!   255
왕에게 가장 가까운 자로서 아피아[39] 땅을 수호하는
유일한 방벽인 저 여인도 그렇게 되기를 바라고 있음이라.

코로스장

클리타이메스트라여, 내 그대의 권능을 공경하는 마음에서
그대를 찾아왔나이다. 주군의 왕좌가 비어 있을 때는
그분의 아내에게 경의를 표함이 마땅하기 때문입니다.   260
그대가 제물을 바치는 것은 좋은 소식을 들었기 때문입니까?
아니면 듣지는 못했어도 좋은 소식을 바라기 때문입니까?

---

[39] 아피아(Apia)는 펠로폰네소스(Peloponnesos) 반도의 다른 이름으로 아르고스의 옛 임금 아피스(Apis)로부터 유래했다고 한다.

진심으로 듣고 싶습니다. 하나 말씀 안 하셔도 원망은
않겠습니다.

클리타이메스트라

속담에 이르기를 좋은 소식을 가져다주는
아침은 어머니 밤의 뱃속에서 태어난다고 했소.   265
그대는 기대 이상으로 기쁜 소식을 듣게 될 것이오.
아르고스인들이 프리아모스의 도시를 함락했소.

코로스장

뭐라고 하셨습니까? 믿을 수 없는 말이라 잘 듣지 못했습니다.

클리타이메스트라

트로이아가 아카이아인들의 수중에 있다고 했소. 이젠 알아들
었소?

코로스장

너무 기뻐서 눈물이 나옵니다.   270

클리타이메스트라

그대의 눈물은 그대의 충성심을 말해주고 있소.

코로스장

하지만 그에 대해 확실한 증거라도 있습니까?

클리타이메스트라

물론이지요. 신께서 나를 속이시는 게 아니라면.

코로스장

그럴싸한 꿈의 환영을 믿으시는 것은 아닙니까?

클리타이메스트라

잠자는 마음의 환상 같은 건, 난 믿지 않아요.   275

코로스장

아니면 날개 달린 뜬소문을 듣고 기뻐하시는 것은 아닙니까?

클리타이메스트라

그대는 내 생각이 어린애 같은 줄 아나 보군.

코로스장

그럼 언제 도시가 함락되었습니까?

클리타이메스트라

방금 이 아침의 햇빛을 낳아준 간밤에요.

코로스장

그렇다면 어떤 사자(使者)가 그토록 빨리 올 수가 있었습니까? 280

클리타이메스트라

헤파이스토스[40]지요. 그가 이데[41] 산에서 밝은 불빛을 보냈던 것이오.
그러자 불을 파발꾼 삼아 봉화에 봉화가 이어 여기까지 온 것이오.
이데가 렘노스[42]에 있는 헤르메스의 바위로 불을 보내자
거대한 횃불을 제우스의 아토스[43] 산정(山頂)이

---

40 헤파이스토스(Hephaistos)는 제우스와 여신 헤라의 아들로 불의 신이다. 여기서는 불에 대해 환유적(換喩的)으로 쓰이고 있다.
41 이데(Ide)는 트로이아에 가까운 프리기아(Phrygia) 지방의 남쪽에 있는 산으로 호메로스에 따르면 제우스는 이 산에서 트로이아 전쟁을 관망했다고 한다.
42 렘노스(Lemnos)는 트로이아의 서쪽에 있는 큰 섬.
43 아토스(Athos)는 마케도니아 지방의 칼키디케(Chalkidike) 곶의 최동단에 있는 산. 최고봉은 해발 2,033m.

세 번째로 그 섬으로부터 이어받았소.   285
거기서 여행하는 횃불의 힘이 바다의 등을
즐거운 마음으로 껑충 뛰어넘어 달리니
소나무의 화광은 마치 태양과도 같이
그 황금 불빛을 마키스토스[44]의 망대로 보냈소.
그러자 마키스토스도 잠을 자지 않고 지키고 있다가   290
지체 없이 사자로서의 맡은 바 임무를 다하니
봉황의 불빛은 멀리 에우리포스[45]의 흐름을 뛰어넘어
메사피온[46]의 파수병들에게 자기가 도착했음을 알렸소.
그러자 그들은 이에 호응하여 오래된 황무지의 건초 더미에
불을 질러 이 소식을 전방으로 보냈소.   295
그래서 강렬한 불빛은 아직도 약해지지 않고
밝은 달처럼 아소포스[47]의 들판을 뛰어넘어
키타이론[48]의 바위에 이르러서는 거기서
불을 전달해줄 다른 교대자를 깨워 일으켰소.
그래서 그곳 파수대가 멀리서 보내온 불빛을   300
물리치지 않고 시킨 것보다 더 많은 불을 지르니

---

44 마키스토스(Makistos)는 에우보이아 섬에 있는 산임은 확실하나 오늘날 이런 이름을 가진 산이 없어 어느 산을 가리키는지 확실치 않다.
45 에우보이아 만 북쪽에 있는 해협.
46 보이오티아 지방에 있는 산.
47 아소포스(Asopos)는 보이오티아 지방의 남쪽을 흘러 에우보이아 만으로 흘러드는 강이다.
48 키타이론(Kithairon)은 보이오티아 지방과 아티케(Attike) 지방 사이에 있는 산맥이다.

불빛은 고르고피스 호수[49] 위를 쏜살같이 날아
아이기플랑크토스[50] 산에 이르러서는
불의 지시를 존중하라고 재촉했소.
그리하여 그곳 파수병들이 힘을 아끼지 않고 불을 질러   305
커다란 불길의 수염을 계속해서 앞으로 보내자
그것은 계속해서 활활 타오르며 사로니코스[51] 만이
   내려다보이는
갑(岬)[52] 위를 지나 쏜살같이 날아와서는 아라크나이온[53]
   산정에 이르렀으니
그곳은 우리 도시에서 가장 가까운 파수대가 있는 곳이오.
그리하여 이데 산에서 타오른 불의 직계 자손인 이 불빛은   310
이곳 아트레우스의 아들들의 집으로 날아왔던 것이오.

---

49 '고르고피스(Gorgopis) 호수'는 고유명사가 아니라 '고르곤의 눈과 같은 호수'라는 말로 보는 사람들이 많다. 이들은 대체로 이 호수를 코린토스(Korinthos) 만으로 뻗어 나온 페리코라(Perikora) 반도의 서단 남쪽에 위치한 불리아그메니(Vouliagmeni)일 것으로 보고 있다. 그러나 지도를 놓고 키타이론 산과 사로니코스(Saronikos) 만의 서단을 거쳐 아라크나이온(Arachnaion) 산을 연결해보면 이러한 견해는 받아들이기 어렵다. 아무튼 그 위치를 찾아낸다는 것은 현재로서는 불가능하다.
50 '아이기플랑크토스(Aigiplanktos) 산' 역시 고유명사가 아니라 '산양이 풀을 뜯으며 돌아다니는 산'이란 말로 보는 사람들이 많다. 고유명사가 아니라면 문맥상으로나 지도상으로나 게라네이아(Geraneia) 산맥을 가리키는 것으로 봄이 좋을 것 같다.
51 사로니코스 만은 아테나이의 남쪽에 있는 만으로 지금은 서쪽으로 코린토스 만과 연결돼 있다.
52 어느 곳을 가리키는지 확실치 않다.
53 아라크나이온은 아르고스에서 에피다우로스(Epidauros)로 가는 고속도로의 북쪽을 따라 서에서 동으로 뻗어 있는 오늘날의 아르나(Arna) 산맥을 가리키는 것으로 생각된다. 최고봉은 해발 1,099m.

그렇게 하도록 내가 봉화의 전달자들에게 지시해두었소.
이렇게 차례차례 전달해서 각자가 자기의 임무를 다하도록
　말이오.
처음에 달린 자도 승리자지만 마지막에 달린 자도 승리자요.
내 남편이 트로이아에서 보내준 이 표적, 　　　　　　315
이것이 내가 그대에게 제시하는 증거요.

코로스장

오오 부인이여, 신들께는 나중에 기도를 올리겠습니다.
지금은 이 이야기를 다시 한번 끝까지 듣고
그대의 이야기에 감탄하고 싶을 따름입니다.

클리타이메스트라

트로이아는 바로 오늘 아카이아인들의 수중에 들어갔소. 　320
생각건대 도시 안에서는 융화되지 않는 목소리들이 똑똑히
　들릴 것이오.
만일 그대가 식초와 기름을 한그릇에 담는다면
그대는 아마 이들을 정답지 않게 갈라서는 자들이라고 부를
　것이오.
꼭 그처럼 포로들과 정복자들의 목소리는 서로 구별될
　것이니
그들에게 떨어진 운명이 서로 상반되기 때문이오. 　　　325
한쪽에서는 남편과 형제들의 시체 위에 쓰러져
그리고 애들은 집안 어른들의 시체 위에 매달려
이미 자유를 잃어버린 목청으로
사랑하던 사람들의 죽음을 슬퍼할 것이고

한쪽에서는 밤새 전투를 하느라 지친 나머지 330
그저 닥치는 대로 도시 안에 있는 것으로
주린 창자를 채울 테니 말이오. 그들은 제 몫을
알맞게 할당받은 게 아니라 각자 재수대로 제비를 뽑아
지금쯤 정복된 트로이아인들의 집에 숙소를 정하고 있을
　것이오.
노천(露天)의 서리와 이슬에서 해방된 그들은 335
축복받은 자들처럼 보초도 세우지 않고
밤새도록 단잠을 자게 될 것이오.
그리고 그들이 정복당한 땅의 수호신들과
여러 신들의 제단에 경의만 표한다면
정복자들이 도로 정복당하는 일은 없을 것이오. 340
제발 그동안 군사들이 물욕에 눈이 어두워져서
신성한 물건을 약탈하는 일이 없어야 할 텐데.
그들이 무사히 고향에 돌아오려면
간 거리만큼 다시 돌아와야 하니까.
군대가 신들의 노여움을 사지 않고 돌아온다면 345
갑작스레 새로운 재앙이 덮치지 않는 이상
죽은 자들의 원한은 풀릴 수도 있으련만.
이것이 여자인 내가 그대에게 들려줄 수 있는 말이오.
부디 선(善)이 이겨 미심쩍게 보이지 않았으면!
내겐 미래의 많은 축복보다 현재의 즐거움이 더 좋으니까. 350

코로스장

부인이여, 그대는 현명한 남자처럼 지혜롭게 말씀하십니다.

내 이제 그대에게서 확실한 증거를 들었으니
여러 신들께 감사 기도를 올릴까 합니다.
우리들의 노고에 적절한 보답이 주어졌기 때문입니다.

클리타이메스트라 궁전 안으로 퇴장

코로스장(첫 번째 정립가[54] 355~488행)
오오 제우스 왕이시여, 그리고 위대한 영광을   355
얻게 해주신 그대 자애로운 밤이여,
그대는 토로이아의 성채 위에
그물을 덮어씌워 어른이든 아이이든
어느 누구도 그 예속의 큰 그물을,
모든 것을 잡아들이는 운명의 그물을   360
벗어나지 못하게 하셨나이다.
나는 이 일을 성취하여주신
가정의 수호자 위대한 제우스께 경의를 표하나이다.
그분께서는 알렉산드로스를 향해 오래전부터
활을 당기셨으되 화살이 표적에 미치지 못하거나   365
별 너머로 헛되이 날아가지 않도록 하셨기 때문입니다.

---

54 정립가(stasimon)는 코로스가 '한곳에', 즉 오케스트라에 서서 부르는 노래로 주로
    선행 사건에 대한 감상과 반성과 비판을 그 내용으로 하고 있다.

좌 1

그들이 말할 수 있는 것은
그것이 제우스의 일격이라는 것.
그 발자취를 더듬어 올라가는 것은 누구나 할 수 있는
   일이니
그분께서는 정하신 대로 하셨음이라.   370
신성한 물건들의 은총을 짓밟는 자 있어도
신들께서는 그런 자들에게 관심 갖기를 수치스럽게
   여기신다고
사람들은 말해왔으나
그런 말을 하는 자들은 경건하지 못한 자들이로다.   375
집안의 부귀가 도를 넘어 극에 달하매
지나치게 교만을 부리던 자들,
이제 그들의 자손들에게 재앙이 내렸도다.[55]
하나 슬기로운 마음을 몫으로 받은 자에게는
해롭지 않은 것이 주어져 이것이 그를 만족케 해주기를!   380
부귀에 싫증이 나서
정의의 여신이 위대한 제단을
걷어차버린 자에게는
피난처가 없는 법.

---

[55] 이 부분은 텍스트가 분명치 않다.

우 1

흉계를 꾸미는 아테[56]의 딸 가증스런 페이토,　　　　385
폭력을 사용하는 그녀에겐 당할 도리가 없으니
아무리 치료해도 허사로다. 죄는 감추어지지 않고
무섭게 빛나는 불빛인 양 뚜렷이 보임이라.
불순한 놋쇠가 긁히고 찌그러지면　　　　　　　　　390
그 색이 변하듯
죄 지은 자도 심판을 받고 나면
새까맣게 변색되는 법.
보라, 한 소년[57]이 나는 새를 쫓다가
자기의 백성들에게 참을 수 없는 고통을 안겨주었도다.　395
그의 기도에 귀를 기울이시는 신은 한 분도 안 계시니
그런 일을 일삼는 불의한 자를
신은 오히려 끌어내리심이라.
파리스가 바로 그러한 자였으니
그는 아트레우스의 아들들의 집에 들어가　　　　　　400
아내를 도둑질함으로써
환대하는 식탁을 모독했음이라.

---

56 아테(Ate)는 광기, 광기에서 저지른 행동, 거기서 빚어지는 불행, 이 세 가지를 동시에 의미하는 여신으로, 아이스킬로스의 작품 세계를 이해하는 데 중요한 개념 가운데 하나다. 페이토(Peitho)는 설득의 여신.
57 다음에 나오는 파리스를 말한다.

좌 2

아아 그녀,[58] 동족에게는 방패와 창을 든 전사들의
요란한 소음과 뱃사람들의 무장을 남겨놓고　　　　　　405
일리온을 위해서는 파멸이라는 지참금을 지니고
발걸음도 가볍게 대문을 빠져나갔으니
차마 못 할 짓을 했도다.
이에 집안의 예언자들[59] 크게 탄식하며 이렇게 말했도다.
"아 슬프고 슬프도다. 집이여 집이여, 그리고 왕자들이여!　　410
슬프도다. 침대여, 그리고 남편을 사랑하는 발걸음이여!
눈에 보이는 것은 버림받은 자들의 침묵,
명예도 질책도 믿음도 없는 침묵뿐이구나.
바다 건너 저편에 있는 그녀만 그리워하니
집안은 마치 그녀의 유령이 지배하는 것 같구나.　　　　　　415
아름다운 조각들의 우아함도
남편에게는 역겨울 뿐이니
그리움에 주린 그의 눈에는
사랑의 온갖 매력이 사라졌음이라."

58　헬레네.
59　고대 희랍의 큰 가문에는 으레 예언자, 해몽가, 점술가 등이 있었다고 한다.

우 2

"그리고 슬픔에 빠진 그의 꿈속에 환영이 나타나 420
기쁨을 주나 그것은 공허한 기쁨일 뿐.
사랑하는 이를 보고 있다고 생각하는 순간
환영은 어느새 그의 품속을 떠나
잠의 동반자인 날개를 타고
영원히 떠나가버리니 425
어찌 공허하다고 하지 않으리오."
왕가(王家)의 화롯가에 깃든 슬픔은 이러하였거니와
다른 슬픔은 이보다 더 컸으니
헬라스 땅을 떠나 함께 싸움터로 간
백성들의 집집마다 꿋꿋한 마음으로 430
슬픔을 참고 견디는 모습 역력했도다.
실로 가슴 아픈 일 많았으니
그들이 떠나보낸 이들
누구인지 알건마는
집집마다 돌아오는 것은 435
사람 대신 단지와 유골뿐이었음이라.

좌 3

시체를 황금과 바꾸는 아레스,[60]
창검의 싸움터에서 저울질하는 그이
일리온으로부터 사람 대신 유골이 든 단지만을   440
가족들에게 돌려보내니
불에 타고 남은 재, 들기는 가벼우나
애통의 눈물을 참기에는 너무나 무겁구나.
그리하여 가족들은 통곡하며 그들 각자를 찬양해
　말하기를   445
"이 사람은 전투에 능했고 저 사람은
살인의 싸움터에서 영광스럽게 전사했노라.
남의 아내를 위해서."
이런 불평을 속삭이는 백성들
소송의 주역인 아트레우스의 아들 형제에 대해   450
속으로 원한에 찬 증오심을 품게 되었노라.
하나 다른 사람들은 그곳 성벽 옆에
영광스런 모습으로 트로이아 땅의 무덤을
차지하고 누웠으니 그들을 감추고 있는 땅
한때는 적지(適地)였으나 지금은 그들의 소유가 되었구나.   455

60　고대에는 전사한 아들이나 형제의 몸값으로 황금을 지불하는 예가 많았다.

우 3

시민들이 원한을 품고 하는 말은
무서운 법이니, 백성들의 입에서 나온
저주는 반드시 실현되기 때문이라.
어둠 속에 감추어진 것을 듣게 되지나 않을까
내 마음 그지없이 불안하니 460
피를 많이 흘리게 한 자는 신들의 눈길을
피하지 못함이라. 때가 되면 복수의 여신들의 검은 무리가
불의의 번영을 누리는 자의 운명을 역전시켜
그의 삶을 역경으로 몰아넣고 465
그를 미약하게 할 것인즉
사라져가는 그에게 구원은 없으리라.
지나친 명성은 위험한 법이니
제우스의 눈에서 번개가 떨어짐이라. 470
나의 소망은 시기를 사지 않은 행복이니
나는 도시의 파괴자가 되고 싶지도 않거니와
나 자신이 남의 포로가 되어
노예살이하는 것도 보고 싶지 않노라.

종 가

불이 반가운 소식을 전하자 475
온 시중에 재빨리 소문이 퍼졌도다.

하나 그것이 과연 진실인지 아니면
신들의 속임수인지 누가 알랴?
뜻하지 않은 화염의 전갈을 듣고
마음이 후끈 달았다가 480
이야기가 달라지면 금세 낙담하고 마는
그런 어린애 같은 얼빠진 자가 누구란 말인가?
하나 여인이 통치하는 곳에서는 사실이 밝혀지기도 전에
감사를 드리는 것이 어울리는 일.
여인의 명령은 하도 그럴듯해서 빠른 걸음으로 485
퍼져나가지만 여인이 낸 소문은
빨리 시들어져 자취를 감추고 마는 법.

코로스장

빛을 가져다주는 횃불들의 봉화와
불의 계주(繼走)가 과연 진실인지 아니면 490
그토록 반가웠던 불빛이 꿈처럼 우리의 마음을
속인 것인지 이제 곧 알게 될 것이오.
저기 한 전령이 올리브 가지로 몸을 가리고 해안으로부터
오고 있는 것이 보이니 말이오. 진흙의 형제요 이웃인
목마른 먼지가 확실하게 말해주듯 495
음성이 없지도 않고 산속의 나무에 불을 놓지도 않는
저 전령은 불의 연기로 신호를 보내지 않고
자기의 입으로 더욱 분명하게 기쁜 소식을 말해주거나
아니면 ― 하나 그와 반대되는 말은 듣고 싶지도 않소이다.
나는 이미 있은 좋은 일에 좋은 일이 겹치기를 빌 뿐이오. 500

이 일에 있어 우리 도시를 위해 달리 비는 자가 있다면
그런 자는 스스로 자기 마음의 과오의 열매를 거둘지어다!

 전령 등장

전령

오오 내 선조들의 땅이여, 아르고스의 땅이여,
십 년 만에 내 오늘 그대에게 돌아왔노라.
수많은 희망의 닻줄이 끊어졌지만 한 가지는 이루어졌구나. 505
죽어서 이곳 아르고스 땅에 묻히리라고는
결코 생각하지 못했으니까.
내 이제 만세를 부르나이다, 오 대지여, 오 햇빛이여!
나라의 최고신인 제우스여, 그리고 그대 피토[61]의 왕이여,
그대는 그대의 활로 다시는 우리들에게 화살을 쏘아 보내지
 마소서. 510
스카만드로스[62] 강변에서 우리는 그대의 미움을 충분히
 받았으니[63]

---

61 피토(Pytho)는 아폴론 신전이 있는 델포이(Delphoi) 시 부근 일대의 옛 이름. '피토의 왕'이란 예언의 신 아폴론을 가리키는 말이다.
62 스카만드로스(Skamandros)는 트로이아 지방을 흐르는 강이다.
63 《일리아스》제1권에 아폴론이 희랍군의 진중에 역병(疫病)을 쏘아 보내는 장면이 자세히 그려져 있다. 이것은 희랍군의 총수 아가멤논이 그의 전쟁 포로인 크리세이스(Chryseis)를 아폴론 신의 사제인 그녀의 아버지의 간절한 청원에도 돌려주기를 거절한 데 대한 보복이었다.

이제는 우리의 구세주와 치료자가 되어주소서,
아폴론 왕이여! 그리고 집회를 주관하시는 모든 신들,
특히 나의 보호자이시며 모든 전령들이 숭배하는
하늘의 전령 헤르메스[64]에게 문안 드리나이다.　　　　　515
그리고 우리들을 내보내신 영웅들이여,[65] 창끝에서 살아남은
군사들을 상냥하게 도로 받아주소서!
오오 우리 왕들의 대청이여, 정든 거처여,
엄숙한 왕자들과 떠오르는 해를 향하고 있는 신상들이여,
전에도 그러셨다면 많은 세월이 지난 오늘도　　　　　　520
환히 빛나는 눈빛으로 격식에 따라 왕을 맞아주소서.
아가멤논 왕께서는 그대들과 여기 있는 모든 이들을 위하여
어두운 밤에 빛을 가지고 돌아왔나이다.
자, 그분을 크게 환영하십시오. 그렇게 해야 마땅합니다.
그분께서는 정의의 구현자이신 제우스의 곡괭이로　　　　525
트로이아를 파서 무너뜨렸습니다. 그래서 들판이 온통
　파헤쳐지고
[제단과 신전들이 파괴되고]
온 나라의 씨앗이 말라가고 있습니다.
아트레우스의 장남이신 우리 왕께서는 트로이아의 목에

64　헤르메스(Hermes)는 제우스와 여신 마이아(Maia)의 아들로 행운과 부의 신이며 상인과 도둑의 보호자다. 그는 신들의 전령이었으며 또는 사자(死者)의 혼을 저승으로 인도하는 역할도 했다.
65　고대 희랍인들은 신들뿐만 아니라 조국을 위해 전사한 영웅들의 혼령도 그들의 나라를 수호해주는 것으로 믿었다.

이와 같은 멍에를 씌워놓고 돌아오셨습니다. 530
그분이야말로 축복받은 인간이며 우리 시대의
모든 인간들 중에 가장 존경받아 마땅한 분이십니다.
파리스도 그와 결탁한 도시도 행한 것이 당한 것보다 더
   많다고
자랑하지는 못할 것입니다. 그는 강도죄와 절도죄를 선고받고
그의 약탈물을 잃었을 뿐 아니라 조상들의 집을 국토와 함께 535
쑥밭이 되게 했기 때문입니다. 프리아모스의 아들들은
   이와 같이
그들의 죄과에 대해 이중의 대가를 치렀던 것입니다.

코로스장

아카이아 군대에서 돌아온 전령이여, 그대에게 기쁨이
   있기를!

전령

기쁘고말고요. 이젠 죽어도 여한이 없겠습니다.

코로스장

조국에 대한 그리움이 그다지도 그대를 괴롭혔단 말이오? 540

전령

그렇소. 눈에 기쁨의 눈물이 쏟아질 만큼.

코로스장

그렇다면 그대들은 달콤한 병에 걸렸던 것이오.

전령

설명이 있어야만 그대의 말을 알아들을 수 있겠는데요.

코로스장

그대들을 그리워한 자들을 그대들도 그리워했다는 말이오.

전령

군대가 고국을 그리워했듯이 고국도 군대를 그리워했다는
말씀인가요?　　　　　　　　　　　　　　　　　　545

코로스장

답답한 마음에서 한숨을 쉰 적이 한두 번이 아니었소.

전령

무엇 때문에 그렇게 괴로워하고 답답해하셨지요?

코로스장

오래전부터 침묵은 해악에서 나를 지켜주는 약이라오.

전령

어째서요? 왕들도 안 계신데 누가 그렇게 두렵단 말입니까?

코로스장

그대의 말처럼 죽음조차 큰 은총으로 여겨질 정도였소.[66]　550

전령

그렇겠지요. 일이 잘되었으니까. 오랜 시일에 걸쳐
일어난 일들 중에는 잘됐다고 말할 수 있는 일들도 많지만
잘못된 일들도 있게 마련입니다. 하지만 신이 아닌 이상
일생을 통해 늘 편안할 수만은 없지 않습니까?
우리들의 노고와 불편한 잠자리에 관해서 말하자면　　555

66　코로스장은 어쩐지 불상사가 일어날 것 같은 불길한 예감에서 이렇게 말하건만 전령은 그 말의 저의를 이해하지 못한다. 오랫동안 객지에 나가 있다가 이제 막 귀국한 전령이 그동안의 사정을 잘 모르는 것은 당연하다.

한날한시도 한숨이 나오지 않은 때가 없었습니다.
좁은 갑판 통로에서 아무렇게나 잠을 잤으니까요.
하나 육지에서는 고생이 한층 더 심했지요.
우리는 적의 성벽 가까이서 야영(野營)을 했는데
하늘에서는 이슬이 내리고 풀이 난 땅에서는   560
습기가 올라와 한시도 편할 때가 없었고
우리들의 털옷에는 이가 바글바글했지요.
그리고 겨울이 돼보십시오. 새도 얼어 죽을 정도랍니다.
그만큼 견딜 수 없는 추위를 이데 산의 눈이 가져다주니까요.
더위는 또 어떻고요! 한낮이 되어 바다가 낮잠을 잘 때면   565
물결은 잔잔하고 바람이라고는 한 점도 없지요.
그러나 이런 일들을 슬퍼할 필요가 어디 있겠습니까?
이제 고통은 다 지나갔습니다. 죽은 자들에게도.
그래서 그들은 다시는 일어서려고 하지 않을 것입니다.
하거늘 살아 있는 자가 죽은 자들을 일일이 호명하며   570
그들의 비참한 운명을 슬퍼할 필요가 어디 있겠습니까?
이제는 모든 불행과 작별하렵니다.
우리들 살아남은 아르고스의 군사들에게는
이익이 우세하고 고통은 그와 평형을 이루지 못합니다.
그러니 우리는 마땅히 저 햇빛을 향하여 크게 자랑하여   575
우리의 이 자랑이 바다와 육지 위로 날아다니게 해야 합니다.
"아르고스의 원정군은 일찍이 트로이아를 함락하고
여러 신들을 위해 헬라스의 모든 신전마다
이러한 전리품들을 옛날의 영광으로서 걸어두었노라."

이 말을 듣는 사람들은 반드시 우리 도시와 장군들을   580
　찬양하게 될 것입니다. 그리고 이 일을 성취시켜주신
　　제우스의
　은총도 높이 찬양받을 것입니다. 이것으로 내 말은 모두
　　끝났습니다.

코로스장

　내 그대의 말에 압도되었소. 하나 유감은 없소.
　노인들에게도 배울 수 있는 젊음은 항상 남아 있는 법이니까.
　그대의 말은 먼저 이 집과 클리타이메스트라에게 관계되는
　　일이지만   585
　내게도 반가운 소식이오.

　　　클리타이메스트라 등장

클리타이메스트라

　얼마 전 불의 첫 사자(使者)가 밤중에 와서
　일리온의 함락과 파괴를 알렸을 때
　나는 기뻐서 크게 소리를 질렀소.
　그러자 많은 사람이 이런 말로 나를 나무랐소.   590
　"불의 신호를 믿고 트로이아가 이제 폐허가 되었다고
　　생각하십니까?
　쉽게 감격하는 것은 여자에게나 어울리는 일입니다."
　이런 말은 나를 제정신이 아닌 사람처럼 보이게 했소.
　그럼에도 나는 제물을 바쳤고

그들도 여자인 나를 본떠 시내 도처에서 595
기쁨의 함성을 질렀소. 신전마다 향을 머금은 불을
  피워놓고는
향기로운 그 불꽃 위에 포도주를 부으면서 말이오.[67]
그리고 지금 더 자세한 이야기라면 그대가 내게 할 필요가
  없소.
왕 자신으로부터 모든 이야기를 다 듣게 될 테니까.
그러니 나는 서둘러 존경하는 남편의 귀국을 600
성대히 환영할 채비나 해야겠소. 아내 된 사람에게
신들의 가호 아래 전장에서 무사히 돌아오는 남편을 위하여
문을 열어주는 이날보다 보기에 더 달콤한 날이
어디 있겠소. 그대는 내 남편에게 이렇게 전하도록 하오.
온 도시가 고대하고 있으니 지체 없이 돌아오시란다고. 605
그리고 그의 아내로 말하면, 그가 돌아와보면 아내는
그가 떠날 때와 마찬가지로 집안에서 정절을 지키고 있음을
발견하게 될 것이오. 그에게는 충실하지만 그의 적에게는
  적의에 찬
집 지키는 개처럼. 마찬가지로 그 밖의 다른 일에 있어서도
긴긴 세월 동안 봉인 하나 뜯지 않았음을 발견하게 될 것이오. 610
다른 남자와 재미 본다든가 추문 같은 것은

---

67 이 부분은 텍스트가 분명치 않다.

내게는 쇠의 담금질[68]만큼이나 인연이 먼 것이니까.
이것이 내 자랑이오. 그리고 이것은 어디까지나 사실이므로
큰 소리로 말해도 고귀한 숙녀에게 수치가 되지는 않을
것이오.

클리타이메스트라 퇴장

코로스장

그녀는 그렇게 말했소. 하나 그녀의 그럴듯한 이 말은   615
올바른 통역관을 통해서만 제대로 이해할 수 있을 것이오.
자, 말해주오, 전령. 메넬라오스에 관해 알고 싶소.
이 나라의 소중한 지배자이신 그분께서도
그대들과 함께 무사히 고향으로 돌아오셨소?

전령

내게는 그럴듯한 거짓말을 하여 친구들로 하여금   620
오랫동안 그 열매를 따게 할 능력이 없습니다.

코로스장

그렇다면 진실에 관해 좋은 말을 하여 과녁을 맞히도록 하오.
좋은 것과 진실한 것은 갈라지면 금방 탄로가 나는 법이오.

전령

---

68 쇠의 담금질은 상당한 기술을 요하는 직업이다. 여기서 클리타이메스트라의 이 말은 자기는 쇠의 담금질을 모르는 만큼이나 다른 남자와 재미 볼 줄도 모른다는 뜻이다.

그분께서는 아카이아 군대에서 사라졌습니다.
그분 자신도 그분의 배도. 이것은 거짓말이 아닙니다. 625

코로스장

그렇다면 그대들이 보는 앞에서 일리온을 출범하셨소,
아니면 공동의 재앙인 폭풍이 군대로부터 그분을 앗아갔소?

전령

뛰어난 궁수(弓手)처럼 과녁을 명중하시는군요.
긴 고통을 짤막한 말로 표현했으니 말입니다.

코로스장

다른 항해자들은 그분에 관해 뭐라고 말하오? 630
살아 계신다고 하오, 아니면 돌아가셨다고 하오?

전령

아무도 확실한 소식을 전할 수 있을 만큼 알지 못합니다.
지상의 모든 생명을 키우시는 태양을 제외하고는.

코로스장

그렇다면 신들의 노여움이 일으킨 그 폭풍이
어떻게 함대를 덮쳤고 어떻게 끝났는지 말해주오. 635

전령

경사스런 날을 나쁜 소식을 전하는 목소리로 더럽힌다는
　것은
어울리지 않은 일입니다. 그런 축하는 하늘의 신들과는
　거리가 머니까요.
어떤 사자가 침울한 표정을 하고 돌아와
시민들에게 패배한 군대의 무서운 재앙을 전하면서

도시는 전 시민들에게 공통된 상처를 입었으며 640
많은 집에서 나간 많은 남자들이 또한
아레스가 사랑하는 이중의 채찍,[69] 두 창의 불행,[70]
피 묻은 한 쌍[71]에 의해 황천으로 추방되었다고 말하는
 경우라면,
사자가 그러한 재앙의 짐을 지고 돌아오는 경우라면
이러한 복수의 여신들의 찬가를 부르는 것도 어울리겠지요. 645
하나 나로 말하면 행운을 기뻐하는 도시에
모두 무사하다는 기쁜 소식을 가지고 왔는데
아카이아인들에 대한 신들의 노여움이 일으킨 폭풍에 관해
 말함으로써
어찌 좋은 것에다 나쁜 것을 섞을 수 있겠습니까?
전에는 그토록 상극이던 불과 바다가 650
이번에는 동맹을 맺고 그들의 맹약을 보여주기 위해
가련한 아르고스인들의 군대를 파괴했던 것입니다.
사악한 파도의 재앙이 일어났던 것은 밤이었습니다.
트라케[72]에서 폭풍이 불어와 배들을 서로 받아 부수게 하자
배들은 사나운 폭풍과 억수같이 쏟아지는 빗속에서 655

---

[69] "이중의 채찍"이란 국가와 개인을 동시에 치는 채찍이란 뜻이다.
[70] "두 창의 불행"이란 옛날에는 전쟁을 할 때 반드시 창을 두 자루 가지고 싸운 것을 비유해서 이른 말이다.
[71] "피 묻은 한 쌍"이 무엇을 의미하는지는 확실치 않으나 전차의 두 바퀴를 가리키는 말로 생각하는 사람들이 많다.
[72] 트라케(Thrake)는 마케도니아 동부 지방으로 에게 해의 북부 해안 전역에 해당한다.

맹렬하게 떠받치다가 사악한 목자(牧者)로부터
심한 매를 맞고는 어디론가 자취를 감추고 말았습니다.
그러다가 태양의 찬란한 빛이 떠올랐을 때
우리들은 아이가이오스[73] 바다 위에 아카이아인들의 시체와
난파선의 파편들이 여기저기 떠 있는 것을 보았습니다.   660
그러나 우리들과 신체가 파손되지 않은 우리들의 배는
인간이 아닌 어떤 신께서 키를 잡고 몰래 빼돌리셨거나
아니면 파멸을 면하도록 기도해주셨던 것 같습니다.
그리고 구원을 가져다주는 행운의 여신께서 자비롭게도
우리 배 위에 앉아 계셨으므로 그것은 포구에 닻을 내리고   665
밀려드는 파도에 대항하거나 암초에 걸려 침몰하지 않았던
  것입니다.
이리하여 우리는 바다에서의 죽음을 면했으나
밝은 대낮에도 우리의 행운을 믿지 않고
우리 함대가 난파당하고 비참하게 얻어맞았던
이 뜻밖의 재앙만을 마음속으로 슬퍼하고 있었습니다.   670
그리고 지금 이 순간 그들 중에 숨을 쉬는 자가 있다면
그는 우리가 죽었다고 말할 것입니다. 당연한 일이죠.
우리도 그들에게 이런 일이 일어났을 것이라고 믿고
  있으니까요.
아아, 일이 잘되었으면 좋으련만! 믿어주십시오.

---

[73] 아이가이오스(Aigaios)는 에게 해의 희랍어식 이름.

메넬라오스 왕께서는 반드시 돌아오실 것입니다.   675
만일 태양의 광선이 무사하고 건강하신 그분을
찾아내기만 한다면 아직도 이 집안을 완전히
멸망시킬 의향이 없으신 제우스의 계략에 의하여
그분께서 다시 집으로 돌아오실 희망은 있습니다.
그대는 내가 들려준 말이 모두 진실임을 알아두십시오.   680

전령 바다 쪽으로 퇴장

코로스(두 번째 정립가 681~781행)

좌 1

누가 이토록 어울리는 이름을 지었는가?
양편이 서로 다투는 저 창검의 신부를
헬레네라고 이름 지은 것은 누구인가?
우리의 눈에 보이지 않는 그 누가
정해진 운명을 미리 내다보고   685
그의 혀를 과녁을 향해 똑바로 인도한 것일까?
그녀 과연 이름에 어울리게
함선을 파괴하고[74] 남자와 도시를 파괴하며

---

[74] 헬레네(Helene)와 Helenaus(함선을 파괴하는), Helandros(남자를 파멸시키는), Heloptolis(도시를 파괴하는)의 발음이 유사한 것을 가지고 언어유희를 하고 있다.

곱게 짠 침방의 장막을 나와 690
거인 제피로스[75]의 입김 아래
배를 타고 떠났도다.

그리하여 수많은 남자들이 방패를 들고 사냥꾼들처럼
사라져버린 노들의 발자국을 따라 뒤쫓았으나 695
그녀의 일행[76] 어느새 잎이 무성한 시모이스[77]의 기슭에
   올랐으니
이는 피비린내 나는 불화의 여신의 뜻이었도다.

우 1

마음속 생각을 이루고야 마는 분노의 여신[78]
일리온을 위해 재앙의 결혼[79]을 주선하였으니 700
훗날 때가 되면
친척들이 불러야 했던 축혼가를,
신부를 위해 부르는 노래를

---

75 제피로스(Zephyros)는 남서풍의 신이다. 아이스킬로스 당시의 아테나이인들은 제피로스를 수염이 없는 건장한 젊은이로 생각했다고 한다. 여기서는 헬레네 일행이 때마침 불어오는 강한 남서풍을 받아 순조롭게 트로이아로 갈 수 있었다는 사실을 강조하기 위해 '거인'이란 이름을 붙인 것으로 생각된다.
76 헬레네와 파리스 일행.
77 시모이스(Simois)는 트로이아 부근을 흐르는 강이다.
78 고대 희랍인들은 불화, 설득, 분노, 정의 같은 추상적인 개념까지도 신적인 힘으로 생각했다.
79 희랍어의 kedos란 말은 재앙과 결혼이란 뜻을 동시에 지니고 있다. 여기서는 그 뜻을 한 단어로 표현할 수 없어 '재앙의 결혼'이라고 옮겨보았다.

소리 높여 축하한 백성들에게 705
가정의 보호자 제우스와
환대하는 식탁을 모독한 죄로
벌을 내리고자 함이라.
그리하여 축혼가는 잊어버리고 대신 비탄의 노래를 배우는
프리아모스의 연로한 도시[80] 710
파리스를 불행하게 결혼한 자라 부르며
크게 탄식하고 있도다
······················[81] 715
가엾게도 피를 흘린 뒤.

좌 2

언젠가 어떤 사람이 이와 같이 그의 집에서
어린 사자 새끼 한 마리를 키웠다네.
어미젖을 먹지 못해 아직도 젖꼭지가 그리운
그 사자 새끼 어린 시절에는 유순하여 720
아이들에게는 좋은 친구요
노인들에게는 낙(樂)이었다네.

---

[80] 나이가 많음에도 비탄의 노래를 배워야 한다면 확실히 괴로운 일일 것이다. 시인은 여기서 '연로한'이라는 말과 '배운다'는 말로 트로이아의 비참한 운명을 잘 표현해주고 있다.
[81] 텍스트가 파손된 부분이다.

그리고 때로는 젖먹이처럼
그들의 품에 안겨 밝은 눈빛으로
손을 올려다보며[82] 아양을 떨었지만   725
이는 배가 고파서 한 짓이었다네.

우 2

하나 그 사자 새끼 세월이 흘러 성숙해지자
부모에게서 타고난 본성을 드러냈다네.
길러준 은혜 갚는답시고
시키지도 않았는데 양 떼를 도륙하여   730
잔치를 준비하니
집안은 피로 물들었다네.
집안사람들에게는 막을 수 없는 고통이요
많은 사람들을 죽음으로 몰아넣는 큰 재앙이었으니
그가 집안에서 아테의 사제로   735
자란 것도 다 신의 뜻이었다네.

---

82 "밝은 눈빛으로 손을 올려다본다" 함은 어린 사자가 고양이처럼 눈을 동그랗게 뜨고 주인이 손에 들고 있는 먹이를 낚아채려고 쳐다보고 있는 것을 가리켜 한 말이다.

좌 3

내 말하노니, 그녀 처음 일리온의 도시에 왔을 때
바람 없는 바다의 마음씨요 740
달콤한 재산의 낙이요
부드러운 눈의 화살이요
가슴을 찌르는 애욕의 꽃이었다네.
하나 그녀 곧 옆길로 빠져
결혼을 비참한 종말로 이끌며 745
사악한 거주자 사악한 동반자로서
가정의 보호자 제우스의 인도 아래
프리아모스의 아들들에게 덤벼드니
그녀 신부들에게 눈물을 가져다주는 복수의 여신이었다네.[83]

우 3

사람들 사이에서 전해오는 옛말에 이르기를 750
인간의 행복은 클 대로 커지면 반드시 자식을 낳고
자식 없이 죽지는 않는 법이라
그 자손들에게 끝없는 고통이 755
행운으로부터 태어난다고 했다네.

---

[83] 여기서 헬레네는 전쟁으로 남편을 잃은 신부들에게 눈물을 안겨다주는 복수의 여신으로 그려지고 있다.

하나 나만은 그렇게 생각하지 않는다네.
불경한 짓은 자기 뒤에
그 종족을 닮은
더 많은 자식들을 낳지만　　　　　　　　　　760
정의를 지키는 집안에는
언제나 훌륭한 자식이 태어남이라.

좌 4

오래된 오만은 조만간 때가 되면
새로운 오만을 낳고 싶어 하는 법이니　　　　765
인간의 불행 속에서 꽃피는 이 젊은 오만
새로운 증오요 복수하는 악령이요
싸움도 전쟁도 소용없는 불경한 만용이요
어버이를 닮은
집안의 검은 아테로다.[84]　　　　　　　　770

우 4

하나 정의의 여신께서는 연기에 그을린 오두막에서도
환히 빛나시니 올바른 생활을 존중하심이라.　　775

---

[84] 이 부분은 텍스트가 매우 불분명하다.

황금이 번쩍이는 저택이라도 그 안에 더러운 손이 있으면
여신께서는 눈길을 돌리며 그곳을 떠나
정결한 것을 향하여 나아가시니
사람들이 그릇 찬양하는 부(富)의 힘을 존중하시지 않음이라. 780
여신께서는 이렇듯 만사를 정해진 목표를 향해 인도하시도다.

    아가멤논 여행용 마차를 타고 등장. 그의 뒤편에는 반쯤 가려진 채 카산드라가 앉아 있다

코로스장
오오 왕이여, 트로이아의 정복자여,
그대 아트레우스의 아들이여,
내 그대에게 어떻게 인사를 드려야 합니까?   785
그대에게 어떻게 경의를 표해야
지나치거나 모자람이 없이 예의에 알맞겠습니까?
이 세상의 많은 사람들이 정의의 경계를 뛰어넘어
실속보다는 외관을 더 존중하고 있습니다.
누구나 불행을 당한 자를 보면 같이 탄식하려 하지만   790
그렇다고 비탄의 찌르는 듯한 아픔을
마음속으로 느끼는 것은 결코 아닙니다.
그런 자들은 또한 남이 기뻐하면 얼굴에
억지로 미소를 지으며 같이 기뻐하는 체합니다.
그러나 양 떼의 심중을 잘 헤아리는 자라면   795
충성스런 마음에서 우러나온 것처럼 보이지만

사실은 물을 탄 불순한 우정으로 아첨하는
그러한 눈빛에 속지는 않을 것입니다
사실 헬레네를 위하여 군대를 내보내셨을 때는
솔직히 말씀드려서 그대에 대해 나는   800
극히 나쁜 인상을 갖고 있었습니다.
그리고 제물[85]로 용기를 불어넣어
전사들을 죽음의 길로 인도하셨을 때는
마음의 키를 잘못 조종하시는 것으로 생각했습니다.
하나 지금은 마음속으로부터 그리고 진정한 충성심에서   805
'성공한 자에게는 노고도 달다'는 옛말이 옳았음을
　시인합니다.
시민들 중에 누가 도시를 잘 지켰고
누가 잘못 지켰는지는 심문을 해보시면
차차 아시게 될 것입니다.

아가멤논

우선 아르고스와 이 나라의 여러 신들께   810
인사를 드려야겠소 나는 신들의 도움으로 귀국할 수 있었고
프리아모스의 도시로부터 내가 요구한 정당한 보상을
받을 수 있었기 때문이오. 말씀드리지도 않았는데 신들께서는
　양편의 주장을 들으시고는 남자들의 죽음과 일리온의 파멸을
　　위해

---

[85] 이피게네이아를 제물로 바쳤던 일을 말한다.

그들의 표를 만장일치로 피의 항아리 속에다 던져 넣으셨고   815
그 반대의 항아리에는 희망만이 접근했을 뿐
그 속에다 표를 던져 넣는 손은 하나도 없었던 것이오.
지금도 함락된 도시는 연기에 의해 쉽게 알아볼 수 있을
  것이오.
파멸의 돌풍은 살아 있으나 타다 남은 잿더미는
도시와 함께 죽어가며 부(富)의 기름진 입김을 내뿜고 있을
  것이오.   820
이에 대해 우리는 신들께 두고두고 감사해야 할 것이오.
우리는 파렴치한 강도 행위에 대해 보상을 요구했고
그리고 도시는 한 여인으로 말미암아
아르고스의 괴물[86]에 의해 유린되고 말았기 때문이오.
방패를 든 백성들을 뱃속에 품은 그 말의 새끼[87]가   825
플레이아데스 별이 질 무렵[88] 제 발로 껑충 뛰었소.

---

86 트로이아 함락에 결정적인 역할을 했던 목마(木馬)를 말한다.
87 주 86과 같다.
88 "플레이아데스 별이 질 무렵"이란 말에 대해서는 여러 가지 해석이 엇갈리고 있다. 이 말이 밤의 시간을 의미한다는 데 대해서는 이의가 없으나 어떤 이는 이 말이 11월 초 해뜨기 전이라고 보고 있고 어떤 이는 3월 말 저녁 10시경이라고 보고 있다. 전자의 논지는 일 년 중 이 별들이 지는 것을 최초로 육안으로 볼 수 있는 것이 11월 초 해뜨기 전이라는 것이며, 후자의 논지는 아이스킬로스는 필시 이 작품이 공연되던 대(大)디오니소스제(祭) 때의 이 별들의 위치를 염두에 두었을 것인즉, 대디오니소스제가 거행되던 3월 말 아테나이에서는 이 별들이 저녁 10시에 지기 때문이라는 것이다. 둘 다 나름대로 일리가 있으나 여기서는 지나친 상상의 비약을 피해 그냥 한밤중이라는 뜻으로 보는 것이 문맥상으로도 무난할 것으로 생각된다.

그리하여 날고기를 먹는 사자는 성벽을 뛰어넘어
왕자들의 피를 실컷 빨아먹었던 것이오.
신들을 위하여 나는 이렇게 긴 서언을 말했소.
그대의 생각에 관해서 말하자면 잘 듣고 기억해두겠소.   830
나는 그대와 동감이며 그대의 대변자가 될 것이오.
행운을 누리는 친구를 시기하지 않고 칭송하는
그런 기질을 타고난 사람은 그리 흔치 않기 때문이오.
그러나 마음속에 악의의 독기를 품고 있는 자는
이 독기로 인해 이중의 고통을 당하는 법이오.   835
즉 그는 자신의 불행에 의해 고통을 당하는 동시에
남의 행복을 보고는 탄식을 하게 마련이니까.
이는 내가 확실히 알고 하는 말이오.
나는 많은 사람들과 접촉해보았기 때문이오.
하나 내게 가장 헌신적인 체하던 자들은 거울에 비친
  그림자에 불과했소.   840
오직 한 사람 오디세우스만이 처음에는 마지못해[89] 배에
  올랐으나
일단 마차에 매자 충성스런 말임을 보여주었소.
하나 그의 생사에 관해서 나는 알지 못하오.
도시와 신들에 관한 그 밖의 다른 일들은

---

[89] 오디세우스(Odysseus)는 트로이아 전쟁에 참가하기 싫어서 사람들이 자기를 데리러 왔을 때 일부러 소와 나귀를 같이 쟁기에 매어 밭을 갈며 밭이랑에다 씨앗 대신 소금을 뿌리면서 광증을 가장한 적이 있었다.

회의를 열어 모든 사람들이 모인 가운데서   845
의논하기로 합시다. 좋은 것은
앞으로도 존속시키도록 하고
수술을 필요로 하는 것은
칼이나 불을 써서 재빨리
병의 해악을 근절하도록 노력합시다.   850
자, 이제는 집안의 화롯가로 가서
나를 멀리 내보내셨다가 다시 돌아오게 하신
신들께 먼저 인사를 드려야겠소.
나를 따라온 승리가 길이길이 머물기를!

    클리타이메스트라 하녀들을 데리고 궁전에서 등장

클리타이메스트라

아르고스의 시민들이여, 이 자리에 와 계시는 원로들이여,   855
나는 떳떳이 남편에 대한 사랑을 말할 수 있다고
생각해요. 세월이 지나면 수줍음이란 사라져버리는
  법이니까.
남에게서 듣고 이야기하는 게 아니에요. 남편이
일리온에 가 있던 기나긴 세월 동안 내 스스로
얼마나 비참한 생활을 해왔는지 말씀드리려는 거여요.   860
우선 무엇보다도 여자가 남편과 떨어져서
독수공방한다는 것은 참으로 괴로운 일이여요.
그다음으로 괴로운 것은 끝없는 비보(悲報)를 듣는

일이여요.
한 사람이 나쁜 소식을 갖고 오면 곧이어 다른 사람이
더 나쁜 소식을 갖고 와 온 집안이 다 듣도록 외치지 뭐여요.   865
만일 이이가 집안으로 들려오는
소문만큼이나 많은 상처를 입었다면
몸뚱이는 그물보다 더 많은 구멍이 났을 거여요.
그리고 들려오는 소문만큼이나 자주 전사했다면
이이는 몸뚱이를 셋 가진 제2의 게리온[90]이 되어
세 겹의 흙옷을 입고 있노라고 자랑할 수 있었을 거여요.
몸뚱이 하나가 죽을 때마다 한 번씩 죽었을 테니 말여요.
이런 무서운 소문을 듣고 나는
목을 매려고 한 적이 한두 번이 아니었어요.   875
다른 사람들이 내 목에 매인 밧줄의 고리를 억지로 풀었기에
  망정이지.

  아가멤논을 향하여

이리하여 우리들의 백년가약의 담보물인 오레스테스는
당연히 우리 곁에 있어야 하는데도 이곳을 떠나고 말았어요.
하지만 이상하게 생각하실 것은 없어요.

---

[90] 게리온(Geryon)은 세 개의 머리 또는 세 개의 몸뚱이를 가진 괴물로서 많은 가축을
치며 오케아노스(Okeanos)의 흐름 속에 있는 섬에서 살았다고 한다.

우리들의 우호적인 동맹자인 포키스의 스트로피오스[91]가 880
그 애를 잘 보살펴주고 있으니까요.
그분은 이중의 불행을 경고했어요. 그분의 말인즉
그대도 트로이아에서 어찌 될지 알 수 없는 일이고
여기서도 백성들이 통치자가 없다고 떠들다 보면 민심이
   동요할지
모른다는 거여요. 세상 사람들이란 쓰러진 자일수록 더 세게
   차는 법이니까. 885
이것이 그 애가 출타한 이유고 딴생각이 있었던 것은
   아니여요.
내 자신에 관해 말하자면 너무나 눈물을 많이 흘렸기 때문에
이제는 눈물도 말라버렸어요. 나올 게 있어야죠.
새벽까지 뜬눈으로 지내다 보니 눈도 상했어요.
그대의 봉화를 기다리며 울었죠. 하나 그대의 봉화는 890
좀처럼 오르지 않았어요. 그리고 꿈결에도
각다귀 날개 소리에 깜짝 놀라 잠을 깨곤 했지요.
내가 잠든 시간에 실제로 일어날 수 있는 것보다
더 많은 고통이 그대를 엄습하는 것을 보았기 때문이죠.
이 모든 고통을 나는 참았어요. 하나 이제 비탄은 사라졌으니 895
그대야말로 양 우리를 지키는 개와도 같고

---

91 스트로피오스(Strophios)는 포키스(Phokis)의 왕으로 그의 아들 필라데스(Pylades)와 아가멤논의 아들 오레스테스(Orestes)의 우정은 서양에서는 오늘날까지도 가장 헌신적인 우정의 귀감이 되고 있다.

배를 안전하게 지켜주는 버팀줄과도 같고 높은 지붕을 버티고
  있는
기둥과도 같고 대를 이을 외아들과도 같고
절망에 빠진 선원들에게 나타난 육지와도 같고
태풍이 지난 뒤에 쾌청한 날씨와도 같고   900
목마른 길손 앞에 나타난 솟아오르는 샘과도 같으셔요.[92]
오오 온갖 고난에서 해방된 기쁨이여!
그대는 정말 이러한 칭찬을 받아 마땅해요.
제발 신들께서 시기하지 말았으면! 우리는 이미
많은 고통을 참아왔으니까요. 사랑하는 남편이여,   905
자, 그만 차에서 내려오세요. 하지만 왕이여,
트로이아를 짓밟던 그 발로 흙을 밟으시면 안 돼요.

    하녀들을 향하여

하녀들아, 너희들은 무얼 꾸물대고 있느냐?
길에다 융단을 펴라고 너희들에게 시키지 않더냐?
어서 자줏빛 길을 만들도록 하라. 정의의 여신께서 이분을   910
돌아오리라고 생각하지 못했던 집안으로 인도하시도록.
그러면 뒷일은 잠에 의해서도 정복되지 않는 내 이 마음이

---

[92] 남편을 살해하기로 결심해놓고도 눈썹 하나 까딱 않고 마음에도 없는 칭찬을 늘 어놓는 그녀의 태도는 참으로 대담무쌍하다고 할 것이다.

신들의 도움으로 적절하게 처리하게 될 것이다.[93]

그동안 하녀들이 융단을 깔기 시작한다

아가멤논

레다[94]의 딸이여, 내 집의 수호자여,
내가 집을 비운 지도 오래지만   915
그에 맞춰 그대의 인사도 꽤나 길구려.
하나 알맞은 칭찬이란 남에게서 받아야 하는 선물이
　아니겠소!
그리고 나를 여자처럼 연약하게 대하지 마오.
내가 마치 동방의 군주인 양 머리를 조아리며
큰 소리로 칭송하지 말지며 길에다 천을 깔아   920
신들의 시기를 사지 않도록 하오.
이런 의식은 신들에게나 어울리는 일이오.
인간이 어찌 화려하게 수놓은 천을 밟을 수 있겠소!
나는 감히 두려워서도 그런 짓은 못하겠소.
나는 신이 아니라 인간으로서 존경받고 싶소.   925
발 멍석과 수놓은 천은 듣기부터 서로 다른 것이며
교만하지 않은 마음은 신이 주신 가장 위대한
선물이오. 행복한 가운데 일생을 마치는 자만이

93　여기서 그녀는 남편에 대한 살의를 은연중에 비치고 있다.
94　주 16 참조.

축복받은 자라고 할 것이오. 이상으로 나는
어떻게 행동해야 마음이 편한지 이야기했소. 930

클리타이메스트라

그렇다면 이것도 말씀해주셔요. 진심에서 그러시는 건가요?

아가멤논

알아두구려. 나는 결코 마음에도 없는 거짓말은 않는
사람이오.

클리타이메스트라

위기에는 그대도 나처럼 하겠다고 신들께 서약했을
거예요.[95]

아가멤논

만일 잘 아는 예언자가 이런 의식을 행하도록 지시했다면
그랬겠지요.

클리타이메스트라

프리아모스가 이런 일을 성취했다면 어떻게 했으리라고
생각하셔요. 935

---

[95] 이 구절은 많은 논란의 대상이 되고 있다. 먼저 역자는 E. Fraenkel의 견해에 따랐음을 밝혀둔다. 어떤 이는 이 구절을 "신이 두려워서 그런 짓을 안 하기로 결심하셨나요?"로 해석하고 있다. 희랍인들은 위기에 처하면 신께 구원을 청하며 만일 자기의 소원을 이루어주신다면 이러저러한 제물을 바치겠다고 서약하는 버릇이 있는데, E. Fraenkel의 견해에 따르면 무엇을 바치겠다고 서약하는 게 아니라 무엇을 하지 않겠다고 서약하는 예는 어느 문헌에도 찾아볼 수 없으므로 앞서 말한 해석은 받아들일 수 없다는 것이다. 여기서 클리타이메스트라는 만일 남편을 무사히 귀국하게 해주신다면 융단을 깔겠다고 신께 서약이나 한 듯이 말하고 있는 것이다.

아가멤논

틀림없이 수놓은 천 위를 걸었으리라고 생각하오.

클리타이메스트라

그렇다면 사람들이 욕할까 두려워하지 마셔요.

아가멤논

하지만 백성들의 목소리는 큰 힘을 가지고 있는 법이오.

클리타이메스트라

시기의 대상이 되지 않는 자는 경쟁의 대상도 되지 않아요.

아가멤논

시비를 거는 것은 여자에게는 어울리지 않는 일이오. 940

클리타이메스트라

하나 승리를 양보하는 것도 행운을 누리는 자에게는 어울리는
　일이죠.

아가멤논

이 입씨름에서의 승리가 그대에겐 그토록 중요하단 말이오?

클리타이메스트라

양보하셔요. 일부러 져주신다면 이긴 자는 그대니까 말여요.

아가멤논

그대의 뜻이 정 그렇다면 좋소. 누구든 좋으니
노예처럼 내 발을 위해 봉사해온 이 신발의 끈을 지체 없이 945
풀도록 하라. 그래야만 신들에게나 어울릴 이 자줏빛 천을
밟은 나에게 누가 멀리서 시기의 눈길을 보내지 않을 테니까.
은(銀)을 주고 산 귀중한 천을 흙발로 짓밟아
집안의 재물을 낭비하고 싶은 마음은 추호도 없다.

그동안 하녀 한 명이 아가멤논의 신발끈을 풀고 신발을 벗긴다. 아가멤논 차에서 내린다

이 일은 이 정도로 해두고 이 이국의 여인[96]을 친절하게   950
집안으로 데리고 들어가요. 힘이 있어도 그 힘을 온건하게
행사하는 자에게는 신께서 저 멀리서 호의의 눈길을 보내시는
법이오.
자진해서 노예의 멍에를 질 사람은 아무도 없을 테니까.
이 여인은 군대의 선물로서, 수많은 재물 중에서
특별히 나를 위해 뽑은 꽃으로서 나를 따라온 것이오.   955
내 이제 그대에게 져서 그대의 말을 들어야만 되었으니
이 자줏빛 천을 밟으며 집안의 대청으로 들어가겠소.

아가멤논 문 쪽으로 천천히 걸어간다

클리타이메스트라
저기 바다가 있어요. 누가 그것을 말릴 수 있겠어요?
저 바다에서는 옷을 물들이는 은처럼 귀중한 자줏빛 염료가
쉬지 않고 풍족하게 솟아오르고 있어요. 왕이여,   960
우리 집에는 신들의 은총으로 그런 물건들이 넉넉히 있어요.
이 집은 가난이란 걸 모르니까요.

---

96 다음에 나올 카산드라(Kassandra)를 말한다.

어떻게 하면 이이가 무사히 돌아올 수 있을까 하고
그 방법을 생각하고 있었을 때 신탁(神託)이 그렇게 하도록
   명령했다면
나는 더 많은 옷이라도 발로 밟겠다고 서약했을 거여요.   965
뿌리가 살아남으면 다시 새 잎이 돋아나서
지붕 위에 그늘을 펼쳐 천랑성(天狼星)[97]의 열기를 막아주듯
그대가 가정의 화롯가로 돌아오시니
엄동설한에 따뜻한 햇빛을 만난 것 같아요.
그리고 제우스 신이 쓰디쓴 포도로 포도주를 만드실 때에도   970
가정을 성취하는 가장이 돌아다니면 집안이 갑자기
   서늘해지는 법이여요.

아가멤논 안으로 들어간다

오오, 성취자 제우스여, 내 기도를 성취하여주소서.
그리고 그대가 성취하시고자 하는 일에 유념해주소서.

클리타이메스트라 아가멤논을 따라 궁전 안으로 들어간다

코로스 (세 번째 정립가 975~1034행)

---

97 시리우스 별.

좌 1

어찌하여 이 두려움은 975
예감으로 설레는 내 가슴 앞을
마치 수호자인 양
이다지도 끈덕지게 날아다니는 것인가?
청하지도 않은 노래 보수도 받지 않고
예언자 노릇을 하건만 내 이를 980
뚜렷한 의미가 없는 꿈처럼 쫓아버리고
내 가슴의 왕자 위에
확실한 신념을 앉힐 수 없음은
어인 일인고?
무장한 함대가 일리온으로 떠날 때
떼어준 밧줄을 풀어 던지매 985
모래가 날아오르던 것도
오래전 이야기가 아니던가!

우 1

내 이제 그들이 돌아왔음을
이 눈으로 보아 알고 있노라.
하나 아직도 내 가슴속 영혼은 990
희망의 신념이라고는 전혀 갖지 못하고
리라[98]도 없이

스스로 배운 [98]
복수의 여신들의 만가(輓歌)를 부르고 있노라.
인간의 내심은 헛되이 예감하지 않는 법이니   995
감정이 성취의 소용돌이 속에서 마음을 향해 사납게 날뛰어도
마음은 정의의 응보를 알고 있음이라.
하나 내 이 두려움은
부디 성취되지 말고
거짓이 되어 땅 위로 넘어지기를!   1000

좌 2

아무리 좋은 건강이라 하더라도
결국은 상하고 마니
담 너머 이웃에
질병이 도사리고 있음이라.   1005
그와 같이 순풍에 돛을 단 인간의 행운도
눈에 보이지 않는 암초에 걸리는 법.
하나 재물을 구하고자 신중에 신중을 기하여
지나친 부분을 알맞게 재서
물속으로 던져버린다면   1010
과중한 풍요로 인하여

---

[98] 리라(lyra)는 길이가 같은 일곱 개의 현으로 만든 고대 희랍의 발현악기.

집 전체가 침몰하는 일은 없을 것이며
선장도 배를 바닷속으로
가라앉히는 일이 없으리라.
제우스의 선물은 풍성하거늘 1015
해마다 들판에 풍작을 내려주시어
굶주림의 고통을 쫓아주심이라.

우 2

하나 인간의 검은 피
한 번 죽어 대지를 적시면
어느 누가 마술로 1020
이를 되돌릴 수 있으리오?
죽은 자를 일으킬 수 있었던 그이[99]조차
제우스의 제지를 받았으니
이는 후환을 막기 위함이로다.[100]
정해진 몫을 초과하여 1025
더 많은 것을 신들로부터 얻지 못하도록
정해진 운명이

---

[99] 아폴론의 아들이며 의술의 신인 아스클레피오스(Asklepios)를 말한다. 그는 여신 아르테미스의 부탁을 받고 죽은 힙폴리토스(Hippolytos)를 다시 살려놓았기 때문에 제우스의 노여움을 사 그의 벼락에 맞아 죽었다.

[100] 죽은 사람이 다시 살아날 수 있다면 우주의 질서가 무너질 것이다. 그래서 제우스는 이러한 후환을 막기 위해 아스클레피오스를 죽였다는 뜻.

막지 않는다면
내 마음은 혀를 앞질러
이 모든 것을 털어놓으련만. 1030
하나 괴로운 내 마음
일을 제때에 성취할 희망도 없이
속만 태우며 어둠 속에서 혼자 중얼거리고 있네.

클리타이메스트라 등장

클리타이메스트라

그대도 안으로 들도록 하라, 그대 카산드라여, 1035
제우스 신께서 그대에게 자비를 베풀어
다른 노예들과 함께 집안의 제단 옆에 서서
성수(聖水)[101]에 참여하는 것을 허락해주셨으니까.
자, 너무 거만하게 굴지 말고 차에서 내리도록 하라.
알크메네의 아들[102]도 한때는 노예로 팔려가
별수 없이 하인들의 쓴 음식을 먹었다고 하지 않느냐?
어차피 이런 운명의 멍에를 질 바에는
대대로 부를 누려온 주인을 만나게 된 것이 천만다행이지.

---

[101] 제물을 바치는 의식은 손을 씻는 것으로 시작해서 성수를 뿌리는 것으로 끝났다고 한다.
[102] 제우스와 알크메네(Alkmene)의 아들 헤라클레스(Herakles)를 말한다. 그는 헤라가 발광케 하자 처자(妻子)를 적으로 알고 죽이는데 그 죄로 티린스(Tiryns) 왕 에우리스테우스(Eurystheus) 밑에서 12년간 종살이를 하며 열두 가지 고역을 치르게 된다.

아가멤논 75

뜻밖에 벼락부자가 된 자들은 하인들에게
매사에 가혹하고 깐깐하게 마련이니까.　　　　　　　1045
하나 우리 집 풍습이 어떻다는 것은 방금 나에게서 들었겠지.

코로스장

그대에게 하는 말이오. 너무나도 분명한 말일 텐데.
이왕 운명의 올가미에 걸려든 이상 복종하도록 하오,
복종하겠다면 말이오. 하나 복종하고 싶지 않은 모양이로군.

클리타이메스트라

제비처럼 알아들을 수 없는　　　　　　　　　　　　1050
만인(蠻人)의 말을 쓰지 않는다면
말로 설득할 수도 있으련만.

코로스장

따라가도록 하오. 지금으로서는 이분 말씀대로 하는 게
　　상책이오.
여기 마차 위의 자리를 떠나 복종하도록 하오.

클리타이메스트라

여기 문밖에서 이러고 있을 시간이 없어.　　　　　　1055
집안의 큰 화롯가에는 이미
제물로 바칠 양들이 준비되어 있으니까.
그러니 내 말대로 할 생각이 있거든 어서 서둘도록 하라.
하나 아직도 내 말을 못 알아듣겠다면　　　　　　　1060
말 대신 만인들처럼 손짓이라도 해보려무나.

코로스장

이 이국 여인에게는 똑똑한 통역이 필요할 것 같습니다.

그 태도가 갓 잡혀온 야수 같으니 말입니다.

클리타이메스트라

확실히 돌았군요. 말을 안 듣기로 작정한 모양이오.
방금 함락된 도시를 떠나 이곳으로 온 터라   1065
피거품을 토하며 자만심을 버리기 전에는
아직 재갈을 물 생각이 없는 모양이오.
더 이상 말을 말아야지. 결국 내 망신이니까.

클리타이메스트라 퇴장

코로스장

내 그대를 불쌍히 여겨 화를 내지는 않겠소.
자, 차에서 내리도록 하오, 불행한 여인이여.   1070
그리하여 몸에 익지 않은 이 굴종의 멍에를 자진하여
지도록 하오.

카산드라(amoibaion[103] 1072~1177행)

좌 1

아이 아이 슬프고 슬프도다

---

103 amoibaion이란 배우와 코로스 또는 코로스장이 주고받는 서정적인 대화.

아폴론이여, 아폴론이여.

코로스장

어인 일로 록시아스[104]를 부르며 그다지도 애통해하오?
그분에게는 만가(輓歌)가 어울리지 않을 텐데.   1075

우 1

카산드라

아이 아이 슬프고 슬프도다.
아폴론이여, 아폴론이여.

코로스장

불길한 목소리로 그분을 또 한 번 부르는구나.
하나 그분께서는 결코 비탄에 참여하시지는 않을 것이오.

카산드라 마차에서 내려 문을 향해 걷기 시작한다. 조금 걷다가 문 앞에 아폴론의 석주(石柱)가 있음을 발견한다

좌 2

카산드라

---

[104] 록시아스(Loxias)는 아폴론의 별명 가운데 하나로 그 뜻은 확실치 않다. 어떤 이는 loxos(애매하다) 또는 lego(말하다), logos(말)란 단어에서 유래한 것으로 보고 뜻이 애매한 신탁(神託)과 결부시켜 붙인 이름으로 추측한다.

아폴론이여, 아폴론이여, 길의 신이여, 1080
나의 파괴자여,[105]
그대는 나를 두 번씩이나 완전히 파괴했나이다.

코로스장

보아하니 자신의 불행을 예언하려는 모양인데
노예가 된 마음에도 신의 선물[106]은 그대로 남아 있구려.

우 2

카산드라

아폴론이여, 아폴론이여, 길의 신이여, 1085
나의 파괴자여,
아 나를 어디로 데려오셨나이까? 이 무슨 집으로?

코로스장

아트레우스의 아들들의 집이오. 알지 못한다면
내 그대에게 말해주겠소. 내 말이 거짓말이라고는 못할
것이오.

---

[105] 원어는 아폴론 신의 이름과 똑같은 apóllo-n이다. 카산드라는 자기를 파멸로 인도 했던 아폴론 신과 파괴자란 뜻의 apóllo-n이란 단어가 글자와 음이 똑같음을 가지고 아폴론 신을 원망하면서 일종의 언어유희를 한다.

[106] 카산드라는 트로이아 왕 프리아모스의 딸로 아폴론 신으로부터 예언력을 부여받 았다.

좌 3

카산드라

아아 아아

신을 두려워하지 않는 집.   1090

혈육을 살해하고 목을 베고 얼마나 많은 악행이

　저질러졌던가!

남자들의 도살장, 땅에다 피를 뿌리는 곳.[107]

코로스장

이 이국 여인은 개처럼 냄새를 잘 맡는 것 같구려.

꼭 찾아낼 만한 살인만을 뒤쫓으니 말이오.

우 3

카산드라

여기 믿을 수 있는 증거가 있어요.   1095

여기 자신들이 도살되었음을 슬피 우는 어린애들이 있고

아비들이 먹어치운, 불에 구운 그들의 살코기도 있어요.

코로스장

그대가 예언 잘한다는 소문은 우리도 들어 알고 있소만

---

[107] 카산드라는 여기서 자신의 예언력에 힘입어 환상을 보고 있다. 펠롭스(Pelops)의 아들이며 아가멤논과 메넬라오스의 아버지인 아트레우스는 형제 티에스테스(Thyestes)에게 그의 자식들의 고기로 향연을 베푼다.

우리가 찾고 있는 것은 예언자가 아니란 말이오.

좌 4

카산드라

아아 끔찍하기도 해라. 이 무슨 음모인가?   1100
이 무슨 새로운 불행인가?
이 집안에서는 너무도 끔찍한 악행을 꾸미고 있어요.
혈육 간에는 참을 수 없는 일을,
도저히 구제할 수 없는 일을.
하나 구원의 손길은 멀리 떨어져 있어요.

코로스장

지금 이 예언은 전혀 알지 못하는 일이나 아까 한
   말이라면   1105
나도 알고 있소. 온 도시가 떠드는 말이니까.

우 4

카산드라

아아 가엾은 여인이여! 그런 짓을 하려 하다니!
잠자리를 같이하는 남편을
목욕탕에서 깨끗이 씻은 뒤—
내 어찌 끝까지 말하리오?
곧 끝장이 날 것을!

벌써 손을 자꾸만 앞으로 내밀고 있어요.   1110

코로스장

아직도 알아듣지 못하겠구려. 그녀의 수수께끼 같은 이야기

애매한 신탁처럼 나를 더욱 어리둥절하게 할 뿐이오.

좌 5

카산드라

아아 슬프고 슬프도다. 여기 보이는 것은 무엇인가?
지옥의 그물[108]인가?   1115
아니, 그와 잠자리를 나눈, 살인에 가담한 덫[109]이로구나.
이 가문에 깃든 탐욕스런 불화여,
돌로 쳐 죽임으로써 복수하게 될[110] 제물을 보고 환성을
 올리려무나.

코로스장

무슨 일로 그대는 복수의 여신들더러 이 집을 보고
소리치라고 하는 게요? 내게는 그대의 말이 달갑지 않구려.   1120

---

108 클리타이메스트라는 아가멤논을 그가 입고 있던 겉옷으로 싼 뒤 흉기로 쳐 죽이는데 여기서 그물이란 그가 입고 있던 겉옷을 가리키는 말이다.
109 클리타이메스트라를 덫에다 비유한 것이다.
110 아가멤논과 클리타이메스트라의 아들인 오레스테스는 후일 아버지의 원수를 갚기 위해 어머니를 죽인다.

코로스

나의 심장을 향하여 노랗게 물든[111] 핏방울이 몰려드는구려.
이러한 핏방울은 창에 맞고 쓰러진 자들에게
꺼져가는 생명의 석양과 함께 다가가는 것이오.
그리하여 재빨리 파멸이 달려드는 것이오.

우 5

카산드라

아아, 보셔요, 저것 보셔요. 암소에게서 황소를   1125
떼놓으셔요! 그녀가 옷으로 그를 싸잡아
뿔 달린 검은 흉기[112]로 내리치니 그가 물이 담긴

---

111 고대 희랍인들은 사람이 죽거나 놀라면 피가 노랗게 된다고 생각했다.
112 〈아가멤논〉에서 아가멤논을 살해하는 데 사용된 무기에 대해서 어떤 이는 도끼라고 주장하고 어떤 이는 칼이라고 주장하고 있다. 전자의 논지는 이 작품에서 살해 행위를 표현할 때 언제나 '친다'는 말을 쓰고 있고 또 이 작품과 3부작을 이루고 있는 〈코에포로이〉 889행에서도 클리타이메스트라가 달려드는 오레스테스를 치기 위해 도끼를 찾고 있다는 것이며, 후자의 논지인즉 클리타이메스트라는 남편의 살해를 이피게네이아의 죽음에 대한 보복임을 강력히 시사하고 있는데(〈아가멤논〉 1528행 참조) 고대 사회에서는 '눈에는 눈, 이에는 이'라는 동종보복(同種報復)이 관례이므로 아가멤논 역시 이피게네이아처럼 칼에 의해 살해되었다고 보는 것이 타당하다는 것이다. 그리고 〈코에포로이〉 1011행에서 아이기스토스의 칼에 대한 말이 나오고 같은 작품 978행과 〈아가멤논〉 1612행 이하에서 아이기스토스가 아가멤논의 살해 음모에 가담했다는 사실이 여러 번 언급되고 있음에 미루어 그 칼은 아이기스토스가 빌려준 칼이라는 것이다. 여기서는 '뿔 달린 검은 흉기'라고 말하고 있는데 '검다'는 말은 재앙 또는 흉계를 뜻하고 '뿔'이란 말은 앞서 나온 황소와 암소에서 따온 비유로 생각된다.

그릇 속으로 쓰러지고 있어요. 음흉하게 사람을 죽이는
가마솥[113]의 흉계를 말하고 있는 거여요.

코로스장

나는 신탁 풀이를 썩 잘한다고 자랑할 수는 없지만   1130
이건 아무래도 불길한 일인 것 같소이다.
하나 신탁이 언제 반가운 소식을 인간들에게
전한 적이 있었소이까?
예언자들의 수다스런 재주는
불행을 말함으로써 공포를 가르쳐줄 뿐이오.   1135

좌 6

카산드라

아아 이 가엾은 여인의 불행한 운명이여!
내가 불행의 잔을 채우며 통곡하는 것이 내 자신의
　고통임에랴.
어쩌자고 이 가엾은 여인을 이리로 데려왔나이까?
결국 같이 죽게 하기 위함입니까? 그 밖에 무슨 까닭입니까?

코로스장과 코로스

아무래도 그대는 신에 홀려 제정신이 아닌 것 같으오.   1140
울어도 울어도 시원치 않아

---

[113] '가마솥'은 1539행 이하의 "은으로 가를 댄 욕조"와 같은 것이 아닌가 생각된다.

서글픈 마음으로 "이티스, 이티스"라고 부르며
자신의 불행했던 일생을 통곡하는
꾀꼬리[114]와도 같이 자신에 관해
곡조도 없는 노래를 부르고 있으니 말이오.   1145

우 6

카산드라

아아 노래하는 꾀꼬리의 죽음이여![115]
신들께서는 날개 달린 모습과 눈물 없는
즐거운 삶을 꾀꼬리에게 주셨답니다.
하나 나를 기다리고 있는 것은 쌍날칼로 찢기는 일이라오.

코로스장과 코로스

하늘이 보낸 이 격렬하고 무익한 고통의 출처가   1150

---

114 트라케의 왕 테레우스(Tereus)는 아테나이의 전설적인 왕 판디온(Pandion)의 딸 프로크네(Prokne)와 결혼하나 처제 필로멜레(Philomele. 라틴명 Philomela)를 연모하게 된다. 결국 그는 처제를 유혹하여 난행한 다음 소문이 날까 두려워 그녀의 혀를 자르고 유폐시킨다. 그러나 필로멜레는 자신의 불행을 천에다 수놓아 프로크네에게 보낸다. 그리하여 이 사실을 알게 된 프로크네는 동생의 원수를 갚기 위해 자기와 테레우스 사이에서 태어난 아들 이티스(Itys)를 죽이고 그 고기로 요리를 만들어 남편 앞에 내놓는다. 그래서 이 사실을 알게 된 테레우스가 두 자매를 죽이려 하자, 제우스가 테레우스는 매가 되게 하고, 필로멜레는 제비가 되게 하고, 프로크네는 꾀꼬리가 되어 아들의 죽음을 영원히 슬퍼하게 했다. 죽은 아들의 이름 '이티스'는 꾀꼬리 울음의 의성어이다.
115 카산드라는 여기서 프로크네의 슬픈 이야기와는 다른 꾀꼬리의 이야기를 한다. 아테나이 공주 아에돈(Aedon)은 테레우스의 칼에 죽게 된 순간 신들의 은총으로 목숨을 건져 꾀꼬리가 되어 평화롭게 살다가 죽었다고 한다.

대체 어디이기에
그대는 알아들을 수 없는 큰 소리로
이토록 무서운 노래를 부르고 있는 게요?
불행을 말하는 이 예언의 노래를
그대는 대체 어디서 배웠소?   1155

좌 7

카산드라

아아 결혼이여 결혼이여,
친척들에게 파멸을 가져다준 파리스의 결혼이여!
아아 내 조국의 강물 스카만드로스여!
이 가련한 몸 한때는 그대의 기슭에서
크고 자랐건만

이제 곧 코키토스 강변과 아케론[116]의 기슭에서   1160
나의 예언을 노래하게 될 것 같구나

코로스장과 코로스

그대가 그토록 알아듣기 쉽게 말하다니
어린애라도 알아들을 수 있겠구려.
그대의 애절한 노래 듣기에도 애처로우니

---

[116] 코키토스(Kokytos)와 아케론(Acheron)은 둘 다 저승(Hades)을 흐르는 강 이름으로 전자는 비명 또는 눈물의 강이란 뜻이고 후자는 재앙 또는 통곡의 강이란 뜻이다.

그대의 잔인한 운명에
내 가슴은 치명상을 입는구려.

우 7

카산드라
아아 고통이여 고통이여,
완전히 멸망해버린 도시의 고통이여!
아아 아버님께서 성벽 앞에서 아낌없이 바친
풀을 뜯는 양 떼들의 제물이여!
그것들도 도시를   1170
아 비참한 운명으로부터 구할 수가 없었구나.
나 또한 머지않아 뜨거운 피를 땅에 뿌리게 되리라.

코로스장과 코로스
이렇게 똑같은 투로 말에 말을 잇는 걸 보니
어떤 사악한 힘이
그대를 무겁게 짓누르며   1175
쓰라린 고통을 노래하게 함이 분명하오.
하나 어떻게 끝장이 날지 나는 알지 못하오.

카산드라
자, 이제부터 내 예언은 방금 결혼식을 올린 신부처럼
면사포 사이로 내다보는 그런 예언이 되지 않고
신선한 바람처럼 환희 빛나며 떠오르는 해를 향하여   1180
세차게 불어갈 것인즉 그러면 이보다

더 큰 불행이 광명을 향하여 파도처럼 밀어닥칠 것이오.
이제 더는 수수께끼 같은 말은 하지 않겠어요.
그리고 내가 바싹 뒤쫓으며 먼 옛날에 저질러졌던
악행의 자국을 냄새 맡거든 여러분은 증인이 되어주셔요. 1185
함께 노래를 부르는 코로스가 한시도
이 집을 떠나지 않고 있어요.
하나 그들의 노래는 듣기 좋은 것은 아녀요. 그들이 하는
   말이
즐겁지 못하기 때문이여요. 그들은 인간의 피를 빨아먹고는
점점 대담해졌어요. 이 집안과 일족간의 복수의 여신들의
   무리가
이 집안에 살고 있다는 말여요. 이 주정뱅이들은 내쫓지도
   못해요. 1190
그들은 방을 몽땅 차지하고는 그들의 노래를 부르고 있어요.
   이 모든
재앙의 시초가 된 눈먼 마음을 노래하는 거여요. 그리고
   형제의 침대를
짓밟은 자[117]를 증오하며 차례차례 이 침대를 저주하고
   있어요.
내가 잘못 맞혔나요. 아니면 궁수처럼 정통을 맞혔나요?
아니면 이집 저집 찾아다니는 수다스런 가짜 예언자인가요? 1195

---

[117] 티에스테스는 아트레우스의 아내 아에로페(Aerope)를 유혹하여 간통하였다.

그렇다면 이 집안의 오래된 악행을 들은 바도 없고
아는 바도 없다고 맹세를 하시고 그 증거를 대보서요.

코로스장

제아무리 굳게 맹세한들 지금 와서 그게 우리들에게
무슨 도움이 되겠소? 하나 낯선 말을 하며
바다 건너 저편에서 자란 그대가 마치 이곳에 있었던 것처럼   1200
사실을 정통으로 알아맞히니 내 그저 그대에게 감탄할
  따름이오.

카산드라

예언자 아폴론께서 내게 이런 임무를 주셨던 거여요.

코로스장

신이신 그분께서도 연정에 사로잡혔던가요?   1204

카산드라

전에는 이런 말을 하는 것을 부끄럽게 여겼어요.

코로스장

형세가 좋을 때는 누구나 까다롭게 구는 법이지요.   1205

카산드라

그래요. 그분은 내게 강렬한 은총의 입김을 내뿜는
  씨름꾼이었어요.

코로스장

그렇다면 그대들은 남들처럼 어린애도 낳았소?

카산드라

약속은 했으나 결국에는 내가 록시아스를 속였어요.

코로스장

그때는 이미 예언의 힘을 얻고 난 뒤인가요?

카산드라

나는 이미 백성들에게 닥쳐올 모든 불행을 예언했어요. 1210

코로스장

그렇다면 확실히 록시아스의 노여움에 무사하지는 못했을
  텐데?

카산드라

그분을 배신한 뒤로는 아무도 내 말을 믿어주지 않았어요.

코로스장

하지만 우리들에게는 그대의 예언이 믿을 만한 가치가 있어
  보이오.

카산드라

아아 아아 이 고통!
진정한 예언의 무서운 고통이 또다시 1215
전주가를 부르며 사나운 기세로 나를 엄습하는구나.
저기 어린애들이 꿈속의 영상(影像)들과 흡사한 모습을 하고
집 바로 가까이 앉아 있는 것이 보이지 않으셔요?
친척들에게 살해된 어린애들이여요.
손에는 식탁에 올랐던 자신들의 고기를 1220
잔뜩 들고 있어요. 그리고 그들의 아비가 먹어치운
끔찍한 내장 덩어리를 들고 있는 모습도 확실히 보여요.
그래서 누군가가 복수의 음모를 꾸미고 있어요. 어떤 비겁한
  사자[118]가
집안에 도사리고 앉아 침대에서 뒹굴며 돌아오는 주인에게,

나의 주인에게 — 내가 그분의 멍에를 져야 하니   1225
그분은 내 주인이여요 — 음모를 꾸미고 있단 말여요.
그러나 함대의 지휘자요 트로이아의 정복자인
그분께서는 더러운 암캐의 혓바닥이 음흉한 아테처럼
반가운 표정으로 그럴듯한 말을 길게 늘어놓자
그녀가 악의 축복 아래 무슨 짓을 저지르려고 하는지 모르고
   계셔요.   1230
그토록 그녀는 대담해요. 아내의 몸으로 남편을 죽이다니!
그녀를 대체 어떤 가증스런 괴물의 이름으로 불러야
어울릴까요? 쌍두의 뱀이라고 할까요 아니면
뱃사람을 잡아먹으며 바위틈에 사는 스킬라[119]라고 할까요?
아니면 혈육에 대해 끝없는 전쟁을 걸어오는 광기에
   사로잡힌   1235
지옥의 어머니라고 할까요? 정말 뻔뻔스럽기도 하지.
마치 전쟁에서 돌아온 개선장군처럼 승리의 환호성까지
   울리다니.
그러고도 그분께서 무사히 돌아오신 것을 기뻐하는 척하다니!
내 말을 믿지 않으셔도 상관없어요. 무슨 상관 있겠어요?
올 것은 오고 말 테니까요. 이제 곧 그대는 현장 목격자가
   되어   1240

---

118 아이기스토스.
119 스킬라(Skylla)는 메시나(Messina) 해협의 바위 동굴에 살며 지나가는 선원들을 잡아먹는 괴물인데 머리는 여섯 개고 발은 열두 개였다고 한다.

연민의 눈물을 흘리며 나를 너무도 진실한 예언자라고
부르게 될 거여요.

코로스장
제 자식들의 고기를 먹은 티에스테스의 향연이라면
나도 알고 있소. 그리고 상상을 통해서가 아니라
사실 그대로를 듣고 나니 공포와 전율이 나를
사로잡는구려.
그러나 그 밖에 다른 이야기는 전혀 종잡을 수가 없구려.   1245

카산드라
아가멤논의 죽음을 보시게 될 것이라는 말씀입니다.

코로스장
가련한 여인이여, 입 닥치시오. 그런 불길한 말은 입 밖에
내지도 말아요.

카산드라
하지만 내가 말씀드리는 이 일을 관장하시는 분은 구원자가
아니여요.

코로스장
그런 일이 일어난다면 물론 아니겠지. 하지만 제발 일어나지 말
았으면!

카산드라
그대는 기도 드리고 있으나 그들은 죽이려 하고 있어요.   1250

코로스장
대체 이토록 끔찍한 짓을 저지르려고 하는 자가 어떤 놈이란
말이오?

카산드라

그대는 내 예언을 전혀 알아듣지 못하시는군요.

코로스장

글쎄, 나는 이 계획을 성취하려는 자들이 누군지 모르니까.

카산드라

하지만 나는 헬라스 말을 너무도 잘 알고 있어요.

코로스장

그 점에선 피토의 신탁도 마찬가지요. 하나 신탁은 역시
　이해하기 어렵소.

카산드라

아아 슬프도다
이 무슨 맹렬한 불길이 나를 엄습하는 것인가?
아이 아이,
리케이오스[120] 아폴론이여, 아아 가련한 내 운명이여!
그녀는 고상한 수사자가 집을 비운 사이
늑대와 잠자리를 같이한 두 발 달린 암사자이거늘
이제 그녀가 이 가련한 여인을 죽일 거여요.　　　　　1260
그리고 약을 조제하는 사람처럼 자신의 독약에 내 몫까지
　첨가할 거여요.

---

[120] 리케이오스(Lykeios)는 아폴론의 별명 가운데 하나로 그 뜻은 확실치 않다. 어떤 이는 lykos(늑대)라는 말에서, 어떤 이는 Lykia(지명)라는 말에서 유래한 것으로 보고 있다. 여기서 아폴론을 왜 이런 이름으로 부르는지 알 수 없으나, 어떤 이는 카산드라의 눈에 아이기스토스가 늑대로 보이기 때문일 것이라고 말하고 있다.

그녀는 남편에게 칼을 갈면서 나를 데리고 온 데 대해
죽음의 복수를 하겠다고 큰소리치고 있어요.
하거늘 무엇 때문에 나는 망신스럽게도 이따위 장식들과
지팡이와 예언자의 목띠를 아직도 몸에 지니고 있는 것인가? 1265
나의 운명의 시간이 오기 전에 너라도 부수어놓으리라.
부서져라! 땅에 떨어진 이 순간이나마 나는 네게 이렇게
　　앙갚음하리라.
나 대신 다른 여인을 너의 저주와 불행으로 가득 채우려무나.
보셔요. 아폴론 자신께서 내 예언의 옷을 벗기고 있어요.
그분께서는 내가 이 옷을 입고 크게 조롱당하는 걸　　　　 1270
보셨어요. 나는 친구들[121]에게 조롱당했던 거여요.
친구들은 나를 미워했고 분명히 제정신들이 아니었어요.
그리고 나는 떠돌아다니는 비렁뱅이 예언자처럼
'배를 곯는 가련한 거지'라고 불렸어도 꾹 참았어요.
그런데 이제 예언자이신 그분께서 예언자인 나에게　　　 1275
빚을 갚으라고 하시며 이와 같은 죽음의 운명으로 나를
　　인도하셨어요.
아버님의 제단 대신 도마가 나를 기다리고 있어요. 장례의
　　제물로
내가 죽게 될 때 뜨거운 피로 빨갛게 물들 도마가 말여요.
하지만 신들께서는 우리의 죽음에 대해 반드시 복수해주실

---

[121] 그녀의 동족인 트로이아인들을 말한다.

거여요.

우리를 위해 복수해줄 다른 사람이 올 거여요.   1280
어미를 죽이고 아비의 원수를 갚는 자식[122]이 올 거란
  말여요.
그는 지금 고국을 떠나 비참한 유랑 생활을 하고 있지만
언젠가는 돌아와 그의 가문을 위해 이 모든 악행의 갓돌을
  놓게 될 거여요.
땅 위에 누워 있는 그의 아버지의 시체가 그를 고향으로
  인도할 거여요.
그런데 무엇 때문에 나는 이렇듯 처량하게 울고 있는 것인가? 1285
내 일단 일리온의 도시가 그토록 비참한 종말을
고하는 것을 보았고 또 그 도시를 함락한 자들도
신들의 심판에 의하여 이렇게 죽어가는 것을 보았으니
나도 가서 용감하게 죽음을 감당하겠어요.
여기 이 문을 나는 저승의 문으로 알고 인사드리겠어요.   1290
내 비노니, 제발 단 한 번의 치명적인 일격에
피를 쏟으며 버둥대지도 않고 편안히 죽게 해주소서.
그러면 나는 눈을 감고 고이 잠들 거여요.

코로스장

아아 무척 가련하기도 하지만 무척 지혜로운 여인이여,   1295
그대는 무척이나 많은 이야기를 했소. 하나 그대가 진실로

---

[122] 오레스테스.

자신의 죽음을 안다면 어찌하여 신에게 끌려가는 암소처럼
그토록 겁도 없이 제단을 향하여 걸어가는 것이오?

카산드라

이젠 피하려야 피할 수가 없어요, 이방인들이여!

코로스장

하지만 최후의 시간은 언제나 가장 귀중한 법이오.   1300

카산드라

그날이 온 거여요. 도망쳐보았자 별 소용이 없어요.

코로스장

알아두구려. 그대야말로 용감하고 참을성이 많은 사람이오.

카산드라

행복한 사람은 그런 말을 듣지 않는 법이여요.

코로스장

하나 명성을 얻고 죽는다는 것은 인간에게는 하나의
  은총이오.

카산드라

아아 아버님, 나는 아버님과 아버님의 고귀한 자녀들을 위해
  슬퍼합니다.   1305

　　　　카산드라 문턱을 넘어서려다가 말고 놀라 뒷걸음질친다

코로스장

무슨 일이오? 무엇이 무서워 뒷걸음질치는 게요?

카산드라

아아 슬프도다.

코로스장

왜 그러오? 공포의 환영이 그대를 사로잡은 게 아니오?

카산드라

이 집은 피가 뚝뚝 듣는 살인의 입김을 내뿜고 있어요.

코로스장

그럴 리가? 이것은 화롯가에서 나는 제물의 냄새요.   1310

카산드라

이것은 무덤에서 나오는 것 같은 증기여요.

코로스장

이 집을 영광으로 가득 채우는 쉬리아 산 방향에 관해서는
말하지 않는구려.

카산드라

가겠어요. 가서 집안에서 내 자신의 운명과
아가멤논의 운명을 슬퍼하겠어요. 살 만큼 살았어요.

다시 걸음을 멈춘다

아아 이방인들이여,   1315
나는 덤불을 피하는 새처럼 결코 두려워서 비명을 지르는
 게 아니여요.
그러니 여인인 나로 인하여 한 여인이 죽고
악처를 만난 남자로 인하여 한 남자가 쓰러지거든
그대들은 내가 어떻게 죽었는지 증언해주셔요.

아가멤논 97

내 죽음을 눈앞에 두고 이러한 호의를 그대들에게
간청하옵니다.   1320

코로스장

가엾은 여인이여, 그대가 예언한 죽음에 동정을 금할 수
없구려.

카산드라

한마디만 더 하겠어요. 이것은 아마도 내 자신에 대한
만가(輓歌)가 될 거여요. 나는 이 마지막 빛을 향하여
태양신에게 빌겠어요. 나의 복수자들이 살인자들을 베어
눕힐 때
왕의 죽음을 위해서뿐만 아니라 비록 간단히 없애버릴 수
있는   1325
노예의 몸이긴 하지만 나의 죽음을 위해서도 복수해주도록
말여요.
아아 가련할손 인간의 운명이여. 행복할 땐
하나의 그늘이 이것을 뒤바꾸어놓고 불행할 땐
젖은 해면이 한꺼번에 그림을 지워버리는구나
그리고 후자는 전자보다 한결 애통한 일이로다.   1330

    카산드라 궁전 안으로 퇴장

코로스장

인간은 부귀영화에 만족할 줄 모르나니
남들이 손가락을 들어 가리키는 궁전을 가졌어도

"이젠 더 이상 들어오지 말라"며
이를 물리치는 자 아무도 없음이라.
여기 이 사람을 보라. 축복받은 신들   1335
그에게 프리아모스의 도시를 함락케 하시니
그는 하늘의 영예 속에서 고향으로 돌아왔노라.
하나 그가 선조들이 흘린 피에 대해
대가를 치러야 하고 죽은 자들에게
자신의 죽음으로 죽음을 보상해야 한다면   1340
죽어야 할 인간들 중에 어느 누가 이 말을 듣고도
재앙을 모르는 행운을 타고 태어났다고 자랑할 수 있으리오!

아가멤논(집안에서)
아아, 정통으로 얻어맞았구나. 이건 치명타로다.

코로스장
조용히들 해요! 누가 치명타를 입었다고 소리치지 않소?

아가멤논
아아 또 한 번! 두 번째로 얻어맞았구나.   1345

코로스장
왕의 신음 소리로 미루어 범행이 이미 실행된 것 같소이다.
무슨 좋은 방안이 있나 함께 의논해보도록 합시다.

　　열두 노인들 차례차례로 말한다

코로스 1
나는 거리낌 없이 내 의견을 말하겠소. 전령들을 시켜

시민들을 지체 없이 이 궁전으로 불러 모으는 것이 좋겠소이다.

코로스 2

내 생각 같아서는 지금 당장 안으로 뛰어들어　　　　1350
아직도 칼에 피가 묻어 있는 동안 범행을 확인하는 게 더
좋을 것 같소.

코로스 3

나도 그 제안에 동의하오. 무슨 행동이든
행동을 해야 하오. 지금은 지체할 때가 아니오.

코로스 4

이것은 분명히 우리 도시에 대해 참주정치를
하겠다는 전조요. 그들의 행동이 이를 말해주고 있소.　　1355

코로스 5

우리가 우물쭈물하기 때문이오. 그러나 그들은 신중히 명예를
짓밟고 있고 그들의 손은 쉴 줄을 모르오.

코로스 6

나는 어떤 계획을 제시해야 할지 모르겠소.
계획을 세우는 것은 역시 행동하는 자가 할 일이오.

코로스 7

나도 같은 생각이오. 죽은 사람을 말로써　　　　　　1360
다시 일으켜 세울 방도를 나는 알지 못하기 때문이오.

코로스 8

그렇다면 목숨을 연장하기 위해 이 집을 더럽힌 자들을
우리들의 지배자로 떠받들겠다는 말인가요?

코로스 9

그건 용납할 수 없는 일이오. 차라리 죽는 편이 낫지.
죽음이 참주정치보다는 더 나은 운명이니까.　　　　　　1365

코로스 10

하지만 신음 소리만 듣고 그분께서 돌아가셨다고
어떻게 확실히 믿을 수 있겠습니까?

코로스 11

먼저 확실히 안 연후에 이 일에 관해 이야기하도록 합시다.
추측과 확실한 지식은 완전히 별개의 것이니까.

코로스 12

여러모로 생각해본 결과 먼저 아트레우스의 아드님께서　　1370
어떡하고 계신지 확실히 알아보는 것이 좋을 듯하오.

　그들이 결정을 짓지 못하고 있는 사이에 문들이 활짝 열린다. 클리타이메스트라가 욕조 옆에 서 있는 것이 보인다. 욕조 속에는 수놓은 큰 옷에 덮인 채 아가멤논의 시체가 누워 있다. 바로 그 옆에는 카산드라의 시체가 누워 있다

클리타이메스트라

아까 나는 시의(時宜)에 맞추어 많은 말을 했소.
이제 그 반대되는 말을 한다고 해서 부끄럽게 생각지는
　않아요.
해치우려는 적이 친구인 척하는데 그렇게 하지 않고서야
그 적이 훌쩍 뛰어넘어 달아나지 못하도록　　　　　　　1375
어찌 재앙의 그물로 높은 울타리를 칠 수가 있었겠소?

오래된 불화를 종식시켜줄 이 결전을 나는 이미
　오래전부터
계획하고 있었소. 이제 마침내 성취했을 따름이오.
나는 그를 내리친 그 자리에 서 있어요. 일을 끝내고 말이오.
그가 자기의 운명을 피하거나 막지 못하도록　　　　　1380
나는 이렇게 해치웠어요. 부인하고 싶지 않아요.
나는 끝없는 그물을 고기잡이 그물처럼 그의 주위에다
던졌어요. 재앙으로 가득 찬 이 옷을 말이오.
그러고는 그를 두 번 쳤어요. 그러자 그는 두 번
　신음 소리를 내고는
그 자리에서 사지를 뻗었어요. 그가 쓰러지자　　　　　1385
나는 세 번째 타격을 가했어요. 이 세 번째 타격은
사자(死者)의 구원자인 지하의 제우스[123]에게는 반가운
　제물이었소.
이렇게 그는 쓰러지며 자신의 목숨을 내뱉었소.
그리고 그는 단도처럼 날카롭게 피를 내뿜으며
피 이슬의 검은 소나기로 나를 쳤어요.　　　　　　　1390
그래서 나는 이삭이 팰 무렵 제우스의 풍성한
비의 축복을 받아 기뻐하는 곡식 못지않게 기뻐했어요.

---

123 "지하의 제우스"란 저승을 다스리는 하데스(Hades)를 가리켜서 한 말이다. 고대 희랍인들은 주연을 행하기에 앞서 먼저 신에게 헌주 삼배를 올리는데 세 번째 잔은 구원자 제우스(Zeus so-te-r)에게 바쳤다. 여기서 클리타이메스트라는 하데스를 제우스에 비유한다. 그리고 아가멤논에게 가한 세 번째 타격을 구원자 제우스에게 바치는 세 번째 잔에다 비유하고 있다.

일이 이러하니 여기 계신 아르고스의 원로들이여,
기뻐하실 테면 기뻐하시오. 나로 말하면 이 일을 자랑스럽게
   여기고 있어요.
그리고 격식에 따라 시체 위에 제주를 부을 수 있다면   1395
이러한 나의 행동은[124]은 정당할 것이오. 정당하고말고요.
이 사람은 집안에서 그토록 많은 저주스런 악으로
잔을 채워놓고는 이제 귀국하여 자신이 그 잔을 비우고
   있으니 말이오.

코로스장

그토록 대담한 말을 하는 그대의 혀에 놀랄 따름이오.
자기의 남편을 향해 그토록 큰소리를 치다니!   1400

클리타이메스트라

내가 지각없는 여자인 양 그대는 나를 시험하시는군요.
그러나 나는 조금도 겁내지 않고 그대에게 말하겠어요.
그대는 알 만한 사람이니까. 그대가 나를 칭찬하시든
비난하시든 내게는 아무래도 좋아요. 여기 이 사람이
내 남편 아가멤논이오. 하지만 지금은 시체여요. 올바른 일꾼인 1405
이 내 오른팔이 해놓은 일이지요. 일이 이렇게 되어 있어요.

---

[124] "이러한 나의 행동"이라 함은 아가멤논을 살해해놓고 이를 자랑스럽게 여기는 행동을 말한다. 클리타이메스트라는 앞서 아가멤논에게 가한 세 번째 타격을 구원자 제우스에게 바치는 세 번째 잔에다 비유한 바 있는데 광란의 환희에 이미 제정신이 아닌 그녀는 또 이 잔을 당시의 관습에 따라 사자(死者)의 영혼을 위해 바치는 제주에다 비유하고 있는 것이다.

코로스

좌 1

오오 여인이여,
그대는 흙에서 자란 독초를 먹었소,
아니면 바다에서 솟은 독액을 마셨소?
대체 그대는 무슨 독약[125]을 먹고 자랐기에
이토록 백성들의 원성과 저주를 짊어지는 것이오?
그대는 던지고 잘랐으니[126]   1410
시민들의 격렬한 증오의 대상이 되어 도시에서 추방될 것이오.

클리타이메스트라

이제 그대는 도시로부터의 추방과 시민들의 증오와
백성들의 원성과 저주라는 판결을 내게 내리는구려.
하나 그대는 여기 이 사람이 트라케의 바람을
잠재우기 위해 내 산고(産苦)의 소중한 결실인   1415
그 자신의 딸을 제물로 바쳤을 때에는 잠자코 있었어요.
그는 탐스러운 털을 가진 수많은 양 떼 가운데

---

[125] 코로스는 클리타이메스트라가 제정신이 아닌 것은 필시 무슨 독약을 먹었기 때문이라고 생각하고 있다.
[126] 코로스는 클리타이메스트라의 행동을 마구 던지고 자르는 광적인 폭행에 비유하고 있다.

한 마리가 죽는 양 자신의 죽음을 대수롭지 않게 여겼어요.
부정(不淨)한 짓을 한 대가로 그대가 이 나라에서
   추방했어야 할
사람은 바로 이 사람이 아닐까요? 그런데도 그대는 내 행동을   1420
심리할 때에는 엄격한 재판관이 되는구려. 내 그대에게
   이르노니
그대는 나도 그대 못지않게 준비하고 있다는 사실을 알고
그런 위협의 말을 하도록 해요. 만일 그대가 힘으로 나를
   이긴다면
그대가 나를 지배할 것이오. 하나 신께서 그 반대의 결정을
   내리신다면
그대는 늦게나마 가르침을 받아 겸손이 무엇이란 걸 배우게 될
   것이오.   1425

코로스

우 1

크고도 대담하도다 그대의 생각이여,
오만불손하도다 그대의 울려 퍼지는 말들이여!
피가 뚝뚝 듣는 이 일에 그대의 마음이 뒤집혔음에랴.
그대의 두 눈에는 핏자국이 선명하도다.
하나 이제 그대는 그 대가로 친구들을 잃고
주먹을 주먹으로 갚게 되리라.   1430

클리타이메스트라

그렇다면 그대는 내 맹세의 엄숙한 힘도 듣도록 해요.
내 자식을 위해 원수를 갚아주신 정의의 여신과
아테와 복수의 여신들에게 나는 이 사람을 제물로 바쳤거늘
이들 여신들에 걸고 맹세하노니 전과 다름없이 내게 충성을
　다하는
아이기스토스가 내 화로에 불을 지피는 동안에는　　　　　1435
나를 위해 희망이 공포의 집을 거니는 일은 결코 없을
　것이오.[127]
그이는 우리들에겐 작지 않은 신뢰의 방패이니까.
여기 자기 아내를 모욕하고 일리온 앞에서
크리세이스[128]들을 농락하던 그 사람이 누워 있어요.
그리고 창으로 얻은 그의 포로이며 점쟁이이며　　　　　　1440
그의 충실한 첩(妾)이었던 이 여인도 누워 있어요.
이 여인은 그의 잠자리 친구였으며 배 위에서는 같은 자리에
나란히 앉아 있었어요. 이들은 응분의 보답을 받은 것이오.
그는 내가 말한 그대로 죽었고 그의 애인이었던
그녀는 백조처럼 자신의 마지막 만가(輓歌)를　　　　　　1445
부르고 나서 여기 누워 있어요. 그리하여 그녀는
나의 이 화려한 잔치에 맛을 더해주는 양념이 된 셈이오.

---

127 내 집은 공포의 집이 아니니까 희망이 내 집에 발을 들여놓게 될 것이라는 뜻으로 생각된다.
128 주63 참조.

좌 2

아아, 고통도 없고 병석에 오래 눕지도 않는
어떤 운명이 재빨리 다가와
끝날 줄 모르는 영원한 잠을 내게 가져다주었으면!　　　　1450
이제 우리의 상냥하신 보호자
한 여인의 소행으로
많은 고통을 당하신 뒤에 누워 계시니
한 여인의 손에 목숨을 잃으셨음이라.

종 가

아아 헬레네여, 그대 미친 헬레네여,
그대 혼자서 이 수많은 생명들을　　　　　　　　　　　　1455
트로이아의 성벽 밑에서 전멸시키다니!
이제 그대 마지막으로 잊지 못할 완전한 화환으로,
씻지 못할 피로 자신을 장식했구나.
철벽같은 이 집안에 남편의 파멸을 초래하는　　　　　　1460
불화가 생긴 것은 진정 그때[129]였음이라.

클리타이메스트라
　이 일에 상심하여

---

[129] 아가멤논이 아울리스 항에서 이피게네이아를 제물로 바쳤던 때.

죽음의 운명을 기구하지 말지며
헬레네에게 그대의 노여움을 돌리지도 말아요.
그리고 그녀를 남자들의 파괴자라고 부르거나   1465
그녀 혼자서 수많은 다나오스인들의 생명을 파괴함으로써
견딜 수 없는 슬픔을 가져다주었다고 말하지도 말아요.

코로스

우 2

이 집과 탄탈로스[130]의 두 자손에게 덮친 악령이여,
그대는 두 여인[131]을 통하여 똑같은 힘을 과시하며   1470
내 심장을 찢어놓는구나.
그는 밉살스런 까마귀처럼 시체 위에 앉아
곡조도 없는 노래를 부르며 빼기고 있구나.

클리타이메스트라

세 번씩이나 게걸스레 먹어치운[132]   1475
이 집안의 악령을 부르는 걸 보니
이제 그대도 생각을 고친 것 같구려.

---

[130] 탄탈로스(Tantalos)는 제우스의 아들로 펠롭스의 아버지이며 아트레우스의 할아버지다. "탄탈로스의 두 자손"이란 아가멤논과 메넬라오스를 말한다.
[131] 클리타이메스트라와 헬레네.

바로 그의 소행으로 말미암아
피를 빨려는 욕망이 뱃속에서 자라났으며
묵은 고통이 끝나기도 전에 새 고름이 곪았던 것이니까.   1480

코로스

좌 3

그대는 집안을 좀먹고, 무서운 원한을 품고 있고
사악한 성공에 물리지 않는
강력한 악령을 칭찬하오만
아아 그것은 사악한 칭찬이로다.
아아 슬프도다. 이 모두 제우스의 뜻이려니   1485
만사의 원인이시며 만사의 실행자이신 제우스 없이
무슨 일이 죽어야 할 인간들에게 이루어지리오?
이 중 어느 것이 신께서 결정하신 일이 아니겠는가?

---

132 "세 번씩이나 게걸스레 먹어치운"이란 말에 대해서는 의견이 구구하다. 탄탈로스, 펠롭스, 아트레우스, 아가멤논으로 이어지는 3대를 의미한다고 보는 사람이 있는가 하면, 신들의 전지전능을 시험하기 위해 아들 펠롭스의 고기로 신들에게 향연을 베풀었다가 그 벌로 지옥에 떨어져 영겁의 고통을 당하고 있는 탄탈로스와 자식의 고기로 만든 요리를 먹은 티에스테스와 아가멤논을 지칭하는 것으로 보는 사람도 있다. 또 어떤 이는 이러한 해석은 무리라 하여 '세 번씩'이란 말은 단순한 강조어에 지나지 않는다고 보고 있다.

아아 왕이여 왕이여,
내 그대를 위해 어떻게 울어야 하나이까? 1490
그대를 사랑하는 이 마음 무어라 말해야 하나이까?
그대는 처참하게 숨을 거두시고
거미줄에 걸리어 여기 누워 계시나이다.
아아 슬프도다.
아내의 손에 쌍날 흉기를 맞고
음흉한 죽음을 당하신 채 1495
여기 이렇듯 비천하게 누워 계시나이다.

클리타이메스트라

그대는 이것을 나의 소행이라고 믿고 있구려.
하지만 나를 아가멤논의 아내라고 생각하지는 말아요.
무자비한 향연을 베푼
아트레우스의 악행을 1500
복수하는 해묵은 악령이
여기 죽어 있는 자의 아내의 모습을 하고 나타나
어린것들에 대한 보상으로, 마지막을 장식하는 제물로서
이 성숙한 어른을 죽인 것이라오.

코로스

우 3

그대가 이 살인에 무관함을 1505

누가 증언하리오? 그건 안 될 말이오.
하나 아버지의 죄악에서 생겨난
복수의 악령은 그대를 도와줄 것이오.
솟아오르는 혈족의 피의 흐름 속을
늙고 검은 아레스[133]가   1510
폭력을 휘두르며 사납게 달리니
그는 가는 곳마다 어린것들을 잡아먹는 서리를 내릴 것이오.
아아 왕이여 왕이여,
내 그대를 위해 어떻게 울어야 하나이까?
그대를 사랑하는 이 마음 무어라 말해야 하나이까?   1515
그대는 처참하게 숨을 거두시고
거미줄에 걸리어 여기 누워 계시나이다.
아아 슬프도다.
아내의 손에 쌍날 흉기를 맞고
음흉한 죽음을 당하신 채
여기 이렇듯 비천하게 누워 계시나이다.   1520

클리타이메스트라

이 사람이 비천한 죽음을 당했다고
나는 생각하지 않아요.
그는 물론 재앙을
집안으로 불러들이기 위해

---

[133] 아레스는 원래 전쟁의 신이나 비극에서는 흔히 재앙에 대해 환유적으로 쓰이고 있다. 여기서는 동족상잔을 전쟁에 비유한 것이다.

간계를 쓰지는 않았어요.
그는 내가 그에게서 잉태했던 나의 자식을,   1525
두고두고 눈물을 흘리게 했던 이피게네이아를
남들이 보는 앞에서 공공연히 죽였으니까.
그는 자기 행동에 대해 응분의 벌을 받은 것이오.
그는 칼에 찔려 죽음으로써
죗값을 치른 셈이니
저승에 가서도 큰소리치지는 못할 것이오.

코로스

좌 4

집이 무너지고 있건마는   1530
마음속에 확고한 계책이 없으니
내 어디로 향해야 할지 알 수 없구나.
쉬엄쉬엄 소나기는 그쳤어도
억수같이 쏟아지는 피의 비, 집을 무너뜨릴까 두렵구나.
그리고 운명은 새로운 악행을 성취하고자   1535
새 숫돌에다 정의의 칼날을 갈고 있구나.

종 가

오오 대지여 대지여, 차라리 그대가 나를 받아주었더라면!

그랬으면 나는 은으로 가를 댄 욕조의 더러운 침대 속에
그분께서 누워 계신 것을 보지 않았을 것을!　　　　　　1540
누가 그분을 묻어줄 것인가?
누가 그분을 위해 만가를 불러줄 것인가?
그대는 감히 제 손으로 죽인 남편을 위해 통곡하고
그분의 위대한 공적에 대한 보답으로 그분의 혼령을 위해　1545
무엄하게도 친절하지도 않은 친절을 베풀려는 것인가?
아아, 누가 이 산과 같은 영웅의 무덤 위에서
눈물을 흘리며 고인을 찬양하는 노래를 할 것이며
누가 그곳에서 진심으로 그분을 애도할 것인가?　　　　　1550

클리타이메스트라

그 일이라면 그대가 걱정 안 해도 돼요.
그는 내 손에 쓰러졌고 내 손에 죽었으니
그를 묻는 것도 내 손으로 하겠어요.
집안사람들은 아무도 그를 애도하지 않을 것이오.
하나 그의 딸 이피게네이아는　　　　　　　　　　　　　1555
재빨리 흘러가는
재앙의 여울목에서
법도에 따라 반가이 아비를 맞아
두 팔로 껴안고 입 맞출 것이오.[134]

---

[134] 여기서 죽은 아가멤논에 대한 클리타이메스트라의 조롱은 극에 달한다.

코로스

우 4

이렇게 비난에 비난이 맞서니　　　　　　　　　　1560
사리를 판단하기는 어려운 일이로다.
약탈한 자는 약탈당하고 살해자는 대가를 치르나니
제우스께서 왕좌에 계시는 동안에는
행한 자는 당하게 마련. 그것이 곧 법도임에랴.
누가 이 집에서 저주의 씨앗을 몰아낼 수 있을 것인가?　　1565
이 가문에는 재앙이 아교처럼 단단히 붙어 있음이라.

클리타이메스트라

그대는 드디어 진실을 말하는구려.
하나 나는 플레이스테네스 가[135]의 악령과
계약을 맺고 비록 어려운 일이긴 하지만
지금까지 있었던 이 모든 일을　　　　　　　　　　1570
기꺼이 참고 견디겠어요,
만일 그가 앞으로는 이 집을 떠나
다른 가문을 동족상잔으로 멸망시키겠다면 말이오.

---

135 플레이스테네스(Pleisthenes)란 이름은 1602행에도 나온다. 하나 그가 아트레우스 가(家)의 계보상 어떤 자리를 점하는지는 미상이다. 그에 관해서는 이름만 전할 뿐 아무것도 알려져 있지 않기 때문이다.

만일 내가 동족상잔의 광기만
이 집에서 내쫓을 수 있다면 1575
재산은 조금밖에 없어도 그것으로 충분할 것이오.

아이기스토스 호위병을 거느리고 등장

아이기스토스
오오 정의의 날의 상냥하신 햇빛이여!
통쾌한지고. 여기 이자가 제 아비의 죗값을 치르고 나서
복수의 여신들이 짠 옷을 휘감고 누워 있는 걸 보았으니
이제야 드디어 인간을 벌하시는 신들께서 1580
저 높은 곳으로부터 지상의 고통을
유심히 굽어보고 계신다고 말할 수가 있겠구나!
내 분명히 밝혀두거니와 이 나라의 왕이던
이자의 아비 아트레우스는 나의 아버님이시며
자기 형제인 티에스테스로부터 왕권의 도전을 받게 되자 1585
그분을 도시와 집으로부터 추방했던 것이오.
가련한 티에스테스께서는 다시 고향으로 돌아오시어
화로를 붙들고 애원한 결과 죽음을 면하셨고
고향 땅을 자신의 피로 물들이지 않아도 좋은 운명이
   되셨소.
그러나 신을 두려워하지 않는 이자의 아비 1590
아트레우스는 나의 아버님을 열렬히 환영하는 척하며
축제일을 축하한다는 핑계로 형제 간의 우애 이상의 열성을

갖고
그분에게 그분의 친자식들의 고기로 향연을 베풀었소.
아트레우스는 발 부분과 팔의 끝 부분들을
잘게 썰어 이것을 접시 위쪽에 담은 다음   1595
따로 떨어져 앉아 있던 티에스테스 앞에 내놓았소.
그래서 그분은 아무 영문도 모르고 잘 구별되지 않는
  부분들을
잡수셨고 이 식사는 그대도 보다시피 이 가문에 파멸을
  가져다주셨소.
그러나 이 끔찍한 소행을 알게 되자 그분은
비명을 지르고 살육을 토하며 뒤로 넘어지셨고   1600
식탁을 걷어차며 이렇게 정의의 저주를 내리셨던 것이오.
"플레이스테네스의 자손들은 모두 이렇게[136] 멸망할지어다!"
이런 이유로 해서 이자가 여기 쓰러져 누워 있는 것이오.
그리고 내게는 이 살해를 모의할 만한 정당한 이유가
  있었소.
이자는 불쌍하신 나의 아버님과 함께 그분의 열 하고도
  세 번째 아들인   1605
나를 추방했던 것이오. 그때 나는 아직도 강보에 싸인
  어린애였소.
하나 성인이 되자 정의의 여신께서 나를 다시 고향으로

---

[136] 자기와 자기의 자식들이 당한 대로라는 뜻이다.

데려다주셨소.

그리고 나는 이 치명적인 모든 계획을 함께 엮음으로써
현장에 있지 않으면서도 손을 내밀어 이자를 붙잡았던
　　것이오.

그리하여 이자가 정의의 여신의 올가미에 걸린 것을　　1610
내 눈으로 보았으니 이젠 죽어도 여한이 없겠소이다.[137]

코로스장

아이기스토스여, 남의 불행을 보고 기뻐 날뛰는 것은
결코 좋은 일이 아니오. 그대는 이분을 계획적으로
　　살해했고
이 가련한 죽음을 혼자서 계획했다고 공언하는 것인가?
내 그대에게 이르노니 똑똑히 알아두라. 심판의 시간에　　1615
그대의 머리는 백성들이 던지는 돌[138]과 저주를 면치
　　못하리라.

아이기스토스

키잡이 자리에 앉아 있는 자들이 배의 지배자들인데도
밑에 앉아 노를 젓는 주제에 내게 이따위로 말하다니[139]
만일 그대가 분별 있는 행동을 강요받게 된다면 그런

---

137 아이기스토스의 이 대사는 '정의'란 말로 시작해서 '정의'란 말로 끝나고 있다. 클리타이메스트라와 마찬가지로 그도 아가멤논의 죽음을 죄의 대가라고 주장하고 있다.
138 고대 희랍에서는 공동체 전원의 분노를 사는 중죄인은 시민들 모두가 돌로 쳐 죽였다.

나이에

가르침을 받는다는 것이 얼마나 괴로운 일인지 늙어서나마   1620

알게 되리라. 감옥의 속박과 굶주림의 고통은

노인을 가르칠 때에도 마음의 가장 훌륭한 의사요

예언자이니까. 그대는 눈을 뜨고도 보지 못하는가?

돌부리를 차면 발부리만 아프다는 것을.

코로스장

이 비겁한 자여, 전장에서 막 돌아온 사람에게 이런 짓을

　하다니!

집안에만 틀어박혀 그분의 침대까지 더럽힌 주제에

전장에 나가 있는 장군에게 이따위 죽음을 모의하다니!

아이기스토스

그 말 역시 그대에게는 회오에 찬 눈물의 씨앗이 되리라.

그대의 혓바닥은 오르페우스[140]의 그것과는 정반대로구나.

그자는 자기의 음성으로 만물을 즐거움으로 이끌었는데   1630

그대는 주책없는 소리로 사람을 노엽게 만드니 그대 자신이

끌려가게 되리라. 그러나 한번 혼이 나면 좀 유순해지겠지.

코로스장

그리고 그대는 아르고스인들의 지배자가 되고 싶을 테지.

---

139 아이기스토스는 여기서 자기와 노인들의 처지를 이단선(二段船)에 비유하고 있다.

140 오르페우스(Orpheus)는 고대 희랍의 전설적인 가인(歌人)으로 그의 노래는 사나운 맹수와 바위까지도 감동시켰다고 한다.

이분에 대해 죽음을 모의해놓고서도 막상 실행 단계에
　　이르자
제 손으로 이분을 살해할 용기도 없었던 주제에.　　　　　　1635

아이기스토스

속이는 것은 예부터 분명히 여자의 일이고
나로 말하면 이자의 숙적(宿敵)을 의심받아왔으니까.
하나 나는 이제 이자의 재물을 밑천으로 삼아
시민들을 지배할 생각이다. 그리고 복종하려 하지 않는
　　자에게는
무거운 멍에를 씌워줄 생각이다. 나에게는 그자가 결코　　1640
보리를 먹여 키우는 경마용 망아지는 아니니까.
천만에, 어둠[141]의 가증스런 동거자인 굶주림이 그를
　　부드럽게 해주리라.

코로스장

그렇다면 어째서 그대는 비겁하게도 여기 이분을
제 손으로 죽이지 않고 여자를 시켜 죽이게 함으로써
이 나라와 이 나라의 신들을 모독했던 것인가?　　　　　　1645
아아 오레스테스가 어디엔가 살아서 햇빛을 보고 있다면
상서로운 행운의 인도를 받아 이곳으로 돌아와서는
이 두 남녀를 죽이고 승리를 쟁취하련만!

아이기스토스

---

141 감옥.

그대가 정 이렇게 행동하고 말하기로 결심했다면 내
   지체없이
본때를 보여주리라. 자, 호위병 친구들, 자네들에게 할 일이
   생겼구나.   1650

코로스장

자, 모두들 칼을 빼들고 대비하도록 하시오.

아이기스토스

나도 칼을 빼든 이상 죽음조차 사양하지 않겠다.

코로스장

그대의 죽음이라니 듣던 중 반가운 말이다. 그대의 말대로
   해주겠다.

클리타이메스트라

제발 불행에 불행을 쌓아올리지는 맙시다. 내가 가장 아끼는
   남자여!
여기 이것만 해도 거두어들일 게 많아요. 불행한
   수확이여요.   1655
재앙은 이만하면 족해요. 이젠 피 흘리는 것만은 피하도록
   해요.
노인장들은 집으로 돌아들 가셔요. 그대들의 행동이
고통을 가져다주기 전에. 우리들은 운명을 주어진 대로
   받아들여야 해요.
고통이 이것으로 끝날 수만 있다면 우리는 반가이
   받아들여야 해요.
비록 악령의 무거운 발굽에 호되게 얻어맞긴 했지만.   1660

그대들이 귀를 기울이겠다면 이것이 여자인 나의 생각이여요.

아이기스토스

하지만 이자들이 자신의 운명을 시험하기 위해
허튼 혀를 놀려 이따위 욕설을 내게 퍼붓지 뭡니까.
주인을 이렇게 모욕하다니 그대는 필시 제 마음이 아니로다.

코로스장

악당에게 아첨하는 것은 아르고스인 답지 않은 짓이다.   1665

아이기스토스

하지만 훗날 그 언젠가는 내 그대에게 앙갚음하게 되리라.

코로스장

운명이 오레스테스를 그의 고향에 데려다준다면 그렇게는
　안 될걸!

아이기스토스

추방된 자들이 희망으로 살아간다는 것쯤은 나도 알고 있다.

코로스장

잘해보시구려. 정의를 모독하며 살이나 찌구려. 할 수 있을 때
　말이야.

아이기스토스

때가 되면 그대는 이 어리석은 짓의 대가를 반드시 치르게
　되리라.

코로스장

암탉 옆의 수탉처럼 큰소리나 탕탕 치구려.

클리타이메스트라

이따위 허튼소리는 무시해버리셔요. 나와 그대는

이 집의 주인으로서 만사를 잘 정돈하게 될 테니까.

클리타이메스트라와 아이기스토스는 궁전 안으로 들어가고 코로스는 오케스트라를 떠난다

코에포로이

아이스킬로스

일러두기

1. 텍스트로 Aeschylus, *Choephoroi,* edited with Introduction and Notes by A. Sidgwick, Oxford 1952를 사용하였다. 각주 역시 이 책에 실려 있는 A. Sidgwick의 것을 참고하였다. 현대어역으로는 Joh. Gust. Droysen의 독역(獨譯)과 R. Fagles의 영역(英譯)을 참고하였다.

2. 5행마다 행수 표시를 하여 참고하는 데 도움이 되게 하였다.

3. 본문 중 설명이 필요한 부분은 본문 아래 각주를 달았다.

등장 인물

오레스테스(Orestes)   아가멤논(Agamemnon)과 클리타이메스트라의 아들
필라데스(Pylades)   오레스테스의 친구
코로스(Choros)   여자 노예들로 구성된
엘렉트라(Elektra)   오레스테스의 누이
킬리사(Kilissa)   오레스테스의 유모
문지기
클리타이메스트라(Klytaimestra)
아이기스토스(Aigisthos)
시종   아이기스토스의

무대

아르고스의 궁전 가까이 있는 아가멤논의 무덤

오레스테스와 필라데스, 여행복 차림을 하고 등장한다. 오레스테스는 손에 머리털 두 묶음을 들고 있다

오레스테스

아버지의 권능을 지키시는[1] 지하(地下)의 헤르메스 신이여,
부디 내 편이 되어 나의 구원자가 되어주소서!
나는 추방되었다가 다시 이 나라로 돌아와 여기 무덤가에

서서

내 말씀 들어주십사 하고 큰 소리로 아버님을 부르고 있나이다.
여기 내 머리에서 잘라낸 머리털 두 묶음을 들고 있나이다.   5
하나는 나를 길러준 보답으로 이나코스 강에 바치는 것이고[2]
하나는 늦게나마 애도의 뜻을 표하기 위해 아버님의 무덤가에
바치나이다. 아버님께서 돌아가실 때 나는 옆에 지켜 서서
울지도 못했고 시신(屍身)을 나를 때 손을 내밀지도 못했기
　때문입니다.[3]

1　"아버지의 권능을 지키시는"이란 말에 대해서는 두 가지 해석이 엇갈리고 있다. 어떤 사람들은 '아버지'란 말이 오레스테스의 아버지 아가멤논을 가리키는 것으로 보고 '사자(死者)의 보호자로서 아가멤논의 재산과 집을 지켜주시는'이란 뜻으로 해석하고 있고, 어떤 사람들은 '아버지'란 말이 헤르메스(Hermes)의 아버지 제우스(Zeus)를 가리키는 것으로 보고 '제우스로부터 사자(死者)를 지배하는 권능을 부여받은'이라는 뜻으로 해석하고 있다. A. Sidgwick은 후자의 해석이 더 타당하다고 보고 있다.

2　에우스타티우스(Eustathius)에 따르면 고대 희랍인들은 슬픔을 당하거나 성년(成年)이 되면 머리털을 잘라 바쳤다고 한다. 그리고 후자의 경우에는 잘라낸 머리털을 생명력의 상징인 고향의 강에다 바치는 것이 당시의 관습이었다고 한다. 이나코스(Inachos)는 아르고스 지방을 흘러가는 강이다.

3　이 작품의 다른 필사본들의 대본(臺本)이 된 것으로 믿어지는 이른바 메디치(Medici) 필사본(11세기에 양피지에 쓰여진 것으로 피렌체의 Lorenzo dei Medici 도서관에 소장되어 있음)은 10행부터 시작된다. 파손된 1~9행은 다른 문헌에서 보완된 것인데, 1~5행은 아리스토파네스(Aristophanes)의 〈개구리〉 1126행 및 1172행에서 보완된 것이고, 6~7행 및 8~9행은 각각 핀다로스(Pindaros)의 〈피토 찬가〉 제4편 146행과 에우리피데스(Euripides)의 〈알케스티스Alkestis〉의 784행에 대해 주석학자들이 주석을 달면서 아이스킬로스의 작품에서 인용한 것이라고 말하는 부분들로서 근대 고전학자들이 이 작품에 파손된 부분에서 인용한 것으로 보고 이렇게 재인용한 것이다. 참고로 말하면 1~5행은 Canter가, 6~7행은 Stanley가, 8~9행은 Dindorf가 보완한 것이다.

저기 보이는 게 뭘까? 다가오고 있는 저 여인들의 무리는   10
대체 뭘까? 검은 옷을 입고 있는 걸 보니 누굴 애도하고
   있는 모양인데
대체 무슨 불행이 일어났기에 저토록 애도하고 있는 것일까?
집안에 무슨 새로운 불행이라도 일어난 것일까?
아니면 고인의 노여움을 풀기 위해
아버님의 무덤으로 제주(祭酒)를 들고 오는 것일까?   15
그래, 틀림없어. 저기 내 누이 엘렉트라가 슬픈 빛을 띠고
지친 모습으로 이쪽으로 걸어오고 있는 것이 보이는구나.
오오 제우스 신이여, 제발 아버님의 죽음을
복수할 수 있게 해주시고 기꺼이 내 편이 되어주소서!
필라데스, 잠깐 옆으로 피해 서서 저 여인들이 대체 무엇을   20
기구하기 위해 저렇게 몰려오는지 확실히 알아보도록 하세.

    오레스테스와 필라데스 옆으로 피한다. 코로스 제주를 바칠 그
   릇을 들고 등장한다. 그들의 뒤를 따라 엘렉트라도 등장한다. 그들
   은 행렬을 지어 아가멤논의 무덤을 향하여 천천히 걸어간다

코로스(등장가 22~83행)

좌 1

궁전의 분부 따라
손으로 가슴을 세차게 치며

고인을 위하여 제주를 가져온 이 몸
두 뺨은 온통 손톱에 찢겨   25
새빨간 피 이랑이 생겼구나.
오랜 세월 비탄의 노래로 살아온
가련한 내 신세여,
슬픔으로 갈기갈기 찢어진 이 옷은
운명의 타격에 넝마처럼 해어진 채   30
가슴 앞에서 너덜거리고 있구나.

우 1

이 집안의 영특한 꿈의 예언자 공포[4]가
머리털을 곤두세운 채 잠결에 분노의 입김을 토하며
한밤중에 무서운 비명을 지르니
집안 깊숙한 곳에서 울려 퍼지는   35
이 공포의 목소리
여인들의 침방을 무겁게 뒤흔들었네.
이에 꿈을 풀이하는 예언자들
신께 맹세코 이렇게 말하였네.
"지하의 사자(死者)들이 노여워하고 있으니   40
자기들을 살해한 자들에게 원한을 품고 있음이라."

---

4 악몽을 꾸고 비명을 지른 것은 클리타이메스트라지만 시인은 여기서 마치 공포가
   비명을 지른 것처럼 표현하고 있다.

좌 2

아아 어머니 대지여,
신의 미움을 산 그 여인[5]
나를 보낸 것은
이렇듯 반갑지도 않은 호의로   45
재앙을 막기 위함이라네.
이는[6] 진정 말하기조차 무서운 일.
한번 땅에 쏟은 피 그 무엇으로 보상하리오?
아아 슬픔이 깃들인 화로여,
아아 산산이 무너진 집이여.   50
주인의 죽음으로 인하여
이 집은 뭇사람들의 저주를 받으며
햇빛 없는 어둠 속에 싸여 있구나.

우 2

한때는 정복도 항거도 할 수 없는

---

5 클리타이메스트라.
6 여기서 '이는'이란 말이 무엇을 가리키는지 확실치 않다. 대부분의 학자들은 다음에 나오듯이 제주(祭酒)를 바치며 올리게 될 기도를 가리키는 것으로 보고 있다. 그러나 옛 주석에서는 앞에 나온 '신의 미움을 산 그 여인'이란 말을 가리키는 것으로 보고 있다.

꺾을 수 없는 위엄[7]이　　　　　　　　　　　　　　55
만인의 귀와 마음속에 힘을 미쳤건만
이제는 그것도 자취를 감추어버리고
모두들 공포에 싸여 있으니
행운[8]만이 만인의 신이요
신 이상의 것이 되었노라.　　　　　　　　　　　60
하나 정의의 여신의 저울은 언제나 지켜보고 있으니
어떤 이는 일찌감치 대낮에 방문을 받고
어떤 이는 오랫동안 기다렸다가
해 질 무렵에야 고통을 받고
어떤 이는 무력한 어둠 속에 싸여버림이라.[9]　　65

좌 3

어머니 대지가 마신 피, 복수를 부르는 살인의 피는
엉겨 붙은 채 풀어질 줄을 모르고
두고두고 고통을 주는 아테는
질병의 잔이 찰 때까지는 죄 지은 자를 벌하지 않는다네.　70

7　아가멤논의 위엄을 말한다.
8　아이기스토스의 행운을 말한다.
9　이 구절에 대해서는 여러 가지 해석이 엇갈린다. 역자는 A. Sidgwick의 견해에 따라 "어떤 이는 젊었을 때 벌을 받고, 어떤 이는 노년에 가서 벌을 받고, 어떤 이는 당대에는 벌을 면하더라도 그 후손들이 결국 벌을 받게 된다"라는 뜻으로 해석하였다.

우 3

처녀의 침방이 한번 더럽혀지면
치유할 길이 없듯이
이 세상의 강물을 한곳으로 다 모아도
살인의 핏자국은 지워버릴 수 없다네.

종 가

하나 나는 우리 도시[10]에 멍에를 씌우신　　　　　　75
신들의 뜻에 따라
고향도 친척도 멀리하고
노예의 운명이 된 신세.
주인의 처사가 옳든 그르든 꾹 참고
쓰라린 마음의 증오를 억제해야 하니　　　　　　80
남모르는 고통에 추위[11]를 느끼며
이렇게 옷자락에 얼굴을 파묻고
주인의 허무한 운명을 눈물로 슬퍼하고 있노라.

10　트로이아(Troia)를 가리키는 것으로 생각된다. 코로스를 구성하고 있는 여인들은
　　트로이아에서 데리고 온 전쟁포로들로 생각되기 때문이다.
11　'추위'란 말은 '비참'이란 말 대신 비유적으로 사용된 듯하다.

엘렉트라

집안의 방들을 말끔히 치우는 시녀들이여,
그대들은 나를 따라 이 무덤에 기도하러 왔으니　　　　　85
부디 나를 위해 의논 상대가 되어주구려.
애도의 제주를 바치며 아버님께 뭐라고 말씀드려야 좋을까?
어떤 친절한 말씀을 드려야만, 어떤 기도를 드려야만
아버님을 감동시킬 수 있을까? "사랑하는 아내로부터
사랑하는 남편에게 이 선물을 가지고 왔나이다"라고 말할까?　90
내 어머니가 보낸 것이지만 감히 그런 말은 못하겠어.
이 제주를 아버님의 무덤에 바치며 대체 뭐라고 말해야 할지
나로서는 알지 못하겠구나. 아니면 관습에 따라 이렇게
　　말할까?
"이 화환을 보낸 자들에게 충분한 보답을,
그들의 악행에 어울리는 보답을 보내주시기를!"　　　　　95
아니면 대지가 마시게 될 이 제주를
아버님께서 피살되었을 때처럼 아무런 경의도 표하지 않고
쏟은 다음 마치 부정한 물건을 대문 밖으로 내던지는
　　사람처럼[12]
잔을 내팽개치고는 뒤도 안 돌아보고 집으로 돌아갈까?
친구들이여, 이 일에 대해 같이 의논 상대가 되어주구려.　　100
우리는 저 집 안에서 공동의 증오심을 품고 있으니

---

12 주석학자에 따르면 고대 희랍인들은 집을 정화할 때 부정한 물건을 토기에 담아 네거리로 나가서 그릇째 내던지고는 뒤도 안 돌아보고 집으로 돌아갔다고 한다.

아무도 두려워 말고 마음속 생각을 말해주구려.
자유인이건 남의 손에 노예가 된 사람이건
이미 정해진 운명은 피할 수 없는 법이니까.
그러니 달리 좋은 생각이 있거든 말해주구려. 105

코로스장

내 그대 아버님의 무덤을 제단처럼 공경하는 뜻에서
그대의 명령대로 내 마음속 생각을 말씀드리겠어요.

엘렉트라

내 아버님의 무덤을 공경하는 뜻에서 말해주구려.

코로스장

그분을 사랑하는 자들을 위해 축복의 말씀을 하시며 제주를
바치셔요.

엘렉트라

하나 아버님의 친족들 중에 누구를 그렇게 부를 수 있을까? 110

코로스장

먼저 그대 자신을. 그리고 아이기스토스를 증오하는 모든
사람들을.

엘렉트라

그렇다면 나와 그대들을 위하여 기도를 올려야겠구나?

코로스장

그대는 잘 알고 있으니 그대 스스로 생각해보도록 하셔요.

엘렉트라

우리 편이라고 할 만한 사람이 그 밖에 또 있단 말인가?

코로스장

오레스테스를 생각하셔요. 비록 외국에 나가 있긴 하지만.　115

엘렉트라

말 잘했어. 그대는 내게 가장 귀중한 조언을 해준 셈이니까.

코로스장

그렇다면 살인의 장본인들에 대해서도 잊지 마시고—

엘렉트라

뭐라고 말할까? 나는 알지 못하니 제발 가르쳐주구려.

코로스장

그들에게 어떤 신이나 인간이 찾아가라고 말씀하셔요.

엘렉트라

재판관으로서 아니면 복수자로서? 어느 것인지 말해보구려.　120

코로스장

살인을 살인으로 갚는 자라고만 간단하게 말씀하셔요.

엘렉트라

신들께 그런 기도를 드리고도 내 마음이 편안할 수 있을까?

코로스장

적에게 죗값으로 재앙을 내려달라는 기도를 왜 못 드린단 말씀이셔요?

엘렉트라 무덤에서 무릎을 꿇고 기도를 드린다

엘렉트라

상계(上界)와 하계(下界)의 가장 위대한 전령이신
지하의 헤르메스 신이여, 나를 도와주소서.　125

아버님의 집을 지켜보시는 지하의 여러 신들과
만물을 낳아 기르시되 다시 그 씨앗을 잉태하시는
대지(大地)에게 내 기도가 닿도록 해주소서!
사자(死者)들을 위해 이 제주를 부으며 나는 아버님을
   부르나이다.
아버님께서는 부디 나와 나의 혈육인 오레스테스를 130
불쌍히 여기시어 우리가 이 집을 다스리도록 해주소서.
우리는 팔린 몸이라 집도 없이 떠돌아다닌답니다. 우리를
   낳아준
바로 그 여인이 우리를 팔았어요. 그 여인은 우리를
   판 값으로
살인에 가담했던 아이기스토스라는 사내를 사들였습니다.
나는 노예나 다름없는 신세랍니다. 오레스테스는 재산을
   물려받지 135
못하고 추방되어 유랑 생활을 하고 있으며 아버님께서 애써
   모으신
재산은 그자들이 수치스런 환락으로 마구 탕진하고 있습니다.
오레스테스가 행운의 인도를 받아 고향으로 돌아오도록
   해주소서.
이렇게 기도 드리오니 아버님께서는 부디 내 기도를
들어주소서. 그리고 아버님께서는 내가 어머니보다 140
훨씬 순결한 마음씨와 깨끗한 손을 갖도록 해주소서.
이것이 우리들을 위한 기도입니다. 하나 우리의 적에게는
부디 아버님의 원수를 갚아줄 사람이 나타나

이번에는 거꾸로 살인자들이 정의의 심판을 받아 피살되게
　해주소서.
이와 같이 나는 선의의 기도 속에 저주의 기도를　　　　　145
덧붙입니다만 이것은 그자들을 위한 기도랍니다.
아버님께서는 우리들을 위하여 축복을 올려 보내주소서.
그리고 여러 신과 대지와 정의의 여신께서도 우리를
　도와주소서.

　　코로스를 향하여

내 이렇게 기도를 올리며 제주를 바치니
그대들은 애도의 조화(弔花)로 내 기도를 장식하며　　　150
큰 소리로 노래를 불러 사자를 찬양하도록 하구려.

　　엘렉트라 제주를 바친다

코로스
　이제 제주를 바쳤으니
　선악을 초월한 이 무덤 위에
　돌아가신 주인을 위해 눈물을 뿌려
　저주받은 오물[13]을 씻어버리자.　　　　　　　　　　155
　존엄하신 왕이여, 내 기도를 들어주소서.
　죽음의 암흑 속에서 일어나 내 기도를 들어주소서.
　아아 슬프도다.

누가 창(槍)의 힘으로 이 집을 구해줄 것이며 [13]
누가 아레스처럼 스키티스[14]의 활을   160
힘껏 당기며 싸울 것인가?
누가 손에 칼을 빼들고
용감하게 돌진할 것인가?

엘렉트라

대지가 마신 이 제주는 아버님께 바친 것이옵니다.

오레스테스의 머리털을 발견하고 깜짝 놀란다

아니, 이게 뭐야! 이건 못 보던 건데! 그대들도 와서 보려무나. 165
코로스장

말씀 계속하셔요. 내 가슴은 두려움에 떨고 있어요.
엘렉트라

누군가가 머리털을 잘라 무덤 위에 갖다 놓았구려.
코로스장

---

13 '오물'이 무엇을 가리키는지 확실치 않다. 어떤 이는 클리타이메스트라가 보낸 제
    주를 가리킨다고 말하고, 어떤 이는 코로스의 이 노래는 이런 경우에 관례적으로
    부르는 노래에 불과하므로 코로스의 개인적 감정 표현으로 볼 것이 아니라 그냥
    클리타이메스트라의 악몽을 뜻하는 것으로 보는 것이 더 온당할 것이라고 말하고
    있다.
14 스키티스(Skythis. 라틴명 Scythia)는 옛날 흑해 연안에 있던 나라 이름. 스키티스인
    들은 호전적인 유목민족이었다고 한다.

남자의 것인가요 아니면 허리띠를 깊이 매는 처녀의 것인가요?

엘렉트라

이건 누구나 쉽게 알아볼 수 있겠는데그래.　　　　　　170

코로스장

말씀해주세요. 젊은이가 늙은이를 가르칠 수도 있는 것이니까.

엘렉트라

이 머리털을 바칠 수 있는 사람은 나 말고는 아무도 없을 텐데.

코로스장

머리털을 바치며 애도해야 할 자들[15]은 모두 그분을 미워하니까.

엘렉트라

이것 봐! 머리털이 어쩌면 이렇게도 똑같을까.

코로스장

누구의 머리털과 똑같단 말씀이여요? 그걸 알고 싶어요.　　175

엘렉트라

누구긴 누구야. 내 머리털과 똑같아 보인다는 거지.

코로스장

그렇다면 이것은 오레스테스가 몰래 바친 선물일까요?

엘렉트라

---

15 클리타이메스트라와 아이기스토스.

정말 그의 머리털과 아주 비슷해 보이는구려.

코로스장

하나 그분께서 어떻게 감히 고향으로 돌아오실 수 있었을까요?

엘렉트라

아버님을 애도하기 위해 머리털을 보냈음에 틀림없어. 180

코로스장

그분께서 이 나라에 다시는 발을 들여놓으실 수 없다는
뜻에서 그대가 그런 말씀을 하신다면 이는 진정 눈물겨운
 일이오.

엘렉트라

내 마음 또한 거센 분노의 물결에 휩쓸리니
마치 날랜 화살이 나를 꿰뚫은 것처럼 고통스럽구려.
이 머리털을 보고 있자니 두 눈에서 사나운 홍수처럼 185
쏟아져내리는 그리움의 눈물을 억제할 수가 없구려.
생각건대 아르고스의 시민들 중에 이 머리털을 자기 것이라고
주장할 수 있는 사람은 오레스테스 말고는 아무도 없을 테니까.
그리고 아버님을 살해한 그녀가, 나의 어머니가 이 머리털을
잘랐을 리도 없을 테니까. 천만에. 어머니답지 않게 자식들을 190
미워하고 있는 그 여인이, 신의 미움을 산 그 여인이 그럴
 리가 없어.
하나 이 장식물이 사람들 중에서 내가 누구보다도
사랑하는 오레스테스의 것이라고 내 어찌 확실하게
말할 수 있겠는가? 어쩌면 희망의 달콤한 속삭임일지도
 모르지.

아아, 이 머리털이 전령처럼 반가운 목소리를 갖고 있어서   195
두려움과 희망에 떨고 있는 나에게 이렇게 분명하게
말해줄 수 있었으면 좋으련만! "나는 그대가 미워하는
사람의 머리에서 잘라낸 것이니까 멀리 던져버리셔요."라든가
   아니면
"나는 그대와 혈족 간이여요. 그래서 나도 그대처럼
아버님을 애도하고 아버님의 무덤을 장식하고자 온 거여요."   200
신들이여, 우리를 도와주소서. 폭풍을 만난 배처럼
우리도 길을 잃고 헤매고 있음을 그대들은 잘 알고
계실 것입니다. 하지만 우리가 살 운명이라면
작은 씨앗으로부터 큰 나무가 자라나게 될 것입니다.
자, 여기 두 번째 증거가 있구려. 발자국들을,   205
내 발자국과 똑같은 이 발자국들을 보란 말이야.
두 사람의 발자국이야, 하나는 그 사람 자신의
것이고 다른 하나는 그와 동행한 분의 발자국이야.
뒤꿈치와 가운데 오목 들어간 부분을 재어보니
발자국마다 내 것과 정확하게 일치하지 뭐야.   210
의아심과 안타까움에 내 마음 미칠 것만 같구나!

   오레스테스와 필라데스 무덤 뒤에서 불쑥 나타난다

오레스테스
   그대의 기도를 성취시켜주신 신들께
   앞으로도 그대의 기도를 성취시켜주십사고 기도하시오.

엘렉트라

내가 지금 신들로부터 무엇을 얻었다는 거죠?

오레스테스

그대가 오랫동안 기구하던 것이 그대의 눈앞에 나타났습니다. 215

엘렉트라

그렇다면 그대는 내가 부른 사람이 누군지 아신단 말여요?

오레스테스

알고말고요. 그대는 오레스테스를 무척 그리워하고 있었지요.

엘렉트라

그래서 내 기도가 어떻게 해서 성취되었다는 거죠?

오레스테스

내가 바로 그 사람이오. 더 이상 친근한 사람은 찾지 마시오.

엘렉트라

나그네여, 그대는 내게 흉계의 올가미를 씌우려는 게로군요. 220

오레스테스

그렇다면 내 자신을 흉계로 묶는 결과가 될 것이오.

엘렉트라

그대는 나의 불행을 조롱하고 싶은 게로군요.

오레스테스

그대의 불행을 조롱한다는 것은 내 자신의 불행을 조롱하는 것이오.

엘렉트라

그렇다면 그대를 오레스테스라고 불러야 한다는 거여요?

오레스테스

이렇게 나를 직접 보고도 알아보지 못하다니!   225
애도의 표시로 자른 이 머리털을 발견하고
그대의 발로 내 발자국을 일일이 재볼 때는
마치 나를 보기나 한 듯이 기뻐 날뛰더니!
그대 오라비의 이 머리털을 그대의 머리에 갖다 대보시오.
그러면 그것이 그대의 머리에 잘 어울린다는 것을 알게 될
　것이오.   230
그리고 그대가 손수 짠 이 겉옷을 보시오.
베틀의 북이 남긴 자국인 이 짐승 무늬를 보란 말이오.

　　엘렉트라 오레스테스를 열렬히 포옹한다

진정하시오. 기쁘다고 해서 정신을 잃어서는 안 돼요.
우리의 혈족들은 우리를 몹시도 미워하고 있으니까.
엘렉트라
　오오 그대 아버님 집안의 귀염둥이여,   235
　눈물로 기다리던 희망이여, 구원의 씨앗이여,
　이제 그대의 팔을 믿고 아버님의 집을 도로 찾아주구려.
　아아 내게는 네 겹으로 사랑스런 귀여운 얼굴이여!
　내 마음은 그대를 아버지라고 부르도록 강요하는구나.
　그리고 어머니에 대한 사랑도 그대에게 줄 수밖에 없구나.   240
　그 여인으로 말하면 미움을 받아 마땅하니까.
　그리고 무자비하게 희생된 언니[16]에 대한 사랑도 그대에게 줄
　　수밖에.   240

그대는 또한 내 명예를 회복해줄 믿음직한 오라비야.[16]
그러니 힘과 정의에 이어 세 번째로 누구보다도 강력하신
구원자 제우스께서 그대의 편이 되어주시기를!   245

오레스테스

오오 제우스 신이여, 우리들의 행동을 굽어보소서.
아비 독수리[17]를 잃은 이 외로운 새끼들을 굽어보소서.
아비 독수리는 무서운 독사[18]에게 몸이 친친 감겨
죽었나이다. 그래서 아비를 잃고 고아가 된 새끼들은
굶주림에 시달리고 있나이다. 하지만 그들은   250
아직 어려 아비 독수리처럼 먹이를 둥지로
날라올 만한 힘도 없나이다. 보소서, 아비를 잃은 고아들인
우리들 두 오누이 엘렉트라와 나는 꼭 그처럼
비참한 신세가 되어 똑같이 집에서 쫓겨났나이다.
아버지가 그대를 존경하는 마음에서 제물을 바쳤는데도   255
그대가 그러한 아버지의 자식들을 죽게 내버려두신다면
앞으로 누가 그처럼 정성껏 그대에게 제물을 바치겠나이까?
독수리의 종족이 다 죽고 나면 앞으로 누가
그대의 믿음직한 전조들을 인간들에게 전할 수
있겠나이까?[19]

---

16 이피게네이아.
17 〈아가멤논〉 등장가에서도 아가멤논과 메넬라오스가 독수리에 비유된다.
18 〈아가멤논〉 1234행에서 카산드라는 클리타이메스트라를 쌍두사와 스킬라에 비유하고 있다.

그리고 이 왕가(王家)의 대가 완전히 끊어지고 나면 앞으로

　　누가　　　　　　　　　　　　　　　　　　　260

소를 잡는 축제일에 그대의 제단을 보살피겠나이까?

우리들을 지켜주소서. 지금은 비록 보잘것없고

영락한 것처럼 보이지만 이 가문은 크게 뻗어나갈 것입니다.

코로스장

오오 아버님의 화로를 구하게 될 자녀들이여,

말을 삼가시오. 혹시 누가 듣고 잡담 삼아　　　　265

우리의 주인들에게 일러바칠까 두렵소이다.

아아, 제발 그들이 송진이 부글부글 끓는

화염 속에서 타 죽는 꼴을 보았으면 좋으련만!

오레스테스

내게 이 모험을 하도록 명령하신 록시아스의

강력한 신탁(神託)은 결코 나를 저버리지 않을 것이오.　270

내가 만일 아버님의 살해자들을 뒤쫓지 않는다면

이 뜨거운 가슴속에 차디찬 불행의 겨울을

느끼게 해주겠다고 그분께서는 내게 분명히 경고하셨소.

그들이 내 재산을 탕진한 데 대한 노여움에서

그들이 사용한 것과 똑같은 방법으로 그들을 죽이라는 분부였소. 275

그렇지 못한 경우에는 수많은 고통을 겪으며

---

19 독수리는 제우스 신의 사조(使鳥)다. 다른 신들은 모두 인간들과 직접 접촉하지만 제우스만 인간들과 직접 접촉하지 않고 다른 신들이나 독수리나 무지개 같은 것을 통해 자기의 뜻을 전달한다.

내 자신의 생명으로 그 대가를 치러야 한다는 것이었소.
지하에 있는 사자(死者)의 힘이 노여워하며 인간들을 찾아올
  것이라고
선언하시면서 그분께서는 질병에 관해서도 말씀하셨는데
살 위에 솟아오르는 문둥병이 그 사나운 이빨로   280
본래의 모습을 파먹어 들어가 마지막에는 관자놀이 위에
독기를 품은 하얀 머리털이 자라날 것이라고 했소.
뿐만 아니라 그분께서는 복수의 여신들이 찾아와
아버님의 피의 대가를 요구하게 될 것이라고 하였소.
피살된 혈족의 혼령(魂靈)이 복수해주기를 청하며   285
지하에서 검은 화살을 쏘아 보내게 되면
그리고 광기와 형태 없는 공포가 분명하게
보기 위하여 어둠 속에서 눈을 부라리며
나를 추격하게 되면 나의 고문당한 육신은
청동 채찍을 맞으며 도시에서 쫓겨날 것이라고 했소.   290
그런 자는 주연(酒宴)의 즐거움에도 끼일 수 없고
신성한 제주(祭酒)를 바치는 일에도 끼일 수 없으며
아버지의 눈에 보이지 않는 노여움에 쫓겨 제단 옆에도
  못 가고
어느 누구의 집에서도 잠자리를 얻지 못할 것이라고 했소.
그리하여 친구도 없이 만인의 멸시 속에서   295
천천히 시들어지며 비참한 최후를 마칠 것이라고 했소.
이와 같은 신탁은 믿어야만 하오.
설사 믿지 않는다 하더라도 이 일은 해치워야만 하오.

여러 가지 요구가 하나로 뭉쳐 나를 재촉하기 때문이오.
신의 명령도 있고 아버님에 대한 깊은 애도의 마음도 있는 데다   300
재산을 잃어 고생이 막심하니 말이오.
그러므로 나는 토로이아를 함락하여 용맹을 떨친
아르고스의 시민들이 그토록 고상한 마음을 갖고 있으면서도
두 여자[20]에게 머리를 숙이는 꼴을 더는 보고 싶지 않소.
그자는 여자의 마음을 갖고 있소[21] 아니라면 내가 곧 알게
해주겠소.[22]

오레스테스, 엘렉트라 그리고 코로스, 아가멤논의 무덤 주위로
모이며 다음과 같은 노래를 부른다

코로스(애탄가[23] 306~478행)

코로스장
위대한 운명의 여신들[24]이여,

---

20 클리타이메스트라와 아이기스토스.
21 〈아가멤논〉 1625행에서도 아이기스토스는 여자(=비겁자)라고 불리고 있다.
22 만일 그가 비겁자가 아니라고 주장한다면 우리와 싸워보면 곧 비겁자임을 알게 될 것이라는 뜻이다.
23 애탄가(kommos)는 kóptein(가슴을 치다)에서 유래한 말로 코로스와 배우(보통은 한 명이나 때에 따라서는 두 명) 간의 서정적 대화에 대한 전문 용어다. 애탄가는 등장가나 정립가처럼 모든 비극에 공통된 것은 아니며 그 내용은 대체로 고인을 애도하는 성격을 띠고 있으므로 모든 애도가에 대해 애탄가란 이름이 붙게 되었다.
24 인간의 출산, 죽음을 관장하는 세 자매 클로토(Klotho), 라케시스(Lachesis), 아트로포스(Atropos)를 말한다.

제우스의 뜻에 따라
정의가 향하는 방향으로 일이 이루어지게 해주소서.
"악담을 하는 자에게는 악담이 돌아갈지어다."
이렇게 호통치며 정의는   310
빚진 죗값을 거두어들이도다.
"살인의 타격은 살인의 타격으로 갚을지어다."
"행한 자는 당하게 마련이니까."
이는 먼 옛날부터 내려오는 말이로다.

좌 1

오레스테스

오오 아버님, 불쌍하신 아버님,   315
무슨 말을 하고 무슨 행동을 해야
멀리 떨어져 있는 내가
암흑 속에 누워 계시는 아버님 곁에 갈 수 있겠나이까?
광명은 암흑과 상반되는 것.
하나 사람들이 이르기를 정중한 애도는   320
돌아가신 아트레우스 가의 옛 주인에게
복을 가져다줄 것이라고 하옵니다.

좌 2

코로스

오오 젊은이여,
화염[25]의 사나운 이빨도
사자(死者)의 영혼을 억제하지 못하다니　　　　325
세월이 흘러도 그의 노여움은 가시지 않음이라.
사자를 애도하면
살인자는 드러나는 법.
어버이의 죽음을 슬퍼하는 의로운 목소리
크고 높으니　　　　330
어찌 죄지은 자를 찾아내지 못하리오.

우 1

엘렉트라

오오 아버님,
눈물겨운 나의 슬픔도 들어주소서.
두 자식이 아버님 무덤 위에서
탄식의 노래 부르고 있나이다.　　　　335
똑같이 집에서 쫓겨난 우리 두 남매

---

25 화장할 때의 화염을 말한다.

의지할 곳은 오직 아버님 무덤뿐.
이 세상 악으로 충만해 있으니
불행은 끝내 극복할 수 없는 것인가요?

코로스장

하나 신께서는 원하시기만 한다면 340
눈물을 기쁨으로 바꿀 수도 있으니
무덤 위에서 부르는 만가(輓歌)를 승전가로 바꾸어
다시 결합한 혈친을
궁전으로 인도하실 수도 있나이다.

좌 3

오레스테스

아아, 아버님께서 345
차라리 일리온의 성벽 밑에서
리키아[26]의 창에 쓰러지셨더라면
집안엔 명예가 남았을 것이고
자식들에겐 남들이 우러러보는
영광스런 앞날이 약속되었을 것입니다. 350
바다 건너 저편에

---

26 Lykia. 오늘날의 터키 서남쪽. 트로이아 전쟁 때 트로이아의 동맹국.

아버님의 무덤이 우뚝 솟았더라면
집안사람들의 슬픔도 한결 가벼웠을 것입니다.

우 2

코로스

그러셨더라면 영광스럽게 전사한
전우들의 사랑을 받는 가운데   355
지하에서도
왕의 위엄 떨치시며
저승을 다스리는 위대한 지배자들[27]의
제후가 되셨을 것을!
그분께서는 살아 계실 적에도   360
만인이 복종하는 홀(笏)의 권세로
맡은 바 임무를 다하는 왕들의 왕이셨음이라.

우 3

엘렉트라

아니여요. 아버님께서
트로이아의 성벽 밑에서 창끝에 쓰러진

---

27 저승을 다스리는 하데스(Hades)와 그에게 납치되어 저승의 여왕이 된 페르세포네(Persephone)를 말한다.

다른 백성들과 함께 365
스카만드로스 강변에 묻히실 것이 아니라
아버님을 살해한 자들이 오히려
그들의 친척들에게 이런 죽음을 당하여
우리는 이런 고통도 당하지 않고
그들의 죽음의 운명을 370
멀리서 전해 들었어야 했을 것을!

코로스장

아아, 그대는 황금보다 귀중하고
북풍 부는 저쪽 축복받은 자들[28]의 행복보다
더 큰 것을 말씀하시나 원하기는 쉬운 일.
하지만 이중의 채찍[29] 소리 가까이 다가오니 375
지하엔 이미 그대들을 도울 자들이 누워 있고
지금 권세를 휘두르는 저 가증스런 자들의 손은
피로 물들었음이라.
승리는 그대들에게 돌아갈 것이니라.

---

28 북풍 부는 저쪽 비옥한 땅에서 평화롭고 행복한 생활을 하는 것으로 생각되었던 히페르보레오이족(Hyperboreoi)을 가리킨다.
29 "이중의 채찍"이 무엇인지는 확실치 않다. 어떤 이는 오레스테스와 엘렉트라 두 남매의 고통을 가리키는 것으로 보고 있고, 어떤 이는 두 죄인 클리타이메스트라와 아이기스토스에게 가해질 복수를 의미하는 것으로 보고 있는데, 역자는 후자의 견해를 따랐다.

좌 4

엘렉트라
  그대의 말 시위를 떠난 화살처럼   380
  내 귀를 뚫었소. 제우스 신이여,
  지하로부터 뒤늦게나마 재앙을 올려 보내시는 제우스 신이여,
  비록 나를 낳아준 어머니이긴 하지만
  사악하고 뻔뻔스런 그 여인에게
  복수가 가해지도록 해주소서!   385

좌 5

코로스
  죽어 넘어진 남녀의 시체 위에서
  찢어질 듯한 환희의 노래를 부르는 일일랑
  부디 내게 맡겨주소서.
  내 마음의 뱃머리엔
  거센 분노와 무서운 증오의 돌풍이 불거늘   390
  내 어찌 마음속 생각을
  감출 수 있겠나이까?

우 4

오레스테스

    위대하신 제우스 신이여,
    주먹을 힘껏 휘둘러   395
    그들의 머리통을 내리치소서.
    그리하여 이 땅에 신뢰를 회복하여주소서.
    이는 불의 대신 정의를 요구하는 것이오니
    대지여, 지하의 위대한 힘들이여, 내 기도를 들어주소서.

코로스장

    땅 위에 쏟아진 피는   400
    또 다른 피를 부르는 법
    살육이 불러낸 복수의 여신께서
    이전에 살해된 자들을 위해
    재앙에 재앙을 겹치심이라.

좌 6

엘렉트라

    대지여, 저승의 지배자들이여,   405
    사자(死者)들의 강력한 저주여,
    집에서 쫓겨나 어찌할 바를 모르고 있는
    아트레우스 가의 이 잔해를 보소서.

오오 제우스 신이여, 어디로 가야 하나이까?

우 5

코로스

그대의 탄식을 들으니 410
내 가슴은 또다시 두근거리고
그대의 슬픈 말을 들으니
온갖 희망은 사라지고
내 마음은 암흑 속에 싸이는구려.
그러나 희망은 다시 힘과 용기를 주며 415
내 머리 위에 찬란한 아침 햇살을 보내
슬픔을 쫓아버리는도다.

우 6

오레스테스

하나 한 가지 확실하게 말할 수 있는 것은
어머니로부터 심한 고통을 받았다는 사실
어머니가 아무리 애원해도 우리의 고통은 가시지 않으리라. 420
어머니에게서 타고난 우리의 기질은
사나운 늑대와 같아서 화해할 줄을 모름이라.

좌 7

코로스장과 코로스

    페르시아인들처럼 가슴을 치며
    키시아[30] 여인들처럼 통곡하는 이 몸
    손이 아래위로 움직이며   425
    쉴 새 없이 내리치니
    이 가련한 머리
    매를 이기지 못해 소리를 지르네.

좌 8

엘렉트라

    오오 잔인하고 뻔뻔스런 어머니여,
    마치 적병을 묻어버리듯   430
    시민들의 접근과 애도를 금지한 가운데
    일국의 왕을, 그대의 남편을
    눈물도 없이 묻어버리다니!

---

30 키시아(Kissia)는 페르시아의 수시아나(Susiana) 지방의 일부.

좌 9

오레스테스

아아 듣기에도 부끄러운 장례식.
아버님을 욕되게 한 자   435
신들께서 명령하신 대로
이 손으로 복수하리라.
내 그를 죽일 수만 있다면 목숨도 아깝지 않겠노라.

우 9

코로스장과 코로스

끔찍한 말씀이오나 아버님께서는
그 여인의 손에 난도질을 당한 채[31] 묻히셨으니   440
이는 아버님의 죽음으로
그대의 일생에 무거운 짐을 지우기 위함이라.
아버님께서는 이토록 모욕과 고통을 당하셨나이다.

---

31 주석학자에 따르면, 고대 희랍에는 흉계에 의해 피살된 사람의 손발을 잘라 겨드랑이와 목에다 묶고 그 칼에 묻은 핏자국을 그의 머리에다 닦아버리면 가해자가 복수를 면한다는 미신이 있었다고 한다.

우 7

엘렉트라
아아 아버님의 비참한 죽음이여!
하나 나는 수치스럽게도 아버님 곁에서 쫓겨나   445
개처럼 방구석에 갇힌 채
웃음 아닌 눈물로 슬픔을 달래며
남몰래 울었나이다.
아버님, 내 말이 들리시면 가슴속에 새겨두소서.   450

우 8

코로스장과 코로스
이 말씀 들리시면
마음속 깊이 새겨두소서.
지난 일들은 이러하거니와
다가올 일은 스스로 알도록 하소서.[32]
그리고 불굴의 용기로 싸움에 임하소서.   455

---

[32] 일어서서 복수하는 데 참가해달라는 뜻이다.

좌 10

오레스테스

아아 아버님, 부디 아버님께서 사랑하시는 자들을
  도와주소서.

엘렉트라

나도 눈물을 흘리며 아버님을 부르나이다.

코로스장과 코로스

우리들도 한마음 한뜻이 되어 큰 소리로 부르나이다.
우리들의 기도를 들으시고 광명을 향하여 일어서시어
우리들과 함께 적을 무찔러주소서! 460

우 10

오레스테스

그들의 힘과 내 힘이, 그들의 정의와 내 정의가 맞서게
  되리라.

엘렉트라

오오 신들이여, 올바른 판결을 내려주소서.

코로스장과 코로스

그대들의 기도를 들으니 온몸이 떨리는구려.
운명은 이미 오래전에 정해져 기다리고 있으니
기도하는 그대들을 향하여 다가올 것이오. 465

좌 11

코로스

아아 이 집안에 뿌리내린 저주여.
재앙이 내리치는 피 묻은 채찍의
곡조도 없는 노랫소리여.
슬프도다. 참을 수 없는 불행이여.
슬프도다. 가실 줄 모르는 고통이여.　　　470

우 11

고통을 멎게 할 약은 집안에 있노라.
바깥의 낯선 사람들이 아니라
집안사람들만이
피의 불화를 내쫓을 수 있음이라.
지하의 신들께 이 노래를 바치나이다.　　　475

코로스장

지하에 계신 축복받은 자들이여,
두 남매의 기도를 들으시고
그들이 승리하도록 도움을 보내주소서!

오레스테스

왕이시면서도 왕답지 않게 돌아가신 아버님이여, 내 기도를
　들으시고

내게 아버님의 집을 다스릴 수 있는 힘을 주소서. 480

엘렉트라

아버님, 나도 아버님의 도움이 필요하옵니다. 아이기스토스에게 파멸을 안겨다줌으로써 내가 자유의 몸이 되게 해주소서.

오레스테스

그러면 사자(死者)에게 바치는 장례 음식을 아버님께 드릴 수 있게 될 것입니다. 그렇지 않으면 아버님께서는 김이 무럭무럭 나는 풍성한 제물을 받지 못하게 될 것입니다. 485

엘렉트라

나 역시 유산을 물려받게 되면 결혼식 때 아버님 집에서 제주를 가져와 바치게 될 것이며 누구의 무덤보다도 아버님의 무덤을 공경하게 될 것입니다.

오레스테스

오오 대지여, 내가 싸우는 것을 지켜보시도록 아버님을
보내주소서.

엘렉트라

오오 페르세포네[33]여, 영광스런 승리의 힘을 주소서. 490

오레스테스

오오 아버님, 아버님께서 그 속에서 살해되신 욕조(浴槽)를
생각하소서.

엘렉트라

---

33 페르세포네는 저승을 다스리는 여왕. 앞의 주 27 참조.

아버님에게 씌워진 그물을 생각하소서.

오레스테스

아버님께서는 놋쇠로 만들지 않은 올가미에 씌워지셨던
　　것입니다.

엘렉트라

흉측한 마음에서 생각해낸 겉옷에 씌워지셨던 것입니다.

오레스테스

이런 수모를 당하시고도 깨어나지 않으시렵니까, 아버님?　　495

엘렉트라

그 정다운 머리를 똑바로 드시지 않으시렵니까?

오레스테스

패배를 설욕하기 위해 승리를 쟁취하고 싶으시다면
정의의 여신을 보내 우리들을 돕게 해주시거나
아니면 우리가 그들과 다시 맞붙잡고 싸울 수 있도록
　　도와주소서.

엘렉트라

아버님, 나의 마지막 부르짖음을 들어주소서.　　500
아버님의 무덤 위에 앉아 있는 아버님의 병아리들을 보소서.
아들과 딸의 이 탄식을 불쌍히 여기시어
펠롭스[34] 가의 씨를 없애버리지 마소서.

34　펠롭스(Pelops)는 탄탈로스(Tantalos)의 아들로 아트레우스와 티에스테스의 아버
　　지이며 아가멤논과 메넬라오스의 할아버지다.

코에포로이　161

그러면 아버님께서는 죽어도 죽은 것이 아닐 것입니다.
사람이 죽는다 하더라도 자식들은 기억의 목소리가 되어　　505
망각으로부터 그를 지켜줄 것이기 때문입니다. 자식들은
그물이 바다 밑으로 가라앉는 것을 막아주는 부표(浮漂)와도
　같습니다.
들어주소서. 우리들의 탄식은 아버님을 위한 것이오니
우리들의 애원을 들어주시면 아버님 자신이 구원받게 될
　것입니다.

코로스장

자, 그만했으면 그대의 나무랄 데 없는 긴 기도는　　510
만가(輓歌)마저 금지되었던 아버님의 무덤을 위해
충분한 보상이 되었을 것이오. 이제 남은 일은 행동하는
　것이오.
일단 행동하기로 마음을 정한 이상 운명을 시험하도록 하시오.

오레스테스

물론이지. 하나 그러기 전에 먼저 한 가지 물어볼 게 있소.
무슨 이유로 그 여인은 이런 제물을 보냈으며, 무슨 생각이
　들어　　515
자신의 치유할 수 없는 고통을 이렇게 뒤늦게 달래보려는
　것이오?
그녀는 사자(死者)를 위해 하찮은 선물을 보내지만 사자는
거들떠보지도 않을 것이오. 내 이 선물의 속셈은 알 수 없으나
그녀의 악행을 속죄하기에는 너무나 보잘것없는 선물이오.
일단 피를 흘리게 한 뒤에는 범행을 속죄하기 위해　　520

있는 것을 다 부어도 헛수고일 뿐이오. 이것이 곧 법도요.
하나 그 속셈을 알고 싶으니 알고 있거든 말해주구려.

코로스장

나는 알고 있어요, 도련님. 가까이 있었으니까요.
신을 두려워하지 않는 그 여인은 꿈의 내습을 받아,
밤의 어둠 속을 배회하는 공포의 내습을 받아 이 제주를 보낸
 거여요.   525

오레스테스

그게 어떤 꿈인지 들어서 알고 있다면 사실대로 말해주구려.

코로스장

뱀을 낳는 꿈을 꾸었다고 제 입으로 말했어요.

오레스테스

이야기의 요점은 무엇이며 결말은 어떻게 되지요?

코로스장

그래서 그녀는 그것을 애처럼 포대기에 싸서 재웠대요.

오레스테스

그런데 그 어린 괴물이 어떤 먹이를 원했다고 했소?   530

코로스장

꿈속에서 자기의 젖을 빨도록 내밀었어요.

오레스테스

그러고도 그 가증스런 짐승에게 어떻게 젖꼭지를 물리지
 않았지?

코로스장

물렸대요. 그래서 그것이 빨아낸 젖 속에는 핏덩어리가 섞여

코에포로이 163

있었대요.

오레스테스

그 여인의 남편이 보낸 꿈은 결코 헛된 환상은 아닐 것이오.

코로스장

그래서 그녀는 놀라 소리를 지르며 잠에서 깨었고   535
이미 밤의 어둠 속에 꺼져버렸던 수많은 횃불들은
안주인을 안심시키기 위하여 온 집안에 환히 켜졌어요.
그런 일이 있고 난 뒤에 그녀는 고통을 제거해주리라 믿고
이 애도의 제주를 무덤으로 보낸 거여요.

오레스테스

대지와 아버님의 무덤에 비나이다. 부디 이 꿈이   540
나를 위하여 이루어지게 해주소서. 내가 풀이하기에는
이 꿈은 앞으로 일어날 일과 완전히 일치하오.
만일 뱀이 진실로 내가 태어난 바로 그곳에서 나와
나를 잠재우던 바로 그 포대기에 싸여 있었다면,
그리고 내가 빨던 바로 그 젖가슴을 빨아   545
그 달콤한 어머니의 젖에 핏덩어리를 섞음으로써
그 여인이 공포와 고통에 비명을 질렀다고 한다면,
괴물에게 젖꼭지를 빨게 하는 꿈을 꾸었다는 것은
그녀가 비명횡사할 전조임이 분명하오. 바로 내가 뱀이 되어
그녀를 죽일 것이오. 이렇게 꿈은 말해주고 있소.   550

코로스장

그럴듯한 풀이여요. 나는 그대의 꿈풀이를 받아들이겠어요.
제발 그렇게 되었으면! 그건 그렇고 그대의 친구들인

우리들에게
누가 행동해야 하고 누가 행동하지 말아야 하는지
말씀해주셔요.

오레스테스

이야기는 간단하오. 누님은 안으로 들어가시고
그대들은 내 계획을 입 밖에 내지 마시오.   555
그래야만 존경받아 마땅한 분을 간계로 살해한 그들 역시
간계에 의해 같은 올가미에 씌워 죽음을 당하게 될 것이오.
이렇게 하도록 록시아스께서도 명령하셨거늘
아폴론 왕께서는 한 번도 거짓말을 한 적이 없는
　예언자이십니다.
나는 나그네로 변장한 다음 필요한 장비를 모두 갖추고   560
여기 있는 필라데스와 함께 궁문(宮門)으로 가서
나그네 행세와 동맹자 행세[35]를 동시에 할 것이오.
우리 두 사람은 포키스 말투를 흉내 내며
파르나소스 사투리를 쓸 것이오. 그러나 아마
어느 문지기도 우리를 반가이 맞아주지는 않을 것이오.   565
집 전체가 하늘이 내린 재앙으로 가득 차 있으니까.
만일 그렇다면 우리는 누군가가 옆을 지나가다가
이상스럽게 여기고 이렇게 말할 때까지 기다릴 것입니다.
"어떻게 된 거야? 아이기스토스는 집안에 있으면서도

35　아가멤논 집안과 동맹을 맺고 있던 포키스(Phokis)의 스트로피오스(Strophios)가 보낸 사자(使者) 노릇을 하겠다는 뜻이다.

탄원하러 온 사람들을 외면한 채 대문을 잠가버리다니!" 570
그러나 일단 문을 지나 문턱을 넘어서게 되면
아버님의 왕좌 위에 앉아 있는 그자를 내가 발견하게 되든
아니면 그자가 나와 대면하기 위해 걸어와서는
눈을 들어 나를 아래위로 훑어보게 되든 간에
내 분명히 말하지만 "나그네는 어디서 온 누구시오?"라고 575
묻기도 전에 그자는 번개 같은 내 칼에 시체가 되어
나뒹굴게 될 것이오. 그렇게 되면 피에 부족을 느끼지 않는
복수의 여신은 물도 안 탄 피의 세 번째[36] 잔을 마시게
  될 것이오.
그러니 누이는 집안을 빈틈없이 살피시어
모든 일이 척척 잘 맞아나가도록 해주시오. 580
그리고 그대들은 입을 다물어야 할 때는 입을 다물고
말을 해야 할 때는 그때그때 상황에 알맞은 말을 하시오.
그 밖에 다른 일은 내게 칼의 대결을
명령하신 그분[37]에게 맡기도록 합시다.

    오레스테스, 필라데스, 엘렉트라 퇴장

코로스(첫 번째 정립가 585~652행)

---

[36] 이 집에서 일어난 세 번째 살인을 말한다. 본문 1066~1073행 참조.
[37] 아폴론.

좌 1

대지는 사악하고 무서운 것들을 585
수없이 기르고
바다의 품속에는
위험한 괴물들이 우글거리며
하늘과 땅 사이에는
유성(流星)이 불을 뿜는도다. 590
그리고 공중을 나는 새들과
땅 위를 걷는 짐승들도
폭풍의 사나운 노여움을 다 같이 말하는도다.

우 1

하나 남자의 대담한 마음은
누가 말하며, 595
인간들에게 불행을 가져다주는
대담한 여인들의 분별없는 욕정은
누가 말하랴?
여자의 마음을 꿰뚫는
사악한 욕정은
결혼의 인연보다 더 강하거니 600
이는 사람도 짐승도 한가지로다.

좌 2

마음이 경박하지 않은 자는
테스티오스의 딸 알타이아[38]의 이야기를 듣고
내 말이 진실임을 알라.
자식을 살해한 그 여인   605
그릇된 생각에서
자식과 동갑인 장작에다 손수 불을 지르니
그 장작은 그가 울음을 터뜨리며
어머니의 뱃속에서 태어나던 때부터
운명의 날이 올 때까지   610
그와 생명을 같이하였도다.

---

38 알타이아(Althaia)는 칼리돈(Kalydon) 왕 오이네우스(Oineus)의 아내다. 그녀의 아들 멜레아그로스(Meleagros)가 태어나던 날 운명의 여신들이 나타나 화로 위에 타고 있는 장작이 다 타고 나면 애가 죽게 될 것이라고 말한다. 그녀는 타고 있던 장작을 불속에서 끄집어내어 불을 끈 다음 조심스럽게 감춘다. 후일 멜레아그로스가 성인이 되었을 때 오이네우스가 아르테미스 여신에게 제물 바치기를 소홀히 하자 여신은 이에 대한 보복으로 큰 멧돼지 한 마리를 보내 칼리돈의 들판을 유린하게 한다. 그러자 멜레아그로스가 사방에서 영웅들을 모아 그 멧돼지를 잡았는데, 멧돼지에 맨 먼저 활을 쏘아 부상을 입힌 것은 아탈란타(Atalanta)라는 처녀 사냥꾼이었다. 멜로아그로스는 평소 그녀를 연모하던 터라 멧돼지의 머리를 그녀에게 상으로 준다. 하지만 그의 외삼촌들이 그의 처사가 불공평하다고 하자 그는 외삼촌들을 죽여버린다. 이 소식을 전해들은 알타이아는 감추어두었던 장작을 불속에 던져 멜레아그로스가 죽고 나자 자살해버린다.

우 2

또 한 가지 가증스런 이야기는
적을 위하여
아버지를 살해한 처녀의 살인담.³⁹   615
미노스가 준
크레테의 황금 목걸이에 매수된 그녀
아버지 니소스가
아무런 의심도 품지 않고 깊이 잠들었을 때
그의 불사(不死)의 머리털을 잘랐으니   620
진정 개 같은 여인이로다.
그리하여 헤르메스가 그를 지하로 인도했도다.

좌 3

기왕 잔혹한 행위에 관해 말하기 시작했으니
클리타이메스트라에 관해서도 이야기하고 싶소만
지금은 집안에 파멸을 가져다준   625
사랑 없는 결혼담이나

---

39 메가라(Megara) 왕 니소스(Nisos)가 크레테(Krete) 왕 미노스(Minos)에게 포위되었을 때 니소스의 딸 스킬라(Skylla)는 미노스에게 반하여(이 작품에서는 황금 목걸이에 매수된 것으로 되어 있음) 그녀의 아버지 니소스의 생명을 지켜주던 불사의 머리털을 잘라버린다. 그리하여 메가라가 함락되고 니소스도 죽고 만다. 그러나 미노스는 감사하기는커녕 그녀를 그의 뱃고물에 매달아 익사하게 했다고 한다.

코에포로이 169

적을 공포에 떨게 했던 용감한 남편을 쓰러뜨린
여인의 간사한 계교를 말할 때가 아니오.
하나 나는 정열에 불타지 않는 가정의 화로와
여인의 대담하지 않은 기질을 존중하오.[40]   630

우 3

하나 모든 범행의 으뜸은
렘노스에서 있었던 일.[41]
모두들 저주받은 불행이었다고 탄식하며
무서운 일은 으레 렘노스의 공포에 비긴다네.
사악함으로 인하여 신의 미움을 산   635
인간의 종족들은 수치 속에 사라져버리게 마련이라네.
신의 미움을 받는 것은 아무도 존중하지 않음이라.
내가 한 이야기 중에 어느 것이 옳지 않단 말인가?

---

40 이 연은 텍스트가 매우 불완전하다. 역자는 A. Sidgwick의 의견에 따라 텍스트를 다소 보완하여 번역하였다.
41 전설에 따르면 렘노스(Lemnos)의 여인들은 질투심에 눈이 멀어 남자들을 모두 죽인 일이 있다고 한다. 그러나 헤로도토스(Herodotos)는 렘노스에서 일어났던 또 다른 참사를 말해주고 있다. 그의《역사》제6권 138장에 따르면, 아티케(Attike. 라틴명 Attica) 지방에서 추방되어 렘노스로 이주해간 펠라스고이족(Pelasgoi)은 그에 대한 보복으로 아테나이의 여인들을 납치해갔는데, 이 여인들이 낳은 애들이 자기네들끼리만 어울려 놀며 아티케 말을 했기 때문에 애들과 어머니들을 모조리 죽였다고 한다. 그 후부터 이 '렘노스의 참사'는 희랍인들 사이에서 잔혹한 행동의 대명사가 되었다고 한다. 그러나 여기서는 여인들의 잔인한 소행이 노래의 주제이므로 앞서 말한 전설을 이야기하는 것으로 생각된다.

좌 4

정의의 여신의 칼은 예리하여
심장 깊숙이 찌르거늘   640
불경하게도 제우스의 신성한 위엄을
죄악으로 짓밟으면
그 범행은 발밑에 묻히거나 잊히지 않는 법이라네.[42]

우 4

정의의 여신의 모루는 튼튼하게 세워졌고
운명의 여신은 미리 칼을 벼리고 있도다.
그리고 생각하는 게 깊은 강력한 복수의 여신은
마침내 아들을 집으로 돌려보내   650
그 옛날에 흘린 피의 대가를 치르게 하는도다.

여인들 모두 퇴장하고, 오레스테스와 필라데스 나그네 차림으로 등장하여 아트레우스의 궁전으로 다가간다

오레스테스

---

[42] 이 연도 텍스트가 불완전하다.

여봐라, 문 두드리는 소리가 안 들리느냐?
여봐라, 다시 묻노니 집안에 아무도 없느냐?
이제 세 번째로 부르니 만일 아이기스토스의 통치 밑에서   655
이 집이 손님 접대를 잘한다면 누가 나와서 문을 열도록 하라.

문지기 (안에서)

알았어요. 듣고 있어요. 한데 나그네는 어디서 온 뉘시오?

오레스테스

집주인들에게 전하도록 하라.
내가 소식을 갖고 그들을 찾아왔다고 말이야.
어서 서두르도록 하라. 밤이 어둠의 마차를 타고   660
다가오고 있고 나그네가 손님을 반가이 맞아주는
여인숙에 닻을 내릴 시간이 됐으니까.
이 집을 다스리는 사람이 나왔으면 좋겠다.
안주인도 좋지만 가능하다면 바깥주인이 더 좋겠구나.
서로 거북해하면 이야기가 애매해지는 법이나
남자들끼리 탁 터놓고 이야기를 하게 되면
하고 싶은 말을 분명하게 말할 수 있으니까.

    클리타이메스트라, 궁전으로부터 등장

클리타이메스트라

나그네들이여, 필요한 것이 있으면 말하시오.
이런 집에 어울릴 만한 것이라면 무엇이든

그대들을 위해 준비되어 있어요. 따뜻한 목욕하며 670
피로를 씻어주는 잠자리하며 세심한 배려하며.
그러나 그대들이 의논을 요하는 중요한 용건으로 오셨다면
그건 남자들이 할 일이니 남자들에게 전하겠어요.

오레스테스

나는 포키스의 다울리아[43]에서 온 나그네입니다.
나는 보따리를 등에 메고 아르고스를 향하여 걸어오다가 675
— 이제 이곳에 도착했으니 휴식을 취할 수 있게
　되었소만 —
어떤 사람을 만났는데 우리는 서로 모르는 사이였지요.
그는 내 갈 길을 묻고 나서 자기의 갈 길을 말하더군요.
그의 이야기를 듣고 알게 되었지만 그는 포키스의
　스트로피오스란 자였습니다.
"나그네여, 그대가 그렇지 않아도 아르고스로 가신다니 680
잘 기억해두었다가 오레스테스의 부모님들을 찾아가서
그는 이미 죽었다고 전해주시오. 부디 잊지 마시오.
그리고 그의 유해를 집으로 돌려보내주기를 원하는지
아니면 영원한 추방자로서 객지에다 묻어주기를 원하는지
친척들의 의사를 알아보고 그것을 내게 전달해주시오. 685
수많은 애도의 눈물을 흘리게 했던 그의 유해는
지금 청동 단지 속에 들어 있으니까 말이오."

---

[43] 다울리아(Daulia) 또는 다울리스(Daulis)는 오르코메노스(Orchomenos)에서 델포이(Delphoi)로 가는 도중에 있던 옛 도시 이름.

나는 들은 대로 모두 말씀드렸습니다. 내가 지금 말씀드리고
　있는 분들이
이 집안의 어른들인 그의 부모님들인지는 모르겠으나
아무튼 누구보다도 먼저 그의 아버님께서 아셔야 할 텐데요.　690

클리타이메스트라

아아 슬프도다. 그대의 소식은 우리들에게 완전한 파멸을
　안겨다주었소.
아아 이 집안의 쫓아버릴 수 없는 저주여,
그대는 안전한 곳에 떨어져 있는 것조차도 놓치지 않고
멀리서 겨눈 활로 어김없이 쏘아 맞혀 이 가련한
　여인으로부터
사랑하는 사람들을 모조리 앗아가는구나.　695
이젠 오레스테스마저 가버렸구나. 그 애는 현명한 충고를
받아들여 죽음의 진창으로부터 발길을 멀리 돌렸었는데
이제 이렇게 되었으니 그 애가 집안의 이 사악한 광란을
치유해줄 수 있을 것이라는 희망조차 사라져버렸구나.

오레스테스

이렇게 행운을 누리는 집에 올 바엔 이왕이면　700
좋은 소식을 가져와 인사도 드릴 겸해서
손님으로서 접대를 받을 수 있었으면 좋았을 텐데.
손님과 주인 사이의 우의보다 더 소중한 것이 어디
　있겠습니까?
하지만 약속을 한 데다 손님으로 와 있으면서도
이런 중대한 소식을 가족들에게 전하지 않는다는 것은　705

아무래도 도리에 어긋난 짓 같은 생각이 들더군요.

클리타이메스트라

그렇다 하더라도 그대가 응분의 대접을 못 받거나
이 집의 환영을 받지 못하는 일은 없을 거여요.
그대가 아니더라도 다른 사람이 이 소식을 전해주었을
   테니까요.
자, 이제 하루 종일 먼 길을 걸어온 나그네들에게   710
편의를 제공해야 할 시간이 된 것 같군요.

   하인을 향하여

이분과 이분의 하인들과 동행인을
손님들을 환대하는 남자들의 객실로 안내해서
이런 집에 어울리는 접대를 해드리도록 하라.
내 명령이니 책임지고 정성껏 보살펴드려라.   715
그동안 나는 집주인에게 이 소식을 전하겠다.
그리고 친구들도 많으니까 이 일에 관해 그들과 의논하도록
   하겠다.

   코로스만 남고 모두 퇴장

코로스장

오오 집안일을 돕는 친구들이여,
언제 우리는 오레스테스를 위해   720

승리의 노래를 힘껏 부르게 될 것인가?

코로스

아아 신성한 대지여, 신성한 무덤이여,
그대의 품속엔 함대의 지휘자
아가멤논 왕께서 누워 계시거늘
이제 우리의 기도를 들으시고 725
도움을 베풀어주소서.
이제 페이토[44]가 싸움에 섞이기 위해
온갖 계략을 짜고, 지하의 헤르메스가
칼의 대결을 지켜볼 시간이 됐나이다.

코로스장

보아하니 나그네가 일을 저지르고 있는 것 같구나. 730
저기 오레스테스의 유모가 눈물을 흘리며 다가오고 있군그래.

　　　유모 궁전으로부터 등장

그렇게 문을 나와 어디로 가는 길이오, 킬리사?
슬픔이 보수도 안 받고 그대의 길동무 노릇을 하고 있군요.

유모

마님께서 아이기스토스를 지체 없이 나그네들에게로

---

44 페이토(Peitho)는 설득의 여신이다.

모셔드리라는 분부였어요. 직접 와서 남자들끼리 대면하게 되면 735
소문을 좀 더 자세히 알 수 있을 거라고 하면서 말여요.
그녀는 하인들이 보는 앞에서는 슬픈 표정을
짓고 있지만 그 눈 속엔 웃음을 감추고 있었어요.
나그네들이 알려준 소식에 따를 것 같으면
집안을 위해서는 더할 나위 없이 불행한 일이 일어났지만   740
그녀에게는 가장 기쁜 일이 일어난 셈이니까요.
아이기스토스 그자는 이 소식을 듣자마자
기뻐 날뛰겠지요. 아아 불쌍한 내 신세여.
나로 말하면 이 아트레우스의 집안에서
옛날부터 지금에 이르기까지 가슴이 터지도록 745
가지가지 불행을 남김없이 다 당해왔지만
아직까지 이런 슬픔은 당해보지 않았어요.
다른 슬픔들은 나도 묵묵히 참고 견뎠어요.
그런데 귀여운 오레스테스가! 그 애는 내가 영혼을 바쳐 기른
　애여요.
어머니 뱃속에서 나오자마자 내가 받아 길렀지요.   750
울 때마다 밤잠을 설치고 일어나 보살펴드리려고
무척 애를 썼지만 아무 소용이 없었어요.
지각이 없는 어린애란 것은 가축처럼 타고난 성질 그대로
키워야만 하는 거여요. 안 그래요?
포대기에 싸인 어린애는 배가 고프건 갈증이 나건   755
오줌이 마렵건 간에 말을 할 수가 없으니 말여요.
어린애의 배란 놈은 도대체가 고집불통이지요.

이런 점들을 미리 알아서 보살펴드렸지만
가끔은 실수하여 포대기를 빨곤 하였지요.
그래서 세탁부와 유모 노릇을 동시에 한 셈이지요. 760
나는 이 두 가지 일을 능숙하게 잘했고
그래서 오레스테스를 아버지를 위해 받아 길렀던 거여요.
그런데 이제 그 애가 죽다니 이 무슨 날벼락이란 말이오.
그리고 이 소식을 우리 집을 더럽힌 자에게 전하러 가야
  하다니.
아아 불쌍한 내 신세요, 그러나 그자는 듣고 기뻐하겠지요. 765

코로스장

그런데 어떻게 하고 오라는 분부시던가요?

유모

어떻게라니? 잘 알아듣도록 한 번 더 말해봐요.

코로스장

호위병들을 거느리고 오라던가요, 아니면 혼자 오라던가요?

유모

무장한 호위병들을 거느리고 오라는 분부였어요.

코로스장

그러나 그대는 가증스런 주인에게 그 말을 전하지 말고 770
어서 가서 기쁜 표정으로 이렇게 말하도록 해요.
"혼자 오셔요. 겁내실 것 없어요. 반가운 소식이여요."
전령은 비뚤어진 이야기도 바르게 할 수 있는 법이니까.

유모

그럼 그대도 이 소식을 듣고 기뻐하고 있단 말인가요?

코로스장

제우스께서 역풍을 순풍으로 바꾸신다면 어찌 기쁘지
않겠소?   775

유모

어떻게 바꾼다는 거여요? 이 집의 희망인 오레스테스가
죽었는데.

코로스장

아직 안 죽었어요. 엉터리 예언자라도 그쯤은 알 수 있을
것이오.

유모

무슨 말이오? 그럼 그대는 전해진 것과는 다른 것을 알고 있단 말
인가요?

코로스장

가서 소식이나 전하셔요. 내가 시킨 대로 하셔요.
신들께서 하실 일은 신들께서 알아서 하실 테니까.   780

유모

그럼 내 가서 그대가 시킨 그대로 하겠어요.
아아 신들의 도움으로 만사가 잘되어나갔으면!

유모 퇴장

코로스(두 번째 정립가 783~837행)

좌 1

올림푸스 신들의 아버지 제우스 신이여,
내 기도를 들으시고 785
정의를 위해 애쓰는 자들에게
확고한 행운을 내려주소서.
내 말은 정당한 말이오니
제우스 신이여, 그를[45] 지켜주소서.

종가 1

제우스 신이여,
궁전 안에 들어선 그를 790
그의 적 앞으로 인도해주소서.
그에게 승리의 영광을 베풀어주신다면
그는 기꺼이 두 배 세 배의 보답을 해드릴 것이옵니다.

우 1

그대가 사랑하시던 이의 고아가 된 망아지는
슬픔의 마차에 매였거늘 795

---

45 오레스테스.

그에게 재갈을 물리시고
그의 주로(走路)를 제한하소서.
너무 성급히 달리다가 도를 지나쳐
들판을 건너지 못할까 두렵나이다.

좌 2

이 집의 풍요한 안방에 거주하시는　　　　　　　　800
한마음 한뜻의 신들이여,
우리들의 기도를 들어주소서.
옛날에 흘린 살인의 피를 새로운 정의의 심판으로
씻어주소서. 해묵은 살인이 집안에서
더는 자식을 낳지 못하게 하소서.　　　　　　　　805

종가 2

웅장하고 아름다운 델포이의 동굴에 거주하시는
　아폴론이여,
그의 집이 고개를 들어
암흑의 면사포 뒤에서
자유의 찬란한 광명을　　　　　　　　　　　　　810
반가운 눈으로 쳐다보게 해주소서.

우 2

마이아의 아드님 헤르메스께서도
정의를 위하여 도움을 베푸시어
일이 순조롭게 이루어지도록 해주소서.
[그분께서는 어둠 속에 감추어진 것도 마음대로 밝힐 수 있으심이라.] 815
하지만 애매한 말씀을 하실 적이면
듣는 이의 눈에 어둠을 씌워
밤이건 낮이건 그 뜻을 헤아릴 수 없게 하시도다.[46]

좌 3

그러면 그때는 우리도 사자(死者)를 위한 애도가와 함께
이 집을 위하여 해방의 노래를,　　　　　　　　　　820
여인의 목소리가 부르는
축복의 노래를
힘차게 부르리라.
"도시를 위하여 다행한 일이로다.
내게도 또한 행운이 올지어다.　　　　　　　　　　825
불행은 친구들로부터 멀리 사라졌도다."

---

[46] 815~818행은 A. Sidgwick의 교정본을 따르지 않고 메디치 필사본대로 읽었다.

종가 3

그리고 그대는 행동할 차례가 되거든 용기를 내시라.
그 여인이 "내 아들아!" 하거든
큰 소리로 "아버지!"라고 부르며 일을 해치우시라.
그대의 살육에는 허물이 없음이라.   830

우 3

페르세우스[47]처럼
마음을 단단히 일으켜 세워
지하에 있는 친구들과
지상에 있는 친구들의
원한을 풀기 위해   835
피의 파멸을 안겨다주며
살인의 장본인[48]을 제거하시라.

  아이기스토스 혼자서 등장한다

---

47 페르세우스(Perseus)는 보는 이를 돌로 변하게 한다는, 머리털이 뱀으로 된 세 자매 괴물 고르고(Gorgo. 복수형 Gorgones) 가운데 하나인 메두사(Medousa)를 죽인 희랍의 영웅. 그는 아테네 여신이 준 거울을 사용했기 때문에 직접 보지 않고도 메두사를 죽일 수가 있었다고 한다.
48 아이기스토스.

아이기스토스

사람을 보내오라고 해서 부름을 받고 왔다마는
들자하니 나그네들이 새로운 소식을 가져온 모양이나
그리 반가운 소식은 아니로다. 오레스테스가　　　　840
죽었다고 하니 말이다. 옛날의 살육으로 아직도
심한 고통을 당하고 있는 이 집이 이와 같은 공포의 짐을
져야 하다니 그 밑에서 무너져버릴까 두렵구나.
이 말을 살아 있는 진실이라고 믿어야 할 것인가?
아니면 여인들의 공포심에서 나와 공중을 날아다니다가　　845
시들어 죽고 마는 뜬소문에 불과한 것일까?
그대들은 아마 확실한 것을 들려줄 수 있겠지?

코로스장

우리들도 들었을 뿐이여요. 안으로 들어가셔서
　나그네들에게
직접 물어보셔요. 전령의 말이란 믿을 수 없는 것이오니
남자들끼리 직접 대면하여 알아보도록 하셔요.　　　　850

아이기스토스

이 소식을 전하는 자가 직접 죽음을 목격한 것인지
아니면 그저 뜬소문만 듣고 그렇게 전하는 것인지
내 그자를 직접 대면하여 시험해보리라.
내 마음의 눈은 좀처럼 속이지 못할 테니까.

　　　아이기스토스 퇴장

코로스(세 번째 정립가 855~869행)
　제우스 신이여, 제우스 신이여,　　　　　　　　　　855
　무슨 말을 해야 하나이까?
　먼저 뭐라고 기도 드리며 신들의 도움을 청해야 하나이까?
　어떻게 기도 드려야 옳은 기도가 되겠나이까?
　이제 살인의 피 묻은 칼 끝이
　일을 시작하려 하나이다.　　　　　　　　　　　　860
　아가멤논의 가문이
　완전히 멸망하든지
　아니면 그가 자유의 횃불을 켜며
　다시 선조들의 왕권과 부귀를
　되찾게 될 것이옵니다.　　　　　　　　　　　　　865
　신과 같은 오레스테스는
　혼자서 두 사람을 상대로 싸우려 하나이다.
　부디 그가 이기도록 해주소서.

아이기스토스(안에서)
　아이구 아이구 사람 살려!

코로스장
　잘 들어봐요.　　　　　　　　　　　　　　　　　870
　어떻게 된 걸까? 집안에서 일이 끝난 것일까?
　일이 끝날 때까지 우리는 멀리 떨어져서 있습니다.
　그래야만 우리가 이 끔찍한 일에 가담하지 않은 것처럼
　보일 테니까. 싸움은 이미 끝났으니 말이오.

아이기스토스의 시종 등장

시종

아아 슬프도다. 주인어른께서 돌아가셨어요.　　　　　875
아아 슬프도다. 이것이 두 번째이고, 아아 슬프도다.
　이것이 세 번째요.
아이기스토스 님은 이미 이 세상 사람이 아니란 말이오.
어서 문 열어요. 부인들 방의 빗장을 부수란 말이오.
건장한 젊은이가 필요해요. 죽은 사람을 돕기 위해서가 아니란
　말이오.
죽은 사람을 위해서라면 무슨 소용이 있겠어요?　　　　　880
이봐요, 이봐요!
불러도 소용이 없으니 모두들 귀머거린가 아니면 잠이 들었나.
클리타이메스트라 마님께서는 어디 계시오? 무얼 하고 계시오?
보아하니 이제 그분의 머리도 정의의 칼을 받아
도마 위에 떨어질 날이 멀지 않은 것 같소이다.

클리타이메스트라 등장

클리타이메스트라

대체 무슨 일이 있어났기에 집안에서 그토록 소리를 지른단
　말인가?

시종

죽은 사람이 산 사람을 죽이고 있단 말입니다.

클리타이메스트라

아아 슬프도다. 그대의 수수께끼 같은 말이 무슨 말인지
 알겠구나
간계로 죽인 우리, 이제 간계로 죽는구나.
누가 지체 없이 살인의 도끼를 가져오도록 하라.
우리가 이길 것인지 아니면 질 것인지 어디 보자꾸나. 890
일이 여기까지 이르렀으니 피하지는 않겠다.

오레스테스와 필라데스, 궁전으로부터 달려온다. 오레스테스의 칼에서는 핏방울이 뚝뚝 떨어진다

오레스테스

그대도 찾고 있었소. 그자는 충분한 보답을 받았으니까.

클리타이메스트라

아아 슬프도다. 내가 사랑하는 용사 아이기스토스여, 그대가
 죽다니!

오레스테스

그자를 사랑한다고요? 그렇다면 그자와 같은 무덤 속에
누우시오. 그러면 그대는 그자를 결코 배반하지 못할 것이오. 895

클리타이메스트라

멈추어라, 내 아들아. 얘야, 너는 이 젖가슴이
두렵지도 않느냐? 잠결에도 이 어미의 젖가슴에 매달려
그 부드러운 잇몸으로 달콤한 젖을 빨곤 했는데.

오레스테스

어떻게 해야 하지, 필라데스? 어머니를 죽이기가 두렵구나.

필라데스

그러면 록시아스의 예언은 앞으로 어떻게 되며   900
피토의 신탁과 우리들의 그 엄숙한 맹세는 또 어떻게 될
　것인가?
만인을 적으로 만들지언정 신들을 적으로 만들지는 말게.

오레스테스

자네 말이 옳다고 생각하네. 좋은 충고를 해주었네.

　　　클리타이메스트라를 향하여

자, 따라오시오. 그자 곁에서 그대를 죽이고 싶소.
그자가 살았을 때에도 아버님보다 그자를 더 사랑했으니   905
그대는 죽어서도 그자 곁에서 잠드시오. 그대는 그 사람을
사랑하고 마땅히 사랑했어야 할 사람은 미워했으니까.

클리타이메스트라

나는 너를 길렀잖아. 만년을 너와 함께 보내고 싶구나.

오레스테스

아버님을 죽이시고도 나와 함께 사시겠다고요?

클리타이메스트라

내 아들아, 이 모든 일에 운명의 탓도 없지는 않을 게다.   910

오레스테스

그렇다면 그대의 죽음도 운명의 탓이겠지요.

클리타이메스트라

어머니의 저주가 무섭지도 않느냐, 내 아들아?

오레스테스

어머니라고요? 그대는 나를 낳아 불행 속으로 내던졌어요.

클리타이메스트라

내던진 것이 아니라 전우의 집으로 보냈던 것이다.

오레스테스

나는 자유인의 아들인데도 수치스럽게 팔려갔어요. 915

클리타이메스트라

그렇다면 너를 팔아 받은 대가가 뭐란 말인가?

오레스테스

창피해서 차마 터놓고 말을 못하겠어요.

클리타이메스트라

내 잘못을 말하려거든 네 아비의 잘못도 말해야지.

오레스테스

밖에서 수고하신 분을 집안에 앉아서 심판하지 마시오.

클리타이메스트라

남편과 떨어져 산다는 것은 여자에겐 괴로운 일이다, 내
아들아. 920

오레스테스

하나 남편의 수고는 집안에 앉아 있는 아내를 부양해주는
법이오.

클리타이메스트라

내 아들아, 너는 이 어미를 꼭 죽이고 싶은 게로구나.

오레스테스

코에포로이 189

내가 아니라 그대가 그대 자신을 죽이는 것입니다.

클리타이메스트라

너는 어머니의 복수심에 불타는 개들[49]을 조심하도록 해라.

오레스테스

하나 그대를 살려주면 아버님의 개들은 어떻게 피하죠? 925

클리타이메스트라

산 사람인 내가 무덤에다 대고 눈물로 호소하는 것 같구나.

오레스테스

아버님의 운명이 그대에게 이런 죽음을 내린 것이오.

클리타이메스트라

아아 슬프도다. 내가 이런 뱀을 낳아 길렀다니!

오레스테스

그대의 무서운 꿈은 진정한 예언자였소.

그대는 죽여서는 안 될 사람을

죽였으니 이제 그 대가로 받아서는 안 될 고통을 받으시오. 930

오레스테스 클리타이메스트라를 앞세우고 궁전 안으로 들어간다

코로스장

나는 이들의 이중의 죽음도 슬퍼하지 않는 바는 아니나

불쌍한 오레스테스가 마침내 수많은 유혈의 정상(頂上)[50]에

---

49 죽은 클리타이메스트라의 피가 부르게 될 복수의 여신들을 말한다.

올랐으니 내가 헤아리건대 이는 오히려 잘된 일이로다.
이 집의 맑은 눈빛이 완전히 꺼지기를 원치 않음이라.

코로스(네 번째 정립가 935~972행)

좌 1

정의의 여신께서는 프리아모스의 아들들에게도   935
마침내 무거운 복수를 가했거늘
아가멤논의 집에도
한 쌍의 사자[51] 한 쌍의 전사가 나타났도다.
피토의 신께서 보낸 추방자는
신의 명령을 받고 달려와   940
정해진 주로(走路)를 끝까지 달렸도다.[52]

종가 1

아아 기쁨의 환호성을 지르자!
우리가 섬기던 이 왕가가 재앙을 면하고
가산을 탕진하던 두 살인자의 손에서 벗어났음이라.

---

50 이 집의 유혈은 클리타이메스트라와 아이기스토스의 죽음으로 끝날 것이라는 뜻이다.
51 오레스테스와 그의 친구 필라데스를 말한다.
52 추방되었던 오레스테스가 아폴론 신의 명령을 받고 돌아와 무사히 복수를 마쳤다는 뜻이다.

아아 끔찍했던 불행이여! 945

우 1

음흉한 공격을 꾀하는 자[53]에게
계략에 의한 복수가 가해졌도다.
제우스의 진정한 따님께서 손수
싸움을 도우셨음이라. 사람들이 그분을
정의의 여신이라고 부르는 것은 참으로 적절한 이름이로다. 950
여신께서는 원수들에게 죽음의 입김을 불어넣으시도다.

좌 2

파르나소스 땅의 큰 동굴에
거처하시는 록시아스
오랫동안 지체하시다가 마침내 955

정의의 여신을 큰 소리로 불러
간계 아닌 간계를 쓰도록 명령하셨도다.
신의 힘은 악한 자를 돕지 못하도록 되어 있는 법
그러므로 하늘을 지배하는 힘을 공경해야 하나니 960

---

53 아이기스토스.

내가 빛을 볼 수 있게 되었음이라.

종가 2

집을 짓누르고 있던
무거운 멍에가 벗겨졌도다.
오오 집이여, 일어서라, 오랫동안 너무나 오랫동안
그대는 먼지 속에 누워 있었구나.

우 2

이제 그가 저주를 몰아내는 정화(淨化)에 의하여   965
온갖 더러운 것을 화롯가에서 몰아내게 되면
만사를 성취시켜주는 시간이 머지않아
이 집의 문턱을 지나가게 되리라.
그러면 행운의 주사위도 괘가 바뀌어
이 집에 같이 살고 있는 우리들에게도   970
상냥한 얼굴로 좋은 괘를 보여주리라.
내가 빛을 볼 수 있게 되었음이라.

    궁전의 문이 열린다. 아이기스토스와 클리타이메스트라의 시체 옆에 서 있던 오레스테스의 모습이 보인다. 한 손에는 칼을, 다른 손에는 아가멤논이 피살될 때 입고 있던 겉옷을 들고 있다

오레스테스

보십시오. 여기 이 나라의 두 폭군이 누워 있습니다.
그들은 나의 아버님을 죽이고 가산을 탕진했던 것입니다.
왕좌에 앉아 있을 때는 위엄도 있었지요. 그리고 이들의 운명을   975
보아하니 지금도 서로 사랑하는 사이인 것 같습니다.
이들은 말하자면 맹세를 충실히 지킨 것입니다.
이 두 사람은 불쌍하신 나의 아버님을 같이 죽이기로
　맹세했고
죽어도 같이 죽자고 맹세했는데 이제 그들의 뜻대로 된
　셈이지요.
이 참사를 직접 목격하신 그대들이여, 그대들은   980
불쌍하신 아버님을 묶었던 이 흉측한 발명품을 보십시오.
바로 이것이 그분의 손발을 꽁꽁 묶었던 것입니다.
대체[54] 이 물건을 뭐라고 불러야 어울리겠습니까?
짐승을 잡는 덫이라고 할까요 아니면 사자(死者)의 발을
　감싸주는
목욕탕의 휘장이라고 할까요? 아니오. 역시 그물, 올가미   985
또는 발을 휘감는 겉옷이라고 하는 게 좋을 것 같군요.
이런 물건은 지나가는 행인의 금품을 약탈하고
생명을 빼앗는 날강도가 가지고 다니는 물건입니다.
날강도란 이런 흉측한 물건으로 수많은 사람을

54　이 부분(983~990행)은 다른 교정본들과 필사본들에서는 1004행 다음에 나오나 역자는 A. Sidgwick과 다른 학자들의 의견에 따라 이렇게 앞으로 옮겨 읽는다.

죽여놓고는 마음속으로 기뻐하는 법이니까.   990

  하인들을 향하여

가까이 빙 둘러서서 남자를 위한 이 큰 수의(壽衣)를
펼쳐 보여드려라. 아버지께서 보실 수 있도록.
나의 아버지가 아니라 만물을 굽어보시는 위대한 아버지
태양께서 말이다. 그래야만 그분께서 어머니의 저주받을
  소행을
보시고 언젠가 재판을 받게 되는 날[55] 내가 어머니를 죽인 것은   995
정당한 행동이었다고 나를 위해 증언해주실 게 아니냐.
내 말하지만 아이기스토스의 죽음은 문제도 안 돼.
그자는 간부(姦夫)가 받아야 할 벌을 마땅히 받은 셈이니까.
하지만 이 여인은 자식까지 낳아 기른 남편에게
이런 저주받을 짓을 생각해냈던 것입니다. 그래서 자식들도   1000
한때는 사랑했지만 이젠 보시다시피 증오에 찬 적으로
  변했습니다.
이 여인을 어떻게 생각하십니까? 바다뱀이 아니면 독사로
  태어난
이 여인은 물지 않고 닿기만 해도 상대방을 썩게 하는
그런 존재인 것입니다. 그만큼 그녀는 대담하고 사악했던

---

[55] 《오레스테이아(*Oresteia*)》 3부작의 마지막 작품인 〈자비로운 여신들(*Eumenides*)〉
에서 오레스테스는 모친 살해죄로 재판을 받게 된다.

것입니다.
제발 이런 여인을 아내로 맞아들이지 않아야 할 텐데. 1005
그럴 바엔, 신들이여, 차라리 자식 없이 죽게 해주소서.

코로스

아아 슬프도다. 이 무슨 끔찍한 짓이란 말인가?
그녀는 비참한 죽음을 당하여 가고 없으나
아아, 뒤에 남은 자에게도 고통의 꽃은 만발하리라.

오레스테스

그녀가 한 짓일까 아니면 그녀가 한 짓이 아닐까? 1010
하나 아이기스토스의 칼에 피로 물든 이 겉옷이 그녀의
　　소행임을
증언해주고 있어. 보라, 살인의 핏자국이 시간과 공모하여
이 다채로운 겉옷의 색깔을 많이도 지워놓았구나.
이제야 나는 아버님께서 돌아가신 이 자리에 서서
　　아버님을
찬양하고 애도하나이다. 아버님을 죽인 겉옷이여, 듣거라! 1015
나는 나의 행동과 고통과 온 가문을 슬퍼하노라.
내가 얻은 것은 피에 얼룩진 자랑스럽지 못한 승리뿐임이라.

코로스

그 누구도 한평생을
고통 없이 살아갈 수는 없나니
보라, 여기 한 고통이 있고 또 다른 고통이 다가오리라. 1020

오레스테스

잘 알아두시오. 일이 어떻게 끝날지 나도 모르겠소.

내 비록 고삐를 잡고 있기는 하지만 말들은 이미
주로(走路)밖으로 멀리 벗어난 느낌이오. 내 영혼은
걷잡을 수 없이 소용돌이치고 있고 내 가슴속에서는
벌써 공포가 노래를 부르며 격렬한 춤을 추려 하고 있으니
　말이오.   1025
아직도 정신이 있을 때 친구들에게 말해두고 싶소.
내가 어머니를 살해한 것은 정당한 행동이었소.
어머니는 아버님을 살해하고 신들의 미움을 샀던 것이오.
그리고 누구보다도 피토의 예언자 록시아스께서 내게
이런 행동을 하도록 촉구하셨던 것이오. 그분의 말씀인즉   1030
나는 살인을 하더라도 벌을 받지 않을 것이라고 했소.
하나 이 일을 행하지 않으면 — 그 벌에 관해서는 말하지
　않겠소.
그 누구도 말의 활로는 그 고통을 적중할 수 없을 테니까.
자 여러분들은 나를 보십시오. 나는 이렇게
올리브 가지와 화관[56]으로 무장하고서 대지의 배꼽[57]으로,   1035
록시아스의 신성한 언덕으로 영원히 꺼지지 않는다는
불빛[58]을 향하여 구원을 청하러 가는 길입니다.
이 친족 살해의 피를 씻기 위해서. 록시아스께서는

---

[56] 고대 희랍에서는 탄원자들은 양털실로 꼰 띠가 달린 올리브 가지 화관을 머리에 썼다고 한다.
[57] 고대 희랍인들은 아폴론 신전이 있는 델포이를 대지의 배꼽, 즉 중심이라고 생각했다.
[58] 델포이 신전 안에 안치되어 있는 성화를 말한다.

다른 화로로 향해서는 안 된다고 말씀하셨습니다.
내 부탁하노니, 아르고스의 모든 시민들은 후일   1040
어찌하여 내가 이런 고통을 당하게 되었는지
　증언해주십시오.
나는 살아서나 죽어서나 고향에서 추방되어
객지를 떠돌다가 이런 이름[59]만 남길 운명인 것 같으니
　말이오.

코로스장

그대의 행동은 훌륭했소. 제발 그대의 입에
그런 악담의 재갈을 물리지 말지며 자신을 매도하지 마시오. 1045
그대는 다행히도 두 독사의 머리를 한꺼번에 잘라
아르고스 시 전체에 자유를 찾아주었던 것입니다.

오레스테스

아아, 이 무슨 여인들인가? 보라, 고르고 자매들[60]처럼
검은 옷을 입고 머리에는 우글거리는 뱀의 관을 쓴
저 여인들을! 이제 나는 더는 지체할 수 없게 됐소.   1050

코로스장

아버님께서 가장 사랑하시던 자식이여, 그 무슨 환상이
그대를 괴롭히는 것이오? 굳건하게 버티고 공포를 이기시오.

59　'이런 이름'이 무엇을 가리키는지는 확실하지 않다. 어떤 이는 '아폴론 신이 내린 신탁의 제물이 되었다'는 뜻으로 해석하는가 하면, 어떤 이는 '모친 살해범'이란 뜻으로 보고 있다. 그런가 하면 오레스테스가 말을 미처 끝맺기도 전에 코로스에 의해 제지된 것으로 보는 사람들도 있다.
60　고르고 자매들에 관해서는 주 47 참조.

오레스테스

하나 내게는 결코 고통의 환상이 아니오.

저건 분명히 어머니의 원한에 찬 개들이오.

코로스장

그대의 손에는 아직도 생생한 피가 묻어 있소.   1055

그래서 그 피로 인하여 마음이 어지러워진 탓이겠지요.

오레스테스

아폴론 왕이여, 저것들은 자꾸만 불어나고 있습니다.

그들의 눈에서는 증오에 찬 핏방울이 떨어지고 있습니다.

코로스장

정화(淨化)할 수 있는 한 가지 방법이 있어요. 록시아스께서
   그대를

만지시면 그분의 손길이 그대를 이 고통에서 해방시켜줄
   것이오.   1060

오레스테스

그대들의 눈에는 안 보이지만 내 눈에는 보이오.

그들이 나를 몰아대니 나는 더는 지체할 수가 없구려.

오레스테스 뛰쳐나간다

코로스장

그럼 잘 가시오. 부디 신께서 호의를 갖고 그대를 굽어보시며

안전과 행운의 기회를 그대에게 내려주시기를!

코로스(exodos[61] 1065~1076행)

아아 이 왕가에   1065
친족 살해의 무서운 폭풍이
세 번째로 몰아닥쳤구나.
첫 번째는 제 자식의 고기를 먹은
티에스테스의 비참한 운명이고[62]
두 번째는 아카이아인들[63]의 군대를   1070
지휘하시던 왕이 욕조에서 피살된 일이로다.
세 번째는 구원자께서 나타나실 차례이거늘[64]
내 이제 그를 구원자라고 불러야 할 것인가
아니면 파멸이라고 불러야 할 것인가?
이 살인의 광기는 기운이 다하여 잠들기 전에   1075

---

61 exodos는 코로스가 오케스트라를 물러가며 부르는 노래다. 초기 비극들은 으레 코로스의 노래로 끝났다고 하나 후기 비극들은 코로스의 노래 대신 배우와 코로스장 사이의 대화로 끝나기 때문에 exodos란 말은 오히려 마지막 정립가 다음에 나오는 모든 대화와 동작을 의미하게 되었다.
62 아트레우스는 동생 티에스테스가 자기의 아내 아에로페(Aerope)를 유혹한 데 대한 보복으로 그의 자식들을 죽여 그 고기로 그에게 향연을 베풀었다.
63 아카이아인들(Achaioi)은 북쪽으로부터 맨 처음 희랍 반도로 남하한 종족으로 알려져 있다. 호메로스는 이 이름을 좁게는 아킬레우스(Achilleus)가 통치하는 지역의 주민들을, 넓게는 트로이아 전쟁에 참가한 희랍인들 전체를 가리키는 명칭으로 사용하고 있는데 여기서도 희랍인들 전체를 가리키는 것으로 보는 것이 옳을 것이다.
64 고대 희랍인들은 주연(酒宴)에 들어가기 전에 먼저 신들에게 헌주 삼배를 올리는 습관이 있는데 세 번째 잔은 구원자 제우스에게 바쳤다고 한다. 여기서는 세 번째 잔이 구원자 제우스에게 바치는 잔이듯이 세 번째로 나타난 오레스테스도 집안의 구원자가 되어달라는 뜻이다.

또 어디로 달려갈 것인가?

코로스 오케스트라를 떠난다

오이디푸스 왕

소포클레스

일러두기

1. 텍스트로 R. Jebb, *The Oedipus Tyrannus of Sophocles*, edited with Introduction and Notes, Cambridge 1958을 사용하였다. 각주는 R. Jebb의 것과 옥스퍼드에서 나온 L. Campbell 및 E. Abbott의 것과 라이프치히에서 나온 W. Rabehl의 것을 참고하였다. 현대어역 중에서는 R. Jebb의 영역(英譯)과 W. Schadewaldt의 독역(獨譯)을 참고하였다.
2. 5행마다 행수 표시를 하여 참고하는 데 도움이 되게 하였다.
3. 본문 중 설명이 필요한 부분은 본문 아래 각주를 달았다.
4. 텍스트의 분위기를 최대한으로 살리기 위하여 의미가 통하는 범위 내에서 되도록 직역을 하였다.

등장 인물

오이디푸스(Oidipous)   테바이의 왕
이오카스테(Iokaste)   그의 아내
사제(司祭)   제우스 신의
크레온(Kreon)   이오카스테의 오라비
테이레시아스(Teiresias)   눈먼 예언자
사자(使者)   코린토스(Korinthos)에서 온
목자(牧者)   선왕(先王) 라이오스(Laios)의 목자
사자(使者) 2   궁전에서 온
코로스(Choros)   테바이의 원로들로 구성된
그 밖에 탄원하는 노인들과 젊은이들과 어린아이들,
오이디푸스와 이오카스테의 딸들인 안티고네와 이스메네

무대

　　테바이의 오이디푸스 궁전 앞. 큰 중문(中門) 앞에는 제단이 있고 양 측문(側門) 옆에도 각각 작은 제단들이 있다. 노인들과 젊은이들과 어린아이들로 구성된 탄원자들이 제단의 계단 위에 앉아 있다. 그들은 흰옷을 입고 있고 머리털을 흰 끈으로 매고 있다. 제단 위에는 양털실을 감은 올리브나무 가지들이 놓여 있다. 제우스 신의 사제만이 중문을 향하고 있다. 중문이 열리며 오이디푸스가 두 명의 시종을 거느리고 등장한다.

오이디푸스

내 아들들이여, 오래된 카드모스[1]의 새로 태어난 자손들이여,
대체 무슨 일로 그대들은 양털실을 감은 나뭇가지로
장식하고서 여기 이 자리에 앉아 있는 것인가?
온 도시가 제물 굽는 냄새와 더불어 구원을 비는 기도와
고통의 울부짖음으로 가득 차 있구나.   5
이 일에 관해서 남들의 입을 통해 듣는 것은
옳지 못할 것 같기에 이름이 세상에 널리 알려진
이 오이디푸스가 몸소 이리로 왔노라, 내 아들들이여!
자 노인이여, 그대야말로 이 사람들을 위하여 말할 수 있는
 적임자이니
그대가 내게 말해주구려. 무슨 생각에서 그대들은 여기 앉아
 있는 것인가?   10
두려움에서 그러는 것인가, 아니면 무슨 소원이 있어서 그러는

---

[1] 카드모스(Kadmos)는 티로스(Tyros) 왕 아게노르(Agenor)의 아들로 테바이의 전설적인 건설자다. 그가 테바이를 건설한 이야기는 다음과 같다. 제우스 신이 그의 누이 에우로페(Europe)를 유괴하자 아게노르가 카드모스를 보내 에우로페를 찾아오게 한다. 그러나 아폴론 신이 델포이의 신탁을 통해 그에게 누이 찾기를 포기하고 그 대신 암소를 만날 터이니 그 암소를 따라가다가 암소가 처음 눕는 곳에 도시를 세우도록 이른다. 그래서 암소가 그를 테바이의 자리로 인도하자 그곳에다 그는 카드메이아(Kadmeia, 후일의 테바이 성)를 건설한다. 그곳에서 그는 도시를 세우기 전 먼저 신들에게 제사를 지내려고 동료들을 샘으로 보내 물을 길어오게 하는데 샘을 지키던 용(龍)이 그의 동료들을 죽이자 그는 창으로 용을 죽여버린다. 아테네 여신의 지시에 따라 그가 용의 이빨들을 땅에 뿌리자 땅속에서 무장한 전사(戰士)들이 솟아나온다. 그들 사이에 그가 돌을 던지자 그들은 서로 죽이고 마지막에는 다섯 명만이 남는다. 이 다섯 명의 spartoi('뿌려진 자들'이란 뜻)들이 그를 도와 카드메이아를 건설하는데 이들이 후일 테바이의 귀족이 된다.

것인가?
　　　어떤 도움이든 내 기꺼이 베풀겠다. 내 만일 이러한 탄원에도
　　　연민의 정을 느끼지 않는다면 나야말로 인정 없는 사람일
　　　　것이다.

사제

　　　그렇겠지요, 이 나라를 다스리시는 오이디푸스여!
　　　그대의 제단을 차지하고 있는 우리들이 어떤 나이의
　　　　사람들인지는　　　　　　　　　　　　　　　　　15
　　　그대도 보고 있을 것입니다. 더러는 멀리 날기에는 아직도
　　　너무나 약한 어린것들이고 더러는 노령에 허리가 굽는
　　　　늙은이들로서
　　　내가 제우스 신의 사제이듯 그들도 사제들입니다. 또 더러는
　　　젊은이들 중에서 뽑혀온 자들입니다. 한편 다른 백성들은
　　　　양털실을 감은
　　　나뭇가지로 장식하고서 장터와 팔라스[2]의 두 신전 앞과　　20
　　　이스메노스[3]의 예언하는 불가에 앉아 있습니다.
　　　그대 자신도 보시다시피 도시가 이미

2　팔라스(Pallas)는 아테네(Athene, 또는 Athena) 여신의 별명 가운데 하나로 그 의미는 확실치 않다. 어떤 이는 여신이 이런 이름을 가진 거인이나 처녀를 죽였기 때문에 이런 별명을 갖게 되었다고 말하고, 어떤 이는 원래 다른 종교에 속하는 어느 여신의 이름을 희랍인들이 그들의 아테네 여신에다 갖다 붙인 것이라고 생각하고 있다.
3　이스메노스(Ismenos)는 테바이에 있는 강 이름. 이 강가에는 아폴론의 신전이 있었는데 그곳에서는 태운 제물의 재에 의해 신탁이 내려졌다고 한다. 여기서 '이스메노스의 불가'란 아폴론 신전 안의 제단을 가리킨다.

너무나 흔들리고 있고 죽음의 물결 밑에서
아직도 머리를 들지 못하고 있기 때문입니다.
이곳에서는 대지(大地)의 열매를 맺는 꽃받침에도   25
목장에서 풀을 뜯는 소 떼에게도 부인들의 불모(不毛)의
  산고(産苦)에도
죽음이 만연하고 있습니다. 게다가 불을 가져다주는 신이,
가장 사악한 역병(疫病)이 내리 덮쳐 도시를 뒤쫓고 있으니
그로 말미암아 카드모스의 집은 빈집이 되어가고
어두운 하데스[4]는 신음과 눈물이 불어나게 되었습니다.   30
나와 여기 이 아이들이 그대의 화롯가에 앉아 있는 것은
우리가 그대를 신과 같이 여겨서가 아니라
인생의 제반사에 있어서나 신들과 접촉하는 일에 있어서나
그대를 사람들 중에 으뜸가는 분이라고 여기기 때문입니다.
그대는 카드모스의 도성(都城)으로 오셔서 가혹한 여가수[5]에게   35
바치던 우리의 세금을 면제해주셨습니다.
그것도 우리들로부터 무슨 도움이 될 만한 지식이나
암시를 받음이 없이 신의 도움으로 우리들의 삶을

---

4 하데스(Hades)는 하계(下界)를 다스리는 신의 이름으로 때에 따라서는 이 신이 다스리는 영토, 즉 저승을 의미하기도 한다.
5 스핑크스(Sphinx)를 가리킨다. 스핑크스는 얼굴은 여자이나 몸은 사자인 괴물로서 지나가는 행인에게 "아침에는 네 발로, 낮에는 두 발로, 저녁에는 세 발로 걷는 게 무엇이냐"는 수수께끼를 내고 그것을 풀지 못하면 잡아먹었다고 한다. 많은 사람들이 이 수수께끼를 풀지 못해 스핑크스의 제물이 되었으나 오이디푸스가 '사람'이라는 정답을 말해 이 괴물을 퇴치하고 테바이의 왕이 되었다.

일으켜 세우셨던 것입니다. 모두들 그렇게 말하고 그렇게 믿고
  있습니다.
그래서 지금, 만인의 눈에 가장 강력하신 오이디푸스의 머리여, 40
우리들 모두가 탄원자로서 그대에게 애원하는 것이니
그대는 어떤 신의 음성을 들어서 알건 사람의 힘으로 알건
우리들을 위하여 무슨 구원의 길을 찾아주십시오.
역시 경험이 많은 사람들의 조언(助言)은 가장 유익한 결과를
가져온다는 것을 내가 알고 있기 때문입니다.   45
자, 죽어야 할 인간들 중에 가장 훌륭한 분이여, 이 도시를
  다시
일으켜 세우십시오. 자, 그대의 명예를 지키십시오. 그대가 전에
  보인
열성 때문에 이 나라는 지금 그대를 구원자라고 부르고
  있습니다.
그러니 그대의 통치에 관해 우리가 그로 인해 처음에는
  일어섰으나
나중에는 넘어졌다고 기억하는 일이 결코 없도록 하시고   50
이 도시를 다시는 흔들리지 않도록 일으켜 세우십시오!
좋은 전조(前兆)와 더불어 그대는 그때 우리들에게 행운을
주셨거늘 지금도 그때와 같은 분이 되어주십시오.
만일 그대가 지금 통치하고 있듯이 앞으로도 이 나라를
다스리고 싶으시다면 빈 나라보다는 사람들을 통치하는 편이 55
더 나을 것입니다. 성벽(城壁)도 배도 텅 비어 그 속에
같이 살 사람이 없다면 아무 쓸모가 없는 것이기 때문입니다.

오이디푸스

내 가엾은 아들들이여, 그대들이 무엇을 원해서 찾아왔는지
이제는 분명히 알겠구나. 그대들이 모두 고통을 당하고
　있음을
나는 잘 알고 있다. 하나 그대들이 고통을 당하고 있다
　할지라도　　　　　　　　　　　　　　　　　　　　60
그대들 중에 나만큼 고통을 당하는 자는 아무도 없으리라.
그대들의 고통은 단지 자기 한 사람에게만 돌아가고
다른 사람에게는 아무에게도 미치지 않으니 말이다. 하나
　나의 영혼은
동시에 도시와 나 자신과 그대를 위해 슬퍼하고 있다.
그러니 그대들은 깊은 잠에 떨어진 나를　　　　　　　65
잠에서 깨우지 말고 내가 많은 눈물을 흘리며
많은 생각의 길을 헤매었음을 알고 있도록 하라.
내가 잘 살펴서 찾을 수 있었던 유일한 구제책,
그것을 나는 실행에 옮겼으니, 나는 메노이케우스의
　아들이며
내 자신의 처남인 크레온을 피토[6]에 있는　　　　　　70
포이보스[7]의 집으로 보내 내가 어떤 행동이나 말로

6　피토(Pytho)는 아폴론의 신전으로 유명한 델포이(Delphoi)의 옛 이름. 이곳을 희랍인들은 대지의 배꼽, 즉 지구의 중심이라고 생각했다.
7　포이보스(Phoibos)는 아폴론 신의 별명 가운데 하나로 '빛나는 자'란 뜻이다. 아폴론은 의술, 궁술, 음악, 시가, 예언, 목축 등을 관장하는 신이다.

이 도시를 구할 수 있겠는지 알아오도록 했던 것이다.
그런데 그동안 이미 여러 날이 지났다는 생각을 하니
그가 무엇을 하고 있는지 걱정스럽구나. 괴이하게도
그가 적정 기간 이상으로 지체하고 있으니 말이다.   75
하나 그가 돌아온 뒤에도 신이 계시한 모든 것을
내가 실행하지 않는다면 나야말로 나쁜 사람이리라.

사제

때맞춰 말씀 잘하셨습니다. 크레온이 오고 있다고
방금 이들이 나에게 신호를 보내왔으니 말입니다.

오이디푸스

  오오 아폴론 왕이여, 그의 밝은 얼굴처럼   80
  제발 그가 밝은 구원의 행운을 가져와주었으면!

사제

아무리 보아도 그는 기쁜 소식을 가져오는 것 같습니다.
    아니라면 그는
머리에 저렇듯 열매가 많이 달린 두터운 월계관을 쓰지는 않았을
    것입니다.

오이디푸스

이제 곧 알게 될 것이오. 들을 수 있을 만큼 그가 가까이
    왔으니까.
왕자여, 나의 처남이여, 메노이케우스의 아들이여,   85
그대는 우리들을 위하여 신으로부터 어떤 소식을 가져왔는가?

크레온

좋은 소식입니다. 어려운 일이라도 좋은 결과만

가져온다면 전체적으로 좋다고 말할 수 있을 테니까요.

오이디푸스

대체 어떤 신탁인가? 지금 그대의 말을 듣고는
안심할 수도 두려워할 수도 없으니 말이다.　　　　　90

크레온

이 사람들이 가까이 있는 앞에서 들으시겠다면
　말씀드리겠습니다.
하나 안으로 드시겠다면 나도 안으로 들겠습니다.

오이디푸스

모두 모인 앞에서 말하라. 나는 내 자신의 생명을
　위해서라기보다는
이들을 위해 슬픔을 참고 있는 것이니까.

크레온

그러시다면 내가 신에게서 들은 바를 말씀드리겠습니다.　95
포이보스 왕께서는 우리들에게 분명하게 명령하셨습니다.
이 땅에서 양육된 나라의 치욕을 몰아내고
치유할 수 없을 때까지 품고 있지 말라고 말입니다.

오이디푸스

어떤 의식에 의해 정화하라고 하시던가? 불행이 일어난 경위는
　뭐라고 하시던가?

크레온

사람을 추방하거나 살인을 살인으로 갚으라고 하셨습니다.　100
바로 이 피가 우리의 도시에 폭풍을 몰고 왔다는
　것입니다.

오이디푸스

대체 어떤 사람의 운명을 그분께서는 이렇게 드러내시는
  것인가?

크레온

왕이여, 그대가 이 도시를 바른길로 인도하시기 전에
우리들에게는 라이오스가 이 땅의 통치자였습니다.

오이디푸스

들어서 잘 알고 있다. 한 번도 그분을 본 적은 없으니까.   105

크레온

그분은 살해되었습니다. 그래서 지금 신께서 우리들에게
그자들이 누구건 그 살인자들을 손으로 벌주라고 분명하게
  명령하시는 것입니다.

오이디푸스

그자들이 대체 대지 위 어느 곳에 있단 말인가? 대체
  어디서
그토록 해묵은 죄의 희미한 자취를 찾을 수 있을 것인가?

크레온

이 땅에서라고 말씀하셨습니다. 찾는 것은   110
잡힐 수 있지만 내버려두는 것은 달아나는 법입니다.

오이디푸스

라이오스가 그렇게 살해된 것은 집안에서인가
들판에서인가 아니면 다른 나라에서인가?

크레온

그분 자신의 말로는 신탁을 듣기 위해 나라를 떠난다는

것이었습니다.
그리고 한번 길을 떠난 뒤로는 영영 집으로 돌아오지
않았습니다.   115

오이디푸스

목격자가 아무도 없었단 말인가? 도움이 될 만한 소식을
전해줄 사자(使者)나 수행인도 없었더란 말인가?

크레온

모두 죽고 한 사람만이 겁에 질려 도망쳐왔습니다.
하나 그가 본 것 중에 확실히 말할 수 있는 것은 한
가지뿐이었습니다.

오이디푸스

그게 무엇이었나? 만일 우리가 희망의 작은 시작이라도 얻을
수만 있다면   120
한 가지 곧 모든 것을 아는 실마리가 될 수도 있을 테니까.

크레온

그의 말로는 도적들이 그들에게 덤벼들어
한 사람의 힘이 아니라 많은 손으로 그들을 죽였다는
것입니다.

오이디푸스

이 나라에서 누가 돈으로 매수하지 않고서야
도적이 그토록 대담한 짓을 할 수 있었을까?   125

크레온

모두들 그렇게 생각했습니다. 하지만 라이오스가 죽은 뒤
우리들의 불행 속에서 아무도 복수자로서 일어서지

않았습니다.

오이디푸스

왕이 그렇게 쓰러졌을 때, 대체 어떤 불행이 길을 막고
그것을 알아내는 것을 방해했다는 말인가?

크레온

수수께끼를 내는 스핑크스가 우리들에게 어두운 일은
   내버려두고   130
당장 발 앞에 떨어진 일을 생각토록 했던 것입니다.

오이디푸스

그렇다면 나는 새로 시작하여 다시 어두운 일을 밝히겠다.
포이보스께서는 진실로 적절하게, 그리고 그대 또한 적절하게
고인(故人)을 위하여 이러한 염려를 베풀어주었구나.
그러니 당연한 일이지만, 이 나라를 위하여 동시에 신을 위하여 135
복수하는 일에 나 또한 그대들의 동맹자임을 그대들은 발견하게
   되리라.
나는 먼 친구를 위해서가 아니라 바로 나 자신을 위하여
이 더러운 것을 쫓아버릴 것이다.
그분을 살해한 자가 누구든 그자는 내게도
그러한 손으로 복수를 하려고 할 테니 말이다.   140
그러니 그분을 돕는 일은 곧 나 자신을 위한 일이다.
자, 내 아들들이여, 그대들은 어서 제단에서 일어나
이 탄원자의 나뭇가지들을 들고 물러가도록 하라.
그리고 한 사람은 카드모스의 백성들을 이리로 불러오도록
   하라.

나는 무엇이든 다 할 생각이니까. 신의 도움으로 우리의 구원이 145
드러나든지 아니면 우리의 파멸이 드러나게 될 것이다.

사제

내 아들들이여, 일어서도록 하자. 우리가 이리로 온 것은
이분께서 자진해서 약속한 바로 그 일 때문이었으니까.
원컨대 이러한 신탁을 내려주신 포이보스께서
동시에 구원자와 역병(疫病)의 해방자로서 와주시기를!   150

모두 퇴장하고 15명의 테바이의 원로들로 구성된 코로스가 오
케스트라에 등장하여 방금 오이디푸스가 불러오도록 한 카드모스
의 백성들의 역할을 한다

코로스(등장가 151~215행)

좌 1

오오 제우스[8]의 달콤하게 말하는 전언(傳言)이여,
그대는 어떤 모습을 하고
황금이 많은 피토로부터 영광스런 테바이로 오셨나이까?
나는 가슴 설레며 불안한 마음으로 공포에 떨고 있나이다.

---

8 아폴론은 아버지 제우스의 대변자에 불과하다.

비명을 들으시는 델로스[9]의 치유자여,
그대 앞에서 성스러운 두려움을 느끼며.
그대가 내게 이루고자 하는 것은   155
새로운 고통인가요 아니면 돌고 도는 세월에 따라 다시
　돌아온 고통인가요?
말씀해주소서, 그대 불멸의 목소리여,
황금 같은 희망의 따님이여!

우 1

먼저 그대를 부르나이다, 제우스의 따님이여, 불멸의[10]
　아테네여,
그리고 그대의 동생이자 이 나라의 수호신으로서   160
장터 한가운데 있는 영광의 옥좌(玉座) 위에 앉아 계신
　아르테미스와
멀리 쏘는 포이보스도.
오오 죽음을 막아주는 나의 세 겹의 도움[11]이여, 내게
　나타나소서!

9　델로스(Delos) 섬은 아폴론과 그의 누이 아르테미스(Artemis)가 태어난 곳으로 "델로스의 치유자"란 의술의 신으로서의 아폴론을 가리키는 이름이다.
10　아테네는 제우스의 머리에서 튀어나왔다고 하는 여신으로 공예, 예술, 지혜, 전쟁 등을 관장한다.
11　앞서 나온 세 신들, 즉 아테네와 아폴론과 아르테미스의 도움을 말한다.

그대들이 일찍이 이 도시 위에 덮친 그 옛날의 파멸[12]을 막고자   165
　재앙의 불길을 나라 밖으로 몰아내신 적이 있다면, 이번에도
　와주소서!

좌 2

아아 슬프도다. 내가 견디어야 할 슬픔은 헤아릴 수 없나이다.
나의 백성들은 모두 병들었건만   170
생각은 이를 막아낼 무기를 찾지 못하나이다.
영광스런 대지(大地)의 열매는 자라지 못하고
부인들은 아이를 낳다 산고의 비명에서 일어서지 못하나이다.
그대도 보시다시피 목숨이 목숨에 이어   175
날랜 날개의 새처럼, 막을 수 없는 불보다 힘차게
서방신(西方神)[13]의 기슭으로 달려가나이다.

우 2

그토록 헤아릴 수 없는 죽음으로 도시는 멸망해가고
　있나이다.
이 도시의 자식들은 동정도 조상(弔喪)도 받지 못한 채 땅바닥

12　스핑크스의 재앙을 가리킨다.
13　하데스를 가리킨다. 사자(死者)들의 나라인 하데스는 흔히 해가 지는 서쪽에 있는
　　것으로 생각되었다.

위에
죽음을 퍼뜨리며 누워 있나이다. 그리고 거기에 맞추어
아내들과 백발의 노모(老母)들은 여기저기의 제단 층계에서   182
통곡하며 쓰라린 고통에서 구해주기를 간청하고 있나이다.   185
구원을 비는 기도가 쟁쟁하게 울리고 거기에 뒤섞여
비탄의 목소리도 들려오나이다. 이를 막기 위해
제우스의 황금 같은 따님[14]이여, 고운 얼굴의 구원을
　보내주소서.

좌 3

그리하여 사나운 아레스[15]가,   190
지금은 청동 방패도 들지 않고
비명 소리 속에서 다가와
나를 불태우는 사나운 아레스가
황급히 등을 돌려 이 나라에서 달아나게 하시되   195
순풍(順風)에 실려 암피트리테[16]의 큰 침실이나
항구가 없는 물가인
트라케의 파도 속으로 들어가게 하소서.

14　여신 아테네.
15　아레스(Ares)는 소포클레스에게는 단순한 군신(軍神)이 아니라 파괴자의 대명사다. 여기서는 역병(疫病)과 동일시되고 있다.
16　암피트리테(Amphitrite)는 해신(海神) 포세이돈(Poseidon)의 아내. "암피트리테의 큰 침실"이란 대서양을 가리키는 말이다.

오이디푸스 왕　219

밤이 무엇을 빠뜨리면
이를 이루기 위해 낮이 뒤따라오기 때문입니다.[17]   200
오오 불을 가져다주는 번개의 힘을 다스리시는 그대여,
오오 아버지 제우스여, 그대의 벼락으로 그를 없애주소서!

우 3

리케이오스 왕이여, 원컨대 황금으로 꼰 시위에서
그대의 무적(無敵)의 화살들이 비 오듯 쏟아지게 하시어   205
적 앞에서 우리를 지켜주소서. 그리고 아르테미스가
그것을 갖고 리키아의 산들을 쏘다니는
불을 가져다주는 화광(火光)도 쏟아지게 하소서.
또한 나는 황금 머리띠를 매시고
이 나라의 이름으로 불리시며[18]   210
마이나데스[19]들의 벗이시며
신도(信徒)들이 소리쳐 부르는 혈색 좋은 바코스 신도
　부르오니
부디 밝게 비치는 관솔 횃불을 갖고

---

17 밤이 파괴하다가 그만둔 것을 낮이 뒤따라와 마저 파괴한다는 뜻.
18 바코스(Bakchos) 또는 디오니소스(Dionysos)는 흔히 '테바이의 바코스'라고 불리는데 그는 카드모스의 딸인 세멜레(Semele)의 아들이므로 테바이의 신으로 불리는 것은 당연한 일이다.
19 니사(Nysa)에서 어린 디오니소스 신을 양육한 후 그를 호위하고 다니는 요정들은 마이나데스(Mainades) 또는 바카이(Bakchai)라고 불린다.

가까이 오서서 우리와 손을 잡고
신들 중에 아무런 명예도 없는 그 신에 대항해 싸우소서!   215

   오이디푸스 궁전으로부터 다시 등장

오이디푸스
  그대는 기도를 드리고 있구려. 하나 내 말에 기꺼이 귀를
    기울이고
  병의 퇴치를 위해 봉사하기를 원해야만, 기도에 대한
    보답으로
  재앙으로부터의 구원과 위안을 찾을 수 있을 것이다.
  내가 이런 말을 하는 것은 그 이야기도 사건도 내게는
  생소하기 때문이다. 사실 아무 실마리도 없이   220
  나 혼자서 어떻게 멀리 추적할 수 있겠는가!
  그래서 이제 ― 나는 그 사건이 일어난 뒤에 테바이 시민의 한
    사람이
  되었으니까 ― 그대들 카드모스의 모든 백성들 앞에서 이렇게
    선포하노라.
  그대들 가운데 누구든 라브다코스의 아들 라이오스가
  어떤 자에 의해 살해되었는지 아는 사람은   225
  내 명령하노니, 모든 것을 내게 알리도록 하라.
  그리고 자기의 범행이 두려운 자는 자수하여 극형의 위험을
  면하도록 하라. 그는 아무런 피해 없이 나라를 떠날 뿐
  그 밖에는 달리 불쾌한 일을 겪지 않게 되리라.

그리고 누가 다른 나라 사람을 범인으로 알고 있다면
그는 침묵을 지키지 말지어다. 그에게 나는
상을 줄 것이고 사의를 표할 것이다.
하나 그대들이 침묵을 지킨다면 ― 두려운 나머지
친구나 자신으로부터 나의 이 명령을 멀리하는 자가
   있다면 ―
그때는 내가 어떻게 하려는지 잘 들어두라. 235
내 이르노니, 그 살인자가 누구이든 간에
내가 권력과 왕좌를 차지하고 있는 이 나라에서는
어느 누구도 그자에게 은신처를 제공하거나 말을 건네서는
   안 되며
그자와 공동으로 신들께 기도를 올리거나 제물을 바쳐서도
   안 되며
그자에게 물로 정화의식(淨化儀式)을 베풀어서도 안 된다. 240
피토 신의 신탁이 방금 내게 밝혔듯이
그자는 우리들에게는 더러운 것이기 때문에
모두들 그자를 집 밖으로 내쫓도록 하라.
나로 말하자면 신과 피살자를 위하여
그러한 동맹자가 되고자 한다. 245
그리고 내 간절히 비노니, 그 알려지지 않은 살인자는
혼자서 범행을 했건 여러 사람과 작당을 했건
그 자신이 사악한 인간이듯 불행한 일생을 사악하게
   보낼지어다!
또한 내 자신을 위해서도 비노니, 만일 내가 알고도

그자를 내 집안의 화롯가에 받아들인다면   250
내게도 방금 그들에게 내린 것과 같은 저주가 이루어지기를!
이 모든 것을 이행하도록 내 그대들에게 당부하노라,
나 자신을 위해서, 신을 위해서 그리고 하늘의 노여움으로
이렇게 열매를 맺지 못하고 황폐해가는 이 나라를 위해서!
설사 신께서 이 일을 촉구하시지 않았다 할지라도   255
이렇게 정화하지 않은 채 내버려두었다는 것은 당치 않은
  일이다.
그토록 고귀한 분인 그대들의 왕이 살해되었으니 말이다.
그러니 그대들은 마땅히 찾아냈어야 할 것이다.
하나 나는 이제 그분이 전에 갖고 있던 권력을 차지하고
그분의 침대와 그분을 위해 씨를 잉태하던 아내를 이어받게
  되었으니,   260
그리고 그분에게 후손의 소망이 꺾이지 않았더라면 —
지금은 그분의 머리 위를 운명이 덮치고 말았지만 —
한 어머니에게서 태어난 자식들이 그분과 나 사이에 인연을
맺어주었을 것이니. 이러한 까닭으로 해서 나는
마치 내 친아버지의 일인 양 이 일을 위해 싸울 것이며   265
살인범을 찾아내기 위해 무슨 일이든지 시도할 작정이다.
오래된 아게노르의 아들인 그 옛날의 카드모스, 그 아들인
  폴리도로스,
또 그 아들인 라브다코스의 아들의 명예를 위해서.
그리고 내 명령을 이행하지 않는 자들을 위해 비노니,
신들께서는 그들에게 대지의 수확도 여인들의 출산도   270

내리지 마시고 지금의 이 재앙에 의하여
아니 이보다 더 참혹한 재앙에 의하여 그들이 죽게 하소서.
하나 이러한 나의 처사를 기뻐하는 그대들 다른 카드모스의
　　백성들에게는
우리들의 동맹자이신 정의의 여신과 모든 신들께서
영원히 함께하시며 축복을 내려주시기를! 275

코로스장

그대가 저주로 나를 묶으시니, 왕이여, 나는 이렇게
　　말씀드리겠습니다.
나는 살해하지도 않았고 살인자를 밝혀낼 수도 없습니다.
이 문제로 말하면 ─ 포이보스께서 그것을 보내주셨으니
다름 아닌 그분께서 범인이 누구인지 말씀해주셔야 할
　　것입니다.

오이디푸스

옳은 말이오. 하나 어떤 사람도 신들에게 280
그들이 원치 않는 일을 강요할 수는 없을 것이오.

코로스장

그러시다면 그다음으로 가장 좋다고 생각되는 바를
　　말씀드리겠습니다.

오이디푸스

세 번째 것도 있다면 그것도 버리지 말고 말해주오.

코로스장

내가 알기에 포이보스 왕에 가장 가까운 예언자는
테이레시아스 왕[20]입니다. 그분에게 물으시면 285

왕이여, 가장 확실한 것을 알 수 있을 것입니다.

오이디푸스

그것도 내가 생각하지 못했던 바는 아니오. 크레온의 권고에 따라
그를 데려오도록 두 번씩이나 사람을 보냈으니까.
그런데 그가 왜 오지 않는지 아까부터 이상하게 여기고 있는 중이오.

코로스장

그렇다면 지금 떠돌아다니는 소문은 그분과는 무관한 오래된
헛소문이었군요.   290

오이디푸스

그게 무슨 소문이오? 나는 모든 이야기에 주의를 기울이고 있소.

코로스장

선왕께서는 나그네들에 의해 살해되었다고 합니다.

오이디푸스

나도 그렇게 들었소. 하나 목격자를 본 사람은 아무도 없소.

코로스장

만일 그자가 두려움이 무엇인지 아는 자라면
그대의 이러한 저주를 듣고도 버티지는 못할 것입니다.   295

오이디푸스

---

20 예언의 신인 아폴론뿐만 아니라 그의 사제(司祭)도 왕이라 불리는데 호메로스도 《오디세이아》 XI. 151에서 "테이레시아스 왕의 혼"이라고 말하고 있다.

행동을 두려워하지 않는 자는 말도 두려워하지 않는 법이오.

코로스장

하나 그자의 죄를 들춰낼 분이 계십니다.

저들이 신과 같은 예언자를 이리로 모셔오고 있으니
　말입니다.

사람들 가운데 오직 그분 속에서만 진리가 살아 있습니다.

　　테이레시아스 한 소년에게 인도되어 등장

오이디푸스

말할 수 있는 것이건 말할 수 없는 것이건 하늘의 일이건　　300
땅 위의 일이건, 오오 모든 것을 통찰하는 테이레시아스여,
그대 비록 보지는 못하나 어떤 재앙이 이 도시를 덮쳤는지
알고 있을 것이오. 이 재앙에서 구해줄 보호자와 구원자를
우리는, 오오 왕이여, 오직 그대에게서 찾고 있소이다.
포이보스께서 ― 만일 그대가 사자(使者)들에게서 듣지
　못했다면 ―　　305
우리들의 물음에 이러한 대답을 보내왔기 때문이오.
우리가 라이오스의 살해자들을 올바로 알아내어
그들을 죽이거나 나라 밖으로 추방할 때에만
이러한 역병(疫病)을 면할 길이 생길 것이라고 말이오.
그러니 그대는 새들의 목소리[21]나 그 밖에 그대가 갖고 있는　　310
다른 예언의 기술들을 아끼지 말고
그대 자신과 나라를 구하고 나를 구하고,

피살자로 인해 생긴 더러운 것을 모두 제거하도록 하시오.
우리들의 운명은 그대의 손에 달렸소. 그리고 수단과 힘을
　　다해
남을 돕는 것이 사람으로서 가장 고상한 일이오.　　　　315

테이레시아스

아아, 지혜가 지혜로운 자에게 아무런 쓸모도 없는 곳에서
지혜를 갖는다는 것은 얼마나 무서운 일인가! 아아, 어쩌자고
　　내가 그것을
잘 알면서도 깜빡 잊었던가! 그렇지 않았던들 이곳에 오지
　　않았을 텐데!

오이디푸스

무슨 일이오? 그런 근심스런 얼굴로 들어오다니!

테이레시아스

집으로 돌려보내주시오. 그대는 그대의 몫을, 나는 내 몫을
　　짊어지는 편이　　　　　　　　　　　　　　　　320
가장 편안할 것입니다. 만일 그대가 내 말을 들으시겠다면,

오이디푸스

그대의 말은 온당하지도 않거니와 그대를 키워준
이 도시에 대해서도 친절하지 않구려. 대답을 거절하니
　　말이오.

테이레시아스

21　고대 희랍인들은 새가 나는 방향이나 새의 울음소리를 듣고 길흉을 점쳤다고
　　한다.

내가 보기에 그대의 말이 시의에 맞지 않기 때문이오.
그래서 나도 같은 실수를 저지르지 않기 위해 말을 않는 것이오. 325

  테이레시아스 돌아서 가려 한다

오이디푸스
제발 부탁이니, 알고 있거든 돌아서지 마시오.
우리 모두 탄원자로서 무릎 꿇고 그대에게 간청하오.

테이레시아스
그대들은 모두들 모르고 있소. 하나 나는 결코 나의
  불행을 —
그대의 불행이란 말을 않기 위해서 그렇게 부르는 것이오 — 드
  러내지 않을 것이오.

오이디푸스
대체 무슨 말을 하는 거요? 알고 있으면서도 말하지 않겠다니 330
그대는 우리를 배반하고 우리들의 도시를 파멸케 할 작정이오?

테이레시아스
나는 내 자신도 그대도 괴롭히고 싶지 않습니다. 왜 헛되이 이런
  일들을
물으십니까? 그대는 결코 내게서 알아내지 못할 것이오.

오이디푸스
오오 사악한 자들 중에서도 가장 사악한 자여 — 돌이라도
  그대에게
화를 내겠구려 — 그래, 끝내 말하지 못하겠느냐? 335

이렇게 막무가내로 끝까지 고집을 부릴 작정인가?

테이레시아스

그대는 내 성질을 나무라시지만 그대와 동거하고 있는
그대 자신의 것[22]은 보지 못하시는군요. 나만 꾸짖으시니
　말입니다.

오이디푸스

그대가 지금 이 도시를 모욕하고 있는 것과 같은
그러한 말을 듣고도 화를 내지 않을 사람이 어디 있겠는가?　340

테이레시아스

내가 침묵으로 감싼다 하더라도 올 것은 저절로 옵니다.

오이디푸스

이왕 올 것이라면 내게도 말해주어야 할 게 아닌가!

테이레시아스

더는 말씀드리고 싶지 않습니다.
그러니 화가 나시거든 실컷 화를 내십시오.

오이디푸스

암, 내고말고. 그리고 이왕 화가 났으니 나는 내 생각을　345
남김없이 말하겠다. 알아두거라, 내가 보기에
그대는 그대의 손으로 죽이지만 않았을 뿐이지 이 범행을 같이
　모의하고
같이 실행했음에 틀림없다. 만일 그대가 볼 수만 있었다면

22　그와 동거하고 있는 그의 어머니 이오카스테(Iokaste)를 암시하는 말로 생각된다.

나는 이 범행을 그대 혼자서 저질렀다고 말했을 것이다.

테이레시아스

정말입니까? 그렇다면 내 그대에게 이르노니 350
그대는 그대 자신이 내린 명령을 지켜
오늘부터는 이 사람들에게도 내게도 말을 걸지 마십시오.
바로 그대가 이 나라를 더럽히는 불경한 자이기 때문입니다.

오이디푸스

그따위 말을 내뱉다니, 어쩌면 저토록 뻔뻔스러울 수가
  있을까!
그러고도 어디서 그 벌을 면하리라고 생각하는가? 355

테이레시아스

벌써 면했습니다. 나의 진리 속에 나의 힘이 있기
  때문입니다.

오이디푸스

누구에게서 배웠느냐? 아무래도 그대의 재주는 아니다.

테이레시아스

그대에게서죠. 그대가 싫다는 나를 억지로 말하게 했으니까.

오이디푸스

무슨 말을? 똑똑히 알 수 있도록 다시 한번 말해보라.

테이레시아스

아까 알아듣지 못했습니까? 아니면 말로 나를 부추기는 겁니까? 360

오이디푸스

알았다고 할 만큼 알아듣지 못했다. 그러니 다시 한번
  말해보라.

테이레시아스

그대는 그분의 살해자를 찾고 있으나 그대가 바로 그분의
 살해자란 말입니다.

오이디푸스

두 번씩이나 그런 끔찍한 말을 하다니 필시 후회하게 되리라.

테이레시아스

더 화를 내시도록 더 말씀드릴까요?

오이디푸스

그대가 원하는 만큼. 그래보아야 다 허튼소리니까.   365

테이레시아스

그대는 부지중에 그대의 가장 가까운 핏줄과 가장 가까운
 인연을
맺고 살면서도 어떤 불행 속에 빠졌는지 보지 못하고 있다는
 말입니다.

오이디푸스

정말로 그런 말을 하고도 언제나 무사하리라고 믿는가?

테이레시아스

물론입니다. 진리 속에 어떤 힘이 있다면.

오이디푸스

힘이야 있지, 그대가 아닌 다른 사람들을 위해서는. 하나
 그대를 위해서는   370
그 힘이 없어. 그대는 귀도 지혜도 눈도 멀었으니까.

테이레시아스

오오 가련한 분! 머지않아 여기 있는 모든 사람들이

그대에게 퍼붓게 될 그런 욕설을 그대 스스로 말하다니!

오이디푸스

그대 영원한 어둠 속에 사는 자여, 그대는 나든 다른
　사람이든
햇빛을 보는 자를 결코 해치지는 못하리라. 375

테이레시아스

못하겠지요. 그대는 나로 인해 넘어질 운명은 아니니까.
하나 그것을 해치우는 일에 관심이 있는 아폴론께서는
　능히 할 수 있습니다.

오이디푸스

그건 크레온의 고안인가 아니면 그대 자신의 고안인가?

테이레시아스

크레온이 아니라 그대 자신이 그대의 재앙입니다.

오이디푸스

오오 부(富)여, 권세(權勢)여, 그리고 치열한 삶의 경쟁에서 380
온갖 재주를 능가하는 재주[23]여
그대들에 붙어다니는 질투심은 얼마나 큰 것인가!
내가 구하지도 않았는데 이 도시가
내 손에 쥐여준 이 권력 때문에
나의 옛 친구인 충성스런 크레온이 385
몰래 기어들어와 나를 쫓아내려고 했을 뿐 아니라

---

[23] 어떤 이는 통치술을, 어떤 이는 수수께끼를 푸는 재주를 가리키는 것으로 보고 있다.

게다가 오직 이욕에만 눈이 밝고 예언술에는 눈이 먼
저따위 음흉한 마술사를,
교활한 돌팔이 설교사를 부추겼으니 말이다.
자, 말해보라. 대체 어디서 그대는 참다운 예언자임을
　보여주었던가?　　　　　　　　　　　　　　　390
저 어두운 노래를 부르는 암캐[24]가 이곳에 나타났을 때
왜 그대는 이 나라 백성들을 구하기 위해 아무 말도 하지
　않았던가?
그 수수께끼로 말하면 아무나 풀 수 있는 것이 아니었고
거기에는 예언술이 필요했던 것이다.
하나 그러한 예언술을 그대는 분명히　　　　　　395
새들의 도움에 의해서도 신의 계시에 의해서도 갖고 있지
　않았다.
그때 내가 나타났던 것이다, 이 무식한 오이디푸스가.
그리하여 새들의 가르침이 아니라 내 자신의 재치로 맞추어
　그녀를
침묵시켰던 것이다. 그러한 나를 그대가 쫓아내려 하고
　있구나.
크레온의 왕좌 옆에 바짝 붙어서겠다는 생각에서 말이다.　400
그대와 이 일을 꾸민 자는 나라를 정화(淨化)하겠다는
　그대들의 열성을

---

24 스핑크스.

반드시 후회하게 되리라. 그대가 늙어 보이지만 않았던들
　　그대는 자신의 생각이 얼마나 뻔뻔스런 것인지 고통을 당하며
　　배워야 했으리라.

코로스장

우리들이 생각하기에, 저분의 말씀이나 그대의 말씀이나
오이디푸스여, 모두 노여움에서 나온 말씀 같습니다.　　　　405
하나 우리들에게 필요한 것은 그러한 말씀들이 아니라
　　어떻게 하면
신의 명령을 가장 훌륭하게 이해할 수 있겠는지 궁리하는
　　일입니다.

테이레시아스

그대 비록 왕이지만 적어도 같은 대답을 할 수 있는
　　권리만은
우리 두 사람 모두에게 똑같이 허용되어야 할 것입니다. 그럴
　　권리가
내게도 있습니다. 나는 그대의 종이 아니라 록시아스의 종으로
　　살아가기 때문입니다.　　　　410
그러므로 나는 크레온을 보호자[25]로 삼고 그 밑에 등록되지는
　　않을 것입니다.
그대가 나의 눈먼 것까지 조롱하시니 말씀드립니다만
그대는 눈이 있어도 보지 못하고 있습니다.

25　아테나이의 재류외인(在留外人, métoikos)은 법정에서 보호자의 입을 통해서만 변론하게 되어 있었다.

어떤 불행 속에 빠져 있는지도, 어디서 사는지도, 누구와
　사는지도.
그대가 누구의 자손인지 알고나 있습니까? 그대 자신은
　모르겠지만　　　　　　　　　　　　　　　　　　415
그대는 지하와 지상에 있는 그대의 혈족에게는 원수입니다.
그리하여 어머니와 아버지의 저주라는 이중의 채찍이
　언젠가는
그대를 무서운 발걸음으로 뒤쫓으며 이 나라 밖으로 몰아낼
　것입니다.
그리고 지금은 올바로 보는 그 눈도 그때는 어둠만을 보게 될
　것입니다.
그토록 순조로운 항해 끝에 저 집안에서 그대를 숙명의 항구로　420
인도해준 축혼가(祝婚歌)의 의미를 그대가 깨닫게 되는
　날에는
어느 항구엔들 그대의 비명 소리가 미치지 않을 것이며
키타이론 산의 어느 부분엔들 그대의 비명 소리가 메아리치지
　않을 것인가!
그대는 또한 그대 자신과 그대의 자식들을
동등하게 해줄 다른 무리의 불행도 보지 못하고 있습니다.　425
그러니 크레온과 나의 전언(傳言)을 실컷 조롱하구려.
죽어야 할 인간들 중에 일찍이 그대보다 더 비참하게
마멸될 자는 달리 아무도 없을 테니 말입니다.

오이디푸스
　저자에게서 이런 말을 듣고도 참아야만 한단 말인가?

파멸 속으로 꺼져버려라! 어서 빨리!   430

되돌아서서 이 집에서 썩 물러가지 못하겠느냐!

테이레시아스

그대가 부르지 않았던들 나는 결코 자진해서 오지는 않았을

것입니다.

오이디푸스

그대가 바보 같은 소리를 할 줄은 몰랐었지. 그렇지

않았던들

그대를 내 집으로 부르러 사람들을 보내기 전에 오랜 시간이

걸렸을 것이다.

테이레시아스

그대가 보기에는 나는 그러한 바보입니다.   435

하나 그대를 낳아준 양친에게는 온전한 사람이었습니다.

오이디푸스

어떤 양친 말인가? 섯거라. 사람들 중에 누가 나를 낳았단

말인가?

테이레시아스

오늘 이날이 그대를 낳고 그대를 죽이게 될 것입니다.

오이디푸스

온통 수수께끼 같은 모를 소리만 하는구나!

테이레시아스

수수께끼를 푸는 데는 그대가 가장 능한 사람이 아니던가요? 440

오이디푸스

나의 위대함을 보여주게 될 바로 그 일을 갖고 나를

조롱하는구나!

테이레시아스

하나 바로 그 행운이 그대를 파멸케 한 것입니다.

오이디푸스

나는 이 도시를 구했으니 그런 것은 아무래도 좋다.

테이레시아스

그렇다면 나는 가겠습니다. 애야, 나를 데려가다오.

오이디푸스

그가 그대를 데려가게 하라. 그대가 여기 있으면 방해만
되고   445
성가시니까. 가고 나면 나를 더 괴롭히지 못하겠지.

테이레시아스

가긴 가되 내가 온 까닭을 말씀드리고 나서 가겠습니다.
그대의 얼굴쯤은 두렵지도 않습니다. 그대는 결코 나를
  파멸케 할 수 없으니까.
내 그대에게 말씀드리노니, 그대가 위협적인 말로
라이오스의 살해를 규명하겠다고 공언하며 오래전부터   450
찾고 있던 그 사람, 그 사람은 바로 여기 있습니다.
그는 이곳으로 이주해온 외국인으로 통하고 있지만 머지않아
토박이 테바이인임이 밝혀질 것입니다. 하나 그러한 행운을
그는 달가워하지는 않을 것입니다. 보는 대신 눈이 멀고
부자 대신 거지가 되어 지팡이로 앞을 더듬으며   455
낯선 땅으로 길을 떠나게 될 테니 말입니다.
그리고 그는 같이 살고 있는 그의 자식들의

형제이자 아버지이며, 그를 낳아준 여인의
아들이자 남편이며, 그의 아버지의 침대를 이어받은 자이자
그의 아버지의 살해자임이 밝혀질 것입니다. 자, 안으로
   들어가시어 460
그 일에 관해 잘 생각해보십시오. 그러고도 내 말이
   잘못되었거든
그때부터는 내가 예언술에 관해 아무것도 알지 못한다고
   말씀하십시오.

테이레시아스는 소년에게 인도되어 퇴장하고 오이디푸스는 궁전 안으로 들어간다

코로스(첫 번째 정립가 463~512행)

좌 1

대체 누구인가, 예언하는 델포이의 바위가[26] 이르기를
말로써 형언치 못할 끔찍한 짓을 피 묻은 손으로 465
저질렀다고 하는 그자는 이제야말로 그자는
폭풍처럼 날랜 말들보다도 더 힘차게
도주를 위해 발을 움직여야 할 때로다.

---

26 델포이 시와 신전은 높은 암벽 위에 자리 잡고 있다.

제우스의 아드님이 불과 번개로 무장하시고
그자에게 덤벼들고   470
또 그분과 함께 저 무시무시하고
피할 길 없는 운명의 여신[27]들이 다가오고 있음이라.

우 1

눈 덮인 파르나소스 산[28]으로부터 방금 주어진 그 목소리
번쩍이며 나타나 드러나지 않은 그자를 어떻게든 찾아내라
　하시네.   475
그자는 야생의 수풀 속으로 숨어들어가
동굴과 바위 사이로
마치 황소처럼 사납게
기쁨 없는 길을 불행 속에서 쓸쓸하게 헤매고 있네,
대지(大地)의 배꼽[29]에서 나온 운명의 말씀을   480
벗어나려 하면서. 하나 그 말씀
언제나 살아서 그자의 주위를 날아다니네.

27　원어는 Ke-res이다. Ke-res는 Moirai와는 다르게 독립된 권위를 갖지 못하는, 신의(神意)의 집행자들로서 아이스킬로스는 이들을 복수의 여신들과 동일시하고 있다.
　　〈테바이를 공격한 일곱 장수〉 1055행 참조.
28　델포이는 파르나소스(Parnassos) 산의 서남쪽에 있다.
29　주 6 참조.

좌 2

무섭도록 정말 무섭도록 현명한 그 예언자 나를 격동시키건만 483
나로서는 시인도 부인도 할 수가 없고 무슨 말을 해야 할지
  알지 못하겠구나.   485
불안한 예감에 안절부절못하는 내 마음 지금의 일도 앞일도
  보지 못하네.
라브다코스의 아들과 폴리보스[30]의 아들 사이에
무슨 원한 있었는지 내 예나 지금이나 들은 바 없으니
그것을 증거로 내세워
백성들 사이에서의 오이디푸스의 명망(名望)을 공격할 수도
  없고   495
밝혀지지 않은 죽음 때문에 라브다코스의 아들을 위해 복수할
  수도 없구나.

우 2

제우스와 아폴론께서는 진실로 명철하시어 인간들의 일을
  모두
알고 계시도다. 하나 그 역시 한낱 인간인 예언자가   500
나보다 뛰어나리라는 것은 옳은 판단일 수 없으리라,

---

30 폴리보스(Polybos)는 코린토스(Korinthos)의 왕으로 오이디푸스는 이 사람이 자기의 아버지라고 믿고 있다.

비록 어떤 사람이 지혜로써 지혜를 능가할 수 있다고
　　할지라도
하나 나는 그 말이 옳음을 보기 전에는 사람들이 그분을
　　비난하더라도
결코 동조하지 않으리라. 모든 사람이 보는 앞에서 저 날개 돋친
　　소녀[31]가
일찍이 그분에게 다가갔을 때 그분은 시험을 통해 이 도시에
　　호의를　　　　　　　　　　　　　　　　　　　　510
품은 현자(賢者)임이 밝혀졌거늘 내 어찌 마음속으로 그분께
　　유죄 판결을 내리리오.

　　크레온 등장

크레온

남자들이여, 시민들이여, 나는 오이디푸스 왕께서
무시무시한 비난을 내게 퍼부으셨다는 말을 듣고는
도저히 참을 수가 없어서 이 자리에 나왔습니다.　　　515
만일 그분께서 지금과 같은 어려운 때에
나로부터 말로든 행동으로든 해(害)가 될 수 있는 일을
당하셨다고 생각하신다면 나는 진실로 그런 비난을 들으며
오래 살고 싶지는 않습니다. 만일 내가 도시 안에서

---

[31] 스핑크스.

그리고 그대와 친구들로부터 악당이라고　　　　520
불려야 한다면, 이러한 소문이 가져다줄 손실은
내게는 간단한 문제가 아니라 실로 중대한 문제이기
　　때문입니다.

코로스장

하나 노여움을 이기지 못해 그런 비난을 하신 것이지
진심에서 그러신 것은 아닐 것입니다.

크레온

아무튼 그런 말씀을 하신 것은 사실이지요?　　　525
나의 권고에 따라 예언자가 그런 거짓말을 했다고 말입니다.

코로스장

그런 말씀을 하셨습니다. 하나 그 진의는 알지 못합니다.

크레온

그렇다면 내게 그런 비난을 하실 때
눈 하나 까딱 않고 바른 정신으로 그러시던가요?

코로스장

모를 일입니다. 윗사람들이 하시는 일을 내가 어찌 알겠습니까.　530
마침 저기 그분 자신께서 집에서 나오시는군요.

　　　오이디푸스 중문으로 해서 등장

오이디푸스

이봐, 여기는 어떻게 왔지?
그대는 어찌 그리도 뻔뻔스럽단 말인가?

이 나의 의심할 여지없는 살해자이고

나의 왕관의 명백한 도적인 주제에 내 집 앞에 나타나다니!　　535

자, 신들께 맹세코 말해보라. 이런 일을 꾸미다니

그대는 나를 겁쟁이나 바보로 알았더냐?

그대가 이렇게 몰래 나를 향해 기어들어오는 것을 내가 알지
　　못하거나

아니면 알더라도 막지 않을 줄 알았더냐?

그대의 기도(企圖)야말로 어리석지 않은가?　　540

추종자들이나 친구들도 없이 왕권을 얻으려고 하니 말이다.

하나 왕권은 추종자들이나 돈 없이는 얻을 수 없는 법이다.

크레온

내 말 좀 들어보십시오. 그렇게 말씀하셨으니 내 대답도

들어주셔야 할 게 아닙니까. 직접 들으시고 나서
　　판단하십시오.

오이디푸스

말하는 데는 그대가 능하나 내게는 그대의 말을 알아들을 재주가
　　없구나.　　545

나는 그대가 나의 위험한 적임을 발견했으니까.

크레온

그럼 우선 바로 그것에 관해 나의 설명을 들어주십시오.

오이디푸스

그대가 악당이 아니라는 바로 그 설명만은 하지 말아주게.

크레온

만일 그대가 지혜 없는 고집을 하나의 재능으로 여기신다면

그대의 생각은 옳지 못합니다. 550

오이디푸스

만일 그대가 친척을 해코지하고도 벌을 면할 수 있을 것으로 여긴다면 그대의 생각은 좋지 못한 것이다.

크레온

옳은 말씀입니다. 나도 동감입니다. 그런데 그대가 내게서
　입었다고
말씀하시는 그 해코지란 것이 대체 무엇인지 가르쳐주십시오.

오이디푸스

그 근엄한 체하는 예언자를 부르러 사람을 보내야만 한다고 555
그대가 내게 권고했던가 아니면 하지 않았던가?

크레온

그 일이라면 나는 지금도 여전히 같은 생각입니다.

오이디푸스

그렇다면 대체 얼마나 많은 세월이 지났지, 라이오스가—

크레온

그분께서—? 무슨 말씀을 하시려는 것인지 모르겠군요.

오이디푸스

— 치명적인 폭행에 의해 사람들의 눈앞에서 사라진 뒤로? 560

크레온

과거를 향해 긴 세월을 헤아려야 할 것입니다.

오이디푸스

그 당시에도 이 예언자는 그의 기술에 종사하고 있었느냐?

크레온

지금과 똑같이 현명했으며 똑같이 존경받고 있었습니다.

오이디푸스

그렇다면 그때에도 그가 나에 관해 무슨 말을 한 적이
있는가?

크레온

결코 그런 적은 없었습니다. 내가 가까이 서 있을 때는.　　565

오이디푸스

하나 그대들은 피살자를 위해 수색을 하지 않았던가?

크레온

필요한 수색을 했습니다. 왜 안 했겠습니까? 하나 아무것도 듣지
못했습니다.

오이디푸스

그렇다면 왜 그때 이 현자(賢者)는 이 이야기를 하지 않았는가?

크레온

모르겠습니다. 그리고 내가 이해하지 못하는 일은 말하고 싶지
않습니다.

오이디푸스

하나 적어도 이 정도는 그대도 알고 있고 잘 이해하며 말할 수
있을 텐데.

크레온

그게 무엇입니까? 내가 알고 있는 일이라면 부인하지
않겠습니다.

오이디푸스

그자가 그대와 결탁하지 않았더라면 라이오스의 죽음이

나의 소행이라고는 결코 말하지 않았으리라는 것 말이다.

크레온

그가 그런 말을 한다면 그대 자신이 가장 잘 아실 것입니다. 하나 그대가 지금 내게 물은 만큼 나도 그대에게 물을 권리가 있습니다. 575

오이디푸스

실컷 물으려무나. 하나 나는 결코 살인자로서 잡히게 되지는 않을 것이다.

크레온

그렇다면 말씀해주십시오. 그대는 내 누이와 결혼하셨는지요?

오이디푸스

지금 그대가 묻는 것은 부인할 수 없는 사실이다.

크레온

그대는 그녀와 동등한 권리를 갖고 이 나라를 통치하고 계시지요?

오이디푸스

그녀는 원하는 것이면 무엇이든 내게서 얻고 있다. 580

크레온

그리고 나는 세 번째 가는 사람으로서 그대들 두 분과 동등하지 않습니까?

오이디푸스

바로 그 때문에 그대는 사악한 친구로 드러난 것이다.

크레온

그렇지 않습니다. 그대도 나처럼 마음속으로 이치를

따져보십시오.
먼저 이 점을 심사숙고해보십시오. 똑같은 권력을 가질 수
   있는데도
평온 속에서보다는 오히려 불안 속에서 통치하기를   585
더 바랄 사람이 있으리라고 그대는 생각하십니까?
아무튼 나로 말하면 통치자로서 행세하는 것보다도
통치자 자신이 되기를 열망하는 그런 사람으로 태어나지
   않았으며
또한 현명하게 생각할 줄 아는 사람이라면 누구나 그러할
   것입니다.
지금 나는 그대에게서 아무 두려움 없이 무엇이든 얻고
   있으니 말입니다.   590
하나 내 자신이 통치자라면 싫어도 많은 일을 해야만 할
   것입니다.
하거늘 어찌 고통 없는 통치와 권력보다도
왕위를 얻는 것이 내게 더 달콤할 수 있겠습니까?
아직도 나는 이익이 되는 명예 대신
다른 명예를 바랄 만큼 그토록 마음의 눈이 멀지는 않았습니다. 595
지금은 모두들 나를 축하하고, 지금은 모두들 내게 인사하며
지금은 그대에게 소청이 있는 자들이 나를 불러냅니다.
그들에게는 모든 성공이 거기에 달려 있기 때문입니다.
하거늘 어찌 내가 이것을 버리고 저것을 취하겠습니까?
어떠한 마음도 현명한 생각을 하는 동안에는 사악해질 수
   없는 법입니다.   600

나는 원래가 그러한 생각을 좋아하는 사람도 아니거니와
다른 사람이 그것을 실행한다면 그와 함께 행동하는 것을
   결코
참지 못할 것입니다. 그 증거로 먼저 피토에 가셔서
신탁의 말씀을 내가 과연 그대에게 분명하게 전했는지
   물어보십시오.
그런 연후에 내가 예언자와 공모한 사실이 드러나거든 605
그때는 한 사람이 아니라 두 사람의 판결에 의해서,
즉 그대와 나 자신의 판결에 의해서 나를 잡아 죽이십시오.
하나 아무 증거도 없는 혐의만으로 나를 일방적으로
   죄인으로
만들지는 마십시오. 나쁜 사람들을 무턱대고 좋은 사람들로
   여기거나
좋은 사람들을 나쁜 사람들로 여기는 것은 옳지 못하기
   때문입니다. 610
내 말씀드리거니와, 진정한 친구를 버리는 것은
가장 소중히 여기는 자신의 목숨을 버리는 것과 같은
   것입니다.
시간이 지나면 그대는 이런 일들을 확실히 알게 될 것입니다.
오직 시간만이 올바른 사람을 보여주기 때문입니다.
하나 나쁜 사람은 그대가 단 하루 만에도 알아보실 수 있을
   것입니다. 615

코로스장
  왕이여, 넘어지지 않도록 조심하는 모든 사람들을 위해

그는 좋은 말을 해주었습니다. 속단하는 자들은 비틀거리는
법이니까요.

오이디푸스

몰래 음모를 꾸미는 자가 재빨리 다가오고 있을 때는
나도 재빨리 그 대책을 세워야만 하오.
만일 내가 안일하게 기다리고 있으면 그자의 목적은   620
달성되고 나의 목적은 빗나가고 마는 것이오.

크레온

그렇다면 어쩌시겠다는 것입니까? 나를 나라 밖으로 쫓아내실
겁니까?

오이디푸스

천만에. 내가 원하는 것은 그대의 죽음이지 그대의 추방이
아니다.
그래야만 질투가 어떤 것인지 그대가 보여줄 수 있을 테니까.

크레온

그대는 양보하거나 믿지 않기로 결심하고서 말씀하시는
것입니까?   625

오이디푸스

물론이지. 그대는 무슨 말을 해도 믿을 만한 사람이 못
되니까.[32]

크레온

---

[32] 이 행은 원래 파손되어 없어진 것을 R. Jebb의 추론에 따라 보충한 것임을 밝혀
둔다.

내가 보기에 그대는 온전한 정신이 아니십니다.

오이디푸스

하나 적어도 내 자신의 일에 있어서는 온전한 정신이다.

크레온

그렇다면 내 일에 있어서도 똑같이 그러셔야지요!

오이디푸스

그건 안 돼. 그대는 원래 악인이니까.

크레온

하나 만일 그대가 아무것도 이해하지 못하고 계신다면?

오이디푸스

그래도 나는 통치해야만 한다.

크레온

잘못 통치할 바엔 통치하지 말아야지요.

오이디푸스

오 도시여 도시여, 그의 말 좀 들어보라!

크레온

이 도시에 대해서는 내게도 권리가 있습니다. 그대에게만
    있는 것이 아닙니다.[33]   630

코로스장

그만두십시오. 때마침 그대들을 위하여 저기

---

[33] 행수가 많이 늘어나 보이는 것은 텍스트에는 두 사람이 주고받는 말이 한 행으로 되어 있는데 본 역서에서는 편의상 이들을 독립된 행으로 만들었기 때문이다. 이 곳 외에도 본 역서에는 이런 곳이 두세 군데 더 있음을 미리 말해둔다.

이오카스테가 집에서 나오고 있는 것이 보입니다.
그분의 중재로 지금 이 말다툼을 끝내도록 하십시오.

  이오카스테 중문을 통해 등장

이오카스테

  오오 딱하신 분들이여, 어쩌자고 그런 분별없는 말다툼을
  벌이십니까? 부끄럽지도 않으십니까? 나라가 이렇듯   635
  병들어 있는데 사사로운 불행으로 소동을 벌이시다니!
  자, 그대는 집안으로 드셔요. 그리고 그대도 그대의 집으로
    가셔요.
  크레온이여! 그리하여 하찮은 괴로움을 큰일로 만들지
    마셔요.

크레온

  누이여, 그대의 남편 오이디푸스께서 내게 무서운 일을
  행하시겠다고 합니다. 나를 선조들의 나라에서 내쫓든지 아니면   640
  잡아 죽이든지 두 가지 불행 중에 하나를 택하시겠다는
    것입니다.

오이디푸스

  그렇소. 저자가 나쁜 꾀로 내 몸에 나쁜 짓을 하려다가
  나에게 붙잡혔기 때문이오, 부인이여!

크레온

  내가 만일 그대가 내게 씌우고 있는 것과 같은 그러한 짓을
    했다면

나는 지금 당장 행운을 누리지 못하고 저주를 받아 죽어도
　　좋습니다.　　　　　　　　　　　　　　　　　　645

이오카스테

오오 제발 부탁이니 그의 말을 믿어주셔요, 오이디푸스여,
먼저 신들께 드린 이 두려운 맹세를 위하여,
다음은 나와 여기 그대 옆에 서 있는 이 사람들을 위하여!

코로스(애탄가)

좌 1

코로스

통촉하시어 호의로써 받아들이십시오. 왕이여, 내 그대에게
　　비나이다!　　　　　　　　　　　　　　　　　　649

오이디푸스

대체 내가 무엇을 양보하기를 그대는 원하는가?

코로스

전에도 어리석지 않았지만 지금은 맹세에 의해 강력해진 그분을
　　두려워하소서.

오이디푸스

그대들은 자신들이 바라는 것이 무엇인지 알고 있는가?

코로스

알고 있나이다.

오이디푸스

그렇다면 말해보라, 그대의 참뜻이 무엇인가?

코로스

저주로 자신을 묶은 친구에게 불확실한 소문만 믿고 656
불명예스런 죄를 씌우지 마시라는 것입니다.

오이디푸스

그렇다면 잘 알아두라. 만일 그대가 그것을 원한다면
그대는 나의 파멸과 이 나라로부터의 추방을 원하는 것이다.

좌 2

코로스

아닙니다. 모든 신들의 앞에 서 있는
태양신 헬리오스에 맹세코 660
결코 그렇지 않습니다. 내 만일 그런 생각을 품고 있다면
축복도 친구도 없이 가장 비참하게 죽어도 좋습니다.
내 가련한 영혼은 지칠 대로 지쳤나이다. 나라는 망해가는데 665
이전의 불행 위에 그대들 두 분으로부터의 불행이 겹치기
　때문입니다.

오이디푸스

그렇다면 그를 가게 하라, 내 비록 살해되거나 아니면 669
이 나라로부터 불명예스럽게 추방당할 것이 확실하다 할지라도 670
그의 입이 아니라 그대의 애처로운 입이 나를 움직였노라.
하나 이자는 어디에 있든 나의 미움을 받게 되리라.

크레온

그대는 지나치게 화를 냈을 때도 격렬하시더니 양보할 때에도
분명히 언짢아하시는군요. 그러한 성질들은, 당연한
　일이겠지만
바로 그들 자신에게 가장 견디기 어려운 것입니다.　　　675
오이디푸스
나 좀 가만히 놓아두고 떠나가지 못하겠느냐?
크레온
가겠습니다. 나는 그대에게는 오해를 받았지만 이 사람들의
　눈에는 옳습니다.

　크레온 퇴장

우 1

코로스
부인이여, 어째서 그대는 이분을 빨리 집안으로 모시지
　않습니까?　　　　　　　　　　　　　　　　　　　678
이오카스테
그러기 전에 먼저 무슨 일이 있었는지 알아야겠소.　　680
코로스
터무니없는 의심이 말에서 생겼던 것입니다. 하나 부당한
　것도 찌르는 법입니다.
이오카스테
양편이 서로 상대방에게 싸움을 걸었단 말이오?

코로스

그렇습니다.

이오카스테

그리고 이야기는 어떤 것이었소?

코로스

족합니다. 내가 보기에는 족합니다. 나라가 이미 고통을
　당하고 있는　　　　　　　　　　　　　　　　　　685
이 마당에 그 일일랑 멈춘 곳에 그대로 머물게 하십시오.

오이디푸스

그대는 좋은 의도에도 불구하고 내 마음을 느슨하고 무디게
　하려다가
스스로 어떤 상황에 처하게 되었는지 알고 있는가?[34]

우 2

코로스

오오 왕이여, 내 이미 거듭 말씀드렸거니와　　　　689
믿어주십시오. 내 만일 그대를, 사랑하는 나의 나라가
고통으로 말미암아 정신을 잃었을 때 바른길로 인도하셨고
지금도 우리들의 훌륭한 길잡이로 밝혀지실 것 같은
그대를 멀리한다면 나야말로 분명히 미치광이요,　　695

---

[34] 멈춘 곳에 그대로 머물게 하는 것이 옳다면 왜 이 일에 관해 말하지 못하며, 옳지
않다면 왜 나를 제지했는가? 란 뜻이다.

올바른 생각을 할 줄 모르는 자일 것입니다.

이오카스테

제발 부탁이니 내게도 말씀해주세요, 왕이여!
무슨 일로 그대는 그토록 화를 내셨습니까?

오이디푸스

내 말하리다. 부인이여, 나는 이 사람들보다도 그대를 더
존중하니까.   700
그건 크레온 때문이었소. 그가 내게 음모를 꾸몄던 것이오.

이오카스테

말씀해주세요. 말다툼이 어떻게 해서 시작되었는지 자세히
말씀해주실 수 있다면.

오이디푸스

그의 말인즉 내가 라이오스의 살해자라는 것이오.

이오카스테

그 자신이 알고서 한 말인가요 아니면 남에게서 듣고 한
말인가요?

오이디푸스

그게 아니라 그는 사악한 예언자를 부추겼던 것이오.   705
그 자신은 비난받을 말을 전혀 입 밖에 내지 않았으니까.

이오카스테

그렇다면 그대가 말씀하시는 일들로부터 그대 자신을
해방하셔요.
그리고 내 말을 들으시고 잘 알아두도록 하셔요.
죽음을 면할 수 없는 그 어떤 존재도 예언술을 가질 수 없다는

것을.

거기에 대해 내 그대에게 간단한 증거를 보여드리겠어요. 710
일찍이 라이오스에게 어떤 신탁이 내린 적이 있었지요.
아폴론 자신이 아니라 그분의 사제들로부터 말여요.
그 신탁이란, 운명이 그를 따라잡아 그와 나 사이에서
　　태어난
아들의 손에 그가 죽게 되리라는 것이었어요.
그런데 라이오스는 적어도 소문대로라면 715
마차가 다닐 수 있는 세 길이 만나는 곳에서
어느 날 다른 나라의 도적들에 의해 살해되었다는 거여요.
그리고 아들은 태어난 지 사흘도 안 되어서 라이오스가 두
　　발목을
같이 묶은 뒤 다른 사람들의 손을 빌려 인적 없는 산에
갖다 버렸어요. 그리하여 아폴론께서는 애가 아버지의
　　살해자가 되고 720
라이오스는 아들의 손에 죽는다는, 그가 두려워하던
끔찍한 일이 일어나지 않도록 해주셨던 거여요.
이렇게 되도록 예언의 말씀들이 미리 정해놓았던 거지요.
그러니 예언의 말씀들에 관해서는 걱정 마셔요. 신께서
　　필요해서
구하시는 것이라면 그분 자신이 쉽게 밝혀주실 테니까요. 725

오이디푸스

부인이여, 방금 그대의 말을 듣고 나니
내 영혼은 갈피를 못 잡고 내 마음은 뒤흔들리는구려.

이오카스테

어떤 불안이 그대를 깜짝 놀라게 했기에 그런 말씀을
하십니까?

오이디푸스

나는 그대에게서 이런 말을 들은 것 같구려. 라이오스는
마차가 다닐 수 있는 세 길이 만나는 곳에서 살해되었다고
말이오.   730

이오카스테

그래요. 그런 말이 떠돌았고 아직도 그치지 않고 있어요.

오이디푸스

그렇다면 이런 일이 일어난 곳이 대체 어디란 말이오?

이오카스테

그 나라는 포키스라고 불리며 갈라진 두 길이
델포이와 다울리아로부터 바로 그곳으로 통하고 있지요.

오이디푸스

그런데 이런 일이 일어난 뒤로 얼마나 많은 세월이 지나갔소? 735

이오카스테

그대가 이 땅의 통치권을 장악하기 직전에
그런 소식이 도시에 알려졌어요.

오이디푸스

오오 제우스 신이여, 그대는 내게 무엇을 행하기로
결정하셨나이까?

이오카스테

오이디푸스여, 어째서 이 일이 그대의 마음을 무겁게 하는

거죠?

오이디푸스

아직은 내게 묻지 말아요. 라이오스가 어떤 체격을 갖고
  있었으며   740
남자로서 얼마만큼 성숙했었는지 말해봐요.

이오카스테

키가 컸고 흰머리가 갓 나기 시작했으며
외모는 그대와 크게 다르지 않았어요.

오이디푸스

아아 나야말로 불행하도다! 방금 내 자신을 무서운 저주
  속으로
내던져놓고서도 그것을 모르고 있었던 것으로 생각되니 말이오. 745

이오카스테

무슨 말씀이셔요? 왕이여, 그대를 보고 있자니 떨려요.

오이디푸스

그 예언자가 볼 수 있었던 게 아닐까 하고 무섭도록
  불안해지는구려.
하나 한 가지만 더 말해준다면 그대는 더 잘 보여주게 될
  것이오.

이오카스테

정말 떨려요. 하지만 그대가 묻는 말에 아는 대로
  대답하겠어요.

오이디푸스

그가 길을 떠날 때 소수의 수행원들을 데리고 갔소,   750

아니면 왕자답게 무장한 호위병들을 많이 거느리고 갔소?

이오카스테

모두 다섯 명이었는데 그중 한 명은 전령(傳令)이었어요.
그리고 마차는 라이오스를 태운 그것 한 대뿐이었어요.

오이디푸스

아아 이젠 너무나 분명하구나! 이 소식을
그대들에게 전해준 자는 대체 누구였소, 부인이여?   755

이오카스테

집안일을 돌보는 하인이었어요. 그자만이 살아서 돌아왔지요.

오이디푸스

그자는 아마 지금도 집안에 있겠구려?

이오카스테

아니오. 그자는 그곳에서 돌아온 뒤
그대가 권력을 쥐고 라이오스가 죽은 것을 보고는
내 손을 잡으며, 이 도시의 시계(視界)에서   760
될 수 있는 대로 멀리 떨어져 있도록
자기를 들판으로 양 떼들의 목장으로 보내달라고 간청했지요.
그래서 내가 그자를 보내주었어요. 그자는 노예치고는
그보다 더 큰 혜택이라도 받을 만했으니까요.

오이디푸스

그렇다면 그자는 당장이라도 우리들에게로 돌아올 수
있겠구려?   765

이오카스테

쉬운 일이지요. 하나 무엇 때문에 그러기를 원하시는 거죠?

오이디푸스

부인이여, 내 자신이 너무 말을 많이 하지 않았나
두렵소이다. 그래서 그자를 보고 싶어하는 것이오.

이오카스테

그자는 올 거여요. 하지만 왕이여, 그대의 마음을
괴롭히는 것이 무엇인지 나도 알 권리가 있다고 생각해요.   770

오이디푸스

내 불길한 예감이 그만큼 앞으로 나아갔으니 내 그대에게
어찌 거절할 수 있겠소? 사실 이와 같은 운명을 통과함에
  있어
내가 말할 수 있는 소중한 사람이 그대 말고 또 누가 있겠소?
나의 아버지는 코린토스의 폴리보스였고
나의 어머니는 도리스 사람 메로페였소.   775
그리고 나는 그곳 시민들 중에서 제일인자로 통했소.
그런데 하루는 내게 우연히 이런 일이 일어났소. 그것은 정말
이상스런 일이긴 했으나 내가 열성을 보일 만한 그런 일은 못
  되었소.
연회석상에서 잔뜩 취한 어떤 사내가 술잔을 들며
내가 나의 아버지의 진짜 아들이 아니라고 말했던 것이오.   780
그래서 나는 화가 났지만 그날은 될 수 있는 대로
꾹 참았소. 그러나 다음날 나는
어머니와 아버지에게로 다가가서 물어보았소.
그러자 그분들은 그런 조롱의 말을 내뱉은 자에게 크게
  노하셨소.

그리하여 나는 그 두 분에 관한 한 마음이 놓였으나 그것은 줄곧   785
내 마음을 괴롭혔소. 그 소문이 사방으로 퍼졌기 때문이오.
그래서 나는 어머니와 아버지 몰래 피토로 갔소.
그랬더니 포이보스께서는 내가 찾아간 용건에 관해서는
대답조차 않고 나를 내보내시며 그 대신
슬픔과 공포와 고통으로 가득 찬 다른 일들을 알려주셨소.   790
즉 나는 나의 어머니와 몸을 섞을 운명이고
사람들에게 차마 눈뜨고 볼 수 없는 자식들을 보여주게 될
  것이며
나를 낳아준 아버지의 살해자가 되리라는 것이었소.
이 말을 듣고 나는 그때부터 코린토스 땅을 피하여
오직 별들에 의해 멀리서 그곳의 위치를 재면서   795
나의 사악한 신탁이 예언한 수치가 이루어지는 것을
보지 않게 될 곳으로 줄곧 떠돌아다녔소.
그리고 이렇게 다니다가 나는 이 왕이 살해되었다고
그대가 말한 바로 그곳에 이르렀던 것이오.
그러니 내 이제 그대에게 사실대로 말하겠소, 부인이여!   800
내가 길을 가다가 그 삼거리 가까이 이르렀을 때
그곳에서 한 사람의 전령과 그대가 말한 대로
망아지가 끄는 마차 위에 탄 한 사내가 나에게 다가왔소.
그리고 그 길잡이[35]와 노인 자신이
나를 억지로 길에서 몰아내려고 했소.   805
그래서 나는 나를 옆으로 밀어낸 마부를

화가 나서 때렸소. 그러자 노인이 이것을 보고
내가 지나가는 순간을 기다렸다가 마차에서
침(針)이 둘 달린 막대기³⁶로 내 머리를 정통으로 내리쳤소.
그러나 그는 똑같은 벌을 받은 것이 아니라   810
이 손 안에 들린 지팡이에 잽싸게 얻어맞고는
즉시 마차 한가운데로부터 벌렁 나동그라졌소.
그리고 나서 나는 그들을 모조리 죽여버렸소.
하나 만일 이 낯선 사람이 라이오스와 어떤 인척 관계가
　있다면
이제 나보다 더 불행한 자가 어디 있을 것이며   815
나보다 더 신의 미움을 받는 자가 또 어디 있겠소?
나를 어떤 외국인도 어떤 시민도 집안에 받아들여서는 안
　되고

35　앞에 나온 전령과 동일한 인물로 생각된다. R. Jebb은 오이디푸스가 그의 아버지 라이오스를 살해한 장면을 다음과 같이 그리고 있다. 오이디푸스는 좁고 가파른 길을 내려오다가 전령 막대기를 들고 마차 앞에 걸어가던 전령과 마주친다. 그러자 전령이 그에게 한쪽으로 비키라고 거칠게 꾸짖고 라이오스도 마차에서 똑같은 명령을 내린다. 그리고 말고삐를 잡고 언덕을 걸어 올라오고 있던 마부가 그의 주인의 명령을 듣고 오이디푸스를 길에서 밀어낸다. 그러자 신성한 전령을 때리기를 가까스로 참았던 오이디푸스가 마부를 마구 때린다. 그러나 다음 순간 그는 마차 옆을 지나다가 라이오스의 막대기에 머리를 정통으로 얻어맞는다. 그래서 그가 화가 나서 라이오스를 마차 밖으로 밀어내자 전령이 그를 구하기 위해 되돌아서서 달려온다. 오이디푸스는 라이오스와 전령과 마부를 죽이고 나서 마차 옆에 서 또는 뒤에서 걷고 있던 두 하인 중에 한 명을 죽인다. 그러나 그중 한 명은 오이디푸스의 눈을 피해 간신히 테바이로 돌아와 이 소식을 전한다.

36　끝에 침이 둘 달린 막대기는 말이나 가축 떼를 모는 데 사용되었다. 마부가 언덕을 올라가기 위해 말에서 내렸을 때 이 막대기를 마차 안에 놓아두었던 것이다.

나에게는 어느 누구도 말을 걸어서는 안 되며
나를 모두들 집 밖으로 내쫓아야만 하니 말이오. 그리고
   이러한 저주를
나에게 내린 자는 다른 사람도 아닌 내 자신이었던 것이오   820
나는 또한 죽은 사람의 침대를 그를 죽인 이 두 손으로
더럽히고 있소. 말해봐요. 나야말로 사악하지요? 더할 나위
   없이
불결하지 않소? 내가 만일 망명하지 않으면 안 되고
또 망명자로서 내 가족을 만나보아서도 안 되고
내 자신의 나라에 발을 들여놓아서도 안 된다면 말이오.   825
그렇지 않으면 나는 틀림없이 나의 어머니와 결혼하게 되고
나를 낳아 길러주신 아버지 폴리보스를 죽이게 될 테니까.
이것을 무정하신 신께서 보내주신 것으로 판단하는 자가
   있다면
그자야말로 이 오이디푸스에 관해 바른말을 하는 게 아닐까?
오오 결코 결코, 그대들 정결하시고 두려우신 신들이여   830
내가 그날을 보지 않게 하소서!
그러한 운명의 오욕(汚辱)이 나를 찾는 것을 보기 전에
차라리 사람들 사이에서 내가 흔적 없이 사라져버렸으면!

코로스

오오 왕이여, 우리들도 그 일이 근심스럽습니다. 하나 그
   자리에
있었던 자로부터 확실한 것을 아시게 될 때까지는 희망을
   가지십시오.   835

오이디푸스

아닌 게 아니라 내게 남은 희망이래야 그자를, 그 목자(牧者)를 기
다리는 그 정도밖에 더 있겠는가?

이오카스테

그자가 나타나면 어떻게 하실 작정입니까?

오이디푸스

내 그대에게 말하리다. 만일 그자의 말이 그대의 말과
부합되는 것으로 밝혀진다면 나는 재앙을 면할 수 있을 것이오. 840

이오카스테

내게서 무슨 특별한 말이라도 들으셨던가요?

오이디푸스

그대의 말에 따르면, 그자는 라이오스가 도적들에 의해
살해되었다고 했소. 그러니 만일 그자가 여전히
같은 숫자를 말한다면 살해자는 내가 아니오.
하나는 여럿과 같을 수 없기 때문이오. 845
하나 만일 그자가 단 한 사람의 나그네라고 말한다면
그때는 분명히 범행이 내 쪽으로 기울 것이오.

이오카스테

그자는 틀림없이 그렇게 이야기했어요. 믿으셔요!
그자가 그것을 취소한다는 것은 불가능해요.
나 혼자가 아니라 온 도시가 그것을 들었으니까요. 850
설사 그자가 처음 이야기에서 다소 벗어난다 하더라도
오오 왕이여, 라이오스의 죽음이 예언에 꼭 들어맞는다는
   것을

결코 보여줄 수는 없을 거여요. 록시아스께서는
라이오스가 내 아들의 손에 죽을 운명이라고
   말씀하셨으니까요.
그런데 그 가엾은 애는 라이오스를 죽이기는커녕   855
제가 먼저 죽고 말았어요.
그러니 나는 앞으로 예언 때문에
좌고우면(左顧右眄)하지는 않을 거여요.

오이디푸스

옳은 생각이오. 그렇다 하더라도 그 농부를 데려오도록
사람을 보내고 이 일을 소홀히 하지 마시오.   860

이오카스테

지체 없이 보내겠어요. 하나 좋으시다면 우리는 집안으로
   들도록 해요.
나는 그대가 좋아하지 않는 일은 아무것도 하고 싶지
   않으니까요.

    오이디푸스와 이오카스테 퇴장

코로스(두 번째 정립가 863~910행)

좌 1

오오, 법도(法道)에 맞는 온갖 말과 행동 속에서
경건한 정결을 지키는 것이

나의 운명이 되었으면! 865
저 높은 곳을 걸어다니는 법도로 말하면
태어나자마자 밝고 높은 하늘에 가득 차고
올림푸스만이 그의 아버지이며
죽어야 할 인간의 성질이 그를 낳지 않았으니
망각이 그를 결코 잠재우지 못할 것이어늘
그 법도 속에서 신(神)은 위대하시고 늙음을 모르시도다.

우 1

오만은 폭군을 낳는 법. 오만은 873
시의(時宜)에 맞지도 않고 유익하지도 않은 부(富)로
헛되이 자신을 가득 채우고 나서 875
꼭대기로 기어 올라갔다가
가파른 파열 속으로 굴러 떨어지니
거기서는 두 발도 무용지물이라.
하나 나라에 유익한 경쟁일랑
결코 억압하지 마시도록 내 신께 비나이다. 880
신을 나는 언제나 보호자로 여길 것입니다.

좌 2

정의의 여신을 두려워하지 않고 883
신상(神像)들을 두려워하지 않고 885

행동이나 말에서 교만의 길을 걷는 자가 있다면
그의 불운한 교만 때문에
사악한 운명이 그를 붙잡아갈지어다,
만일 그가 이익을 정당하게 얻지 않고
불경한 짓을 삼가지 않고 890
신성한 것들에 더러운 손을 얹는다면.
누가 감히 그런 짓을 하고도 신들의 화살로부터
목숨을 지킬 수 있다고 호언장담하리오?
그런 짓들이 존경을 받을진대 895
무엇 때문에 내가 춤을 추어야만 하는가?[37]

우 2

대지의 배꼽과 범할 수 없는 성소(聖所)도
아바이[38]에 있는 신전과 올림피아[39]도 900
내 다시는 경건한 마음으로 찾지 않으리라,
만일 모든 사람들이 손가락으로 가리킬 수 있도록
이 일들[40]이 서로 부합되지 않는다면!

---

37 코로스의 노래와 춤은 신성한 종교 의식의 일부인데 경건한 자와 불경한 자가 같은 대접을 받게 된다면 그러한 종교 의식이 무슨 소용이 있겠는가?
38 아바이(Abai)는 포키스(Phokis)에 있는 마을 이름. 이곳에 있는 아폴론의 신탁소는 델포이의 그것 다음으로 희랍에서 가장 오래되고 가장 유명한 곳이었다고 한다.
39 올림피아(Olympia)는 펠로폰네소스 반도의 서북부에 있는 마을 이름. 이곳에는 유명한 제우스의 신탁소가 있었다.

오 왕이여, ― 만일 그대를 그렇게 부르는 것이
　　　옳다면 ―
　　만물을 다스리시는 제우스 신이여,
　　그것이[41] 그대와 그대의 영원불멸하는 권세에서 벗어나지
　　　못하게 하소서!　　　　　　　　　　　　　　　　905
　　라이오스의 오래된 신탁은 시들어
　　사람들이 벌써 그것을 업신여기니
　　어느 곳에서도 아폴론은 영광 속에서 나타나지 못하고
　　신들에 대한 공경도 사라져가고 있나이다.　　　　910

　　　이오카스테가 양털실을 감은 나뭇가지와 향을 들고 궁전으로부
　　　터 등장

이오카스테

　　나라의 어른들이여, 나는 이 나뭇가지와
　　향의 제물을 손에 들고
　　제신들의 신전을 찾아가기로 결심했어요.
　　오이디푸스가 온갖 고통으로 그의 마음을 지나치게
　　자극하고 있기 때문이오. 그이는 분별 있는 사람처럼　　915
　　새 일을 옛 일에 의해 판단하려 하지 않고
　　누구든지 무서운 일을 말하는 자에게 자신을 내맡기고

40　라이오스가 그의 아들의 손에 죽게 되리라는 예언의 성취를 말한다.
41　'그대의 말이 이루어지는 것'이란 뜻으로 생각된다.

있어요.

내가 충고해도 아무런 도움이 될 수 없기에

리케이오스 아폴론이여, 여기 가장 가까이 계시는[42] 그대를

이러한 애원자의 표정을 들고 찾아왔나이다.　　　　　920

우리들을 위해 그대가 부정(不淨)에서 벗어날 길을

　찾아주실까 해서.

마치 배의 키잡이가 겁에 질린 것을 보고 있는 선원들처럼

우리는 지금 그이가 겁에 질린 것을 보고는 모두들 불안에 떨고

　있나이다.

　　　코린토스에서 온 사자 등장

사자(使者)

오 이방인들이여, 오이디푸스 왕의 집이 어디 있는지

그대들은 내게 가르쳐주실 수 있겠습니까?

아니 그보다도 그분 자신이 어디 계신지 말씀해주십시오, 알고

　계신다면.

코로스장

이방인이여, 이것이 그분의 집이고 그분 자신은 안에

　계십니다.

그리고 이 부인께서는 그분의 자녀들의 어머니 되십니다.

사자

---

[42] 궁전의 문 앞에는 아폴론의 신상(神像)이나 제단이 있기 때문이다.

그렇다면 부인께서는 그분의 축복받은[43] 아내이시니까
행복한 가정에서 언제나 행복하시기를!   930

이오카스테

그대 역시 그러하기를, 이방인이여! 그것은 그대의 호의적인
　말에 대한
당연한 대가이니까. 그건 그렇고 말해보시오,
무엇을 구하기 위해 아니면 무엇을 전하기 위해 왔는지.

사자

그대의 집과 그대의 남편을 위해 좋은 소식입니다, 부인이여!

이오카스테

그게 뭐죠? 그리고 그대는 대체 누구에게서 왔습니까?   935

사자

코린토스에서 왔습니다. 내가 곧 전하게 될 말씀을 들으시면
그대는 기뻐하실 것입니다. 틀림없이. 물론 마음이야
　괴로우시겠지만.

이오카스테

그게 뭐죠? 어째서 그것은 그처럼 두 가지 힘을 가지고
　있지요?

사자

이스트모스[44] 땅의 주민들이 그분을 그곳의 왕으로

43　원어 pantele-s는 '완전히 성취된'이란 뜻이다. 즉 아내는 자식을 낳음으로 해서 완
　　전한 성취에 도달한다는 의미다.
44　이스트모스(Isthmos)는 코린토스의 지협(地峽)을 가리키는 이름.

세우려고 합니다. 거기서는 그렇게들 말하고 있습니다. 940

이오카스테

뭐라고요? 연로하신 폴리보스께선 왕위에 계시지 않으시단
말인가요?

사자

그렇습니다. 죽음이 그분을 무덤 속에 붙들어두고
있으니까요.

이오카스테

뭐라고 했지요? 폴리보스께서 돌아가셨다고요, 노인이여?

사자

만일 내 말이 사실이 아니라면 나는 죽어 마땅합니다.

이오카스테

오 시녀여, 너는 지체 없이 달려가 이 말을 너의 왕에게 945
전하지 않겠느냐? 오오 신들의 예언들이여,
그대들은 지금 어디 있는가! 오이디푸스는 바로 이분을
죽이게 되지 않을까 두려워서 오랫동안 피했었는데
이제 그분은 그이의 손이 아니라 자연의 손에 돌아가셨군요.

　　오이디푸스 궁전에서 등장

오이디푸스

오오 누구보다도 사랑하는 나의 아내 이오카스테의 머리여, 950
무슨 일로 그대는 나를 집에서 이리로 불러냈소?

이오카스테

이 사람의 말을 들어보셔요. 그리고 그것을 듣고 나서
신의 근엄하신 예언들이 어디로 갔는지 살펴보도록 하셔요.

오이디푸스

이 사람은 대체 누구이며 내게 무슨 말을 하려는 게요?

이오카스테

코린토스에서 왔어요, 그대의 아버지 폴리보스께서 955
더 이상 살아 계시지 않고 돌아가셨다는 말을 전하기 위해서.

오이디푸스

무슨 말을 하는 게요, 이방인이여? 그대의 입으로 직접
　들려주오.

사자

먼저 이 소식부터 분명하게 전해야 한다면
잘 알아두십시오, 그분께서는 돌아가셨습니다.

오이디푸스

음모에 의해서? 아니면 병으로?　　　　　　　　　　960

사자

연로한 육신은 조금만 기울어져도 영원히 잠드는 법입니다.

오이디푸스

불쌍하신 그분께서는 보아하니 병으로 돌아가신 것 같구려.

사자

그리고 그분이 잡수신 높은 연세 때문이기도 하지요.

오이디푸스

아아, 이래서야 어찌 피토의 예언자의 화로나
머리 위에서 지저귀는 새들을 거들떠볼 사람이 있겠소,

부인이여? 965
새들의 가르침에 따르면 나는 나의 아버지를
죽일 운명이라고 하더니 그분께서는 고인이 되시어
이미 땅속에 누워 계시고 나는 여기 있어서
창(槍)에 손을 댄 적도 없으니 말이오. 혹시 그분께서 나에
 대한
그리움 때문에 돌아가셨다면 또 몰라도, 그렇다면 나 때문에 970
돌아가셨다고도 할 수 있겠지. 하나 그 신탁은 지금 그대로
 폴리보스께서
자신과 함께 갖고 가 하데스에 누워 계시니 일고의 가치도
 없는 것이오.

이오카스테
내 오래전부터 그렇다고 그대에게 미리 말하지 않았습니까?
오이디푸스
그랬지요. 하나 나는 두려움 때문에 갈피를 잡지 못했던
 것이오.
이오카스테
이제 이런 일에는 조금도 마음을 쓰지 마셔요. 975
오이디푸스
하나 어찌 어머니의 침대를 두려워하지 않을 수 있겠소?
이오카스테
인간은 우연의 지배를 받으며 아무것도 분명하게 내다볼 수
 없거늘
그러한 인간이 두려워한다고 해서 무슨 소용이 있겠습니까?

그저 되는 대로 그날그날을 살아가는 것이 상책입니다.
그러니 그대는 어머니와의 결혼을 두려워하지 마셔요.   980
이미 많은 사람들이 꿈속에서 어머니와 동침했으니까요.[45]
하나 이런 일들을 아무렇지도 않게 여기는 자라야
인생을 가장 편안하게 살아가는 법이여요.

오이디푸스

나의 어머니께서 살아 계시지 않다면 그대가 한 말은
모두 옳은 말이라고 할 수 있을 것이오. 하나 그분께서
   살아계시니   985
비록 그대의 말이 옳기는 해도 어찌 두려워하지 않을 수
   있겠소!

이오카스테

하지만 아버지의 죽음은 역시 크나큰 위안이여요.

오이디푸스

큰 위안이지요, 나도 알고 있소. 하나 살아 있는 그 여인이
   두렵구려.

사자

그대가 두려워하시는 그 여인이 대체 누구입니까?

오이디푸스

폴리보스의 아내 메로페 말이오, 노인이여!   990

---

[45] 텍스트에는 '꿈속에서도'로 되어 있다. 이미 많은 사람들이 이 신탁에서처럼 꿈속에서도 어머니와 동침했지만 그러한 꿈들이 헛된 것이듯이 이 신탁도 헛된 것이라는 뜻이다.

사자

그 여인의 무엇이 그대들에게 두려움을 가져다준단 말입니까?

오이디푸스

신이 보내주신 무서운 예언 때문이오, 이방인이여!

사자

말씀하셔도 괜찮은 것입니까, 아니면 남이 알아서는 안 되는
일입니까?

오이디푸스

괜찮다마다. 록시아스께서 일찍이 말씀하시기를
나는 내 자신의 어머니와 결혼하고 내 자신의 손으로   995
내 아버지의 피를 흘릴 운명이라고 했소.
그래서 나는 코린토스에 있는 나의 집을 오랫동안
멀리했던 것이오. 그동안 나는 행복하게 지냈지만
그래도 역시 부모님들의 얼굴을 보는 건 가장 즐거운
일이오.

사자

그렇다면 그것이 두려워서 그 도시를 멀리 떠나 계신다는
말씀입니까?   1000

오이디푸스

그리고 내 아버지의 살해자가 되고 싶지 않았기 때문이오,
노인이여!

사자

그렇다면 내가 그대에게 좋은 의도를 품고 왔는데도 왕이여,
어찌하여 그대는 이 공포에서 벗어나지 못하시는

것입니까?

오이디푸스

그대는 나로부터 반드시 응분의 사례를 받게 될 것이오.

사자

실은 나도 특히 그 때문에 온 것입니다. 1005
그대가 고향으로 돌아가시면 내게 좋은 일이 있을까 해서
　　말입니다.

오이디푸스

하나 나는 결코 부모님들 곁으로 가지는 않을 것이오.

사자

오 내 아들이여, 그대는 분명히 자신이 무엇을 하고 있는지
　　모르고 있구려.

오이디푸스

어째서 그렇다는 게요, 노인이여? 제발 부탁이니
　　가르쳐주구려.

사자

만일 그대가 이 일 때문에 고향으로 돌아가기를 꺼리신다면. 1010

오이디푸스

포이보스께서 내게 자신의 말이 진실임을 보여주시지 않을까
　　두렵구려.

사자

부모님들로 인해 죄악으로 더럽혀지지 않을까 두려우시단
　　말씀입니까?

오이디푸스

바로 그것이오, 노인이여. 그것을 나는 늘 두려워하고 있는
것이오.

사자

그렇다면 그대의 두려움이 전혀 부당하다는 것을 알고
계십니까?

오이디푸스

어째서 부당하다는 게요, 내 그분들을 부모님들로 하고
태어났는데도? 1015

사자

폴리보스는 결코 그대의 핏줄이 아니기 때문입니다.

오이디푸스

무슨 말을 하는 게요? 폴리보스가 나의 아버지가 아니란
말이오?

사자 (자기 자신을 가리키며)

그대 앞에 서 있는 이 사람보다 조금도 더는 아닙니다. 꼭
그만큼이라면 몰라도.

오이디푸스

아버지가 아무것도 안 되는 남과 어떻게 같을 수가 있단
말이오?

사자

그대를 낳지 않았다는 점에서는 그분이나 나나
마찬가지입니다. 1020

오이디푸스

그렇다면 어째서 그분께서 나를 아들이라고 불렀소?

사자

알아두십시오, 그분께서는 일찍이 그대를 내 손에서 선물로 받으셨습니다.

오이디푸스

그렇다면 나를 남의 손에서 받으셨는데도 그토록 사랑하시게 되었단 말이오?

사자

그 분께서는 그때까지 자식이 없었기 때문에 그렇게 마음이 움직인 것입니다.

오이디푸스

그러면 그분에게 주었을 때 그대는 나를 샀소, 아니면 우연히 주웠소? 1025

사자

키타이론의 주름 많은 골짜기에서 그대를 발견했습니다.

오이디푸스

무슨 일로 그대는 그 지방으로 가게 되었소?

사자

거기서 나는 산속의 가축 떼를 돌보고 있었습니다.

오이디푸스

그러니까 그대는 목자였고 품삯을 찾아다니는 떠돌이였구려.

사자

그리고 그때는 그대의 구원자였습니다, 내 아들이여! 1030

오이디푸스

그대가 나를 품속에 안았을 때 내가 대체 어떤 고통을 당하고 있었단 말이오?

사자

그대의 두 발목이 증언해줄 것입니다.

오이디푸스

아아, 어쩌자고 그대는 그 해묵은 불행을 말하는 게요?

사자

그대의 두 발목에 구멍이 뚫려 있길래 내가 그 묶인 것을 풀어드렸습니다.

오이디푸스

아아, 나는 요람에서부터 무서운 오점을 갖고 나왔구나!   1035

사자

이러한 운명 때문에 그대는 지금의 이름으로 불리게 되었던 것입니다.[46]

오이디푸스

제발 부탁이니 말해주구려. 어머니의 소행이었소, 아버지의 소행이었소?

사자

나는 모릅니다. 그것은 그대를 내게 준 사람이 더 잘 알 것입니다.

오이디푸스

그렇다면 나를 남에게서 받았고 그대 자신이 주운 것이

---

46 오이디푸스란 이름은 '부은 발'이란 뜻이다.

아니란 말이오?

사자

그렇습니다. 다른 목자가 그대를 나에게 주었습니다. 1040

오이디푸스

그자가 누구란 말이오? 내게 분명하게 말해줄 수 있겠소?

사자

라이오스의 가신(家臣)들 중에 한 사람이라고 하는 것
 같았습니다.

오이디푸스

오래전에 이 나라를 다스렸던 왕 말이오?

사자

그렇습니다. 그자는 그분의 목자였습니다.

오이디푸스

그자는 아직도 살아 있소, 내가 볼 수 있도록? 1045

사자

이곳 주민들인 그대들이 가장 잘 알고 있을 것입니다.

오이디푸스

여기 서 있는 그대들 중에 이 사람이 말하는
목자를 아는 사람이 있는가?
그자를 혹시 목장이나 이곳 시내에서 본 사람이 있는가?
대답하라! 드디어 그것이 밝혀질 때가 왔도다. 1050

코로스장

생각건대 다른 사람이 아니라 앞서 그대가 보고 싶어했던
농부, 바로 그 사람을 두고 하는 말인 듯합니다.

그 일이라면 여기 계시는 이오카스테께서 가장 잘 말씀드릴
수 있습니다.

오이디푸스

부인이여, 그대는 방금 우리가 부르러 보낸 그자를
알고 있소? 이 사람이 말하는 자가 바로 그자요? 1055

이오카스테

이 사람이 말하는 자가 누구면 어때요? 조금도 심려하실 것
없어요.
그따위 말은 일고(一考)의 가치도 없어요. 다 부질없는
짓이여요.

오이디푸스

이러한 실마리를 잡고서도 내 자신의 출생을
밝히지 못하다니, 그럴 수는 없는 일이오!

이오카스테

제발 부탁이니 그대 자신의 목숨을 소중히 여기신다면 1060
이 일을 추궁하지 마셔요. 괴로워 못 견디겠어요.

오이디푸스

염려 말아요. 내가 노예 어머니의 아들, 아니 삼대(三代)째
노예로 드러나더라도
그대는 결코 나쁜 가문에서 태어난 것으로 밝혀지지는 않을
테니까.

이오카스테

하지만 내 말을 들어요, 부탁이여요. 그렇게 하지 마셔요.

오이디푸스

이 일을 분명하게 밝혀내지 말라는 부탁은 들어줄 수가
   없어요.　　　　　　　　　　　　　　　　　　　1065

이오카스테

나는 호의에서 그대에게 가장 좋은 것을 말씀드리는 거여요.

오이디푸스

그런데 그 가장 좋다는 것이 아까부터 나를 괴롭히고
   있소.

이오카스테

오오 불행하신 분이여, 그대가 누구신지 결코 알게 되지
   않기를!

오이디푸스

누가 가서 그 목자를 이리로 데려오고
이 여인은 자신의 고귀한 가문을 자랑하도록 내버려두라.　1070

이오카스테

아아 가련하신 분! 이것이 내가 그대에게 할 수 있는
유일한 말이며 다른 말은 앞으로 영원히 하지 않을 거여요.

   이오카스테 궁전으로 퇴장

코로스장

어찌하여 부인께서는, 오이디푸스여, 격렬한 슬픔에
   사로잡혀
달려가시는 것입니까? 저 침묵으로부터
재앙의 폭풍이 터져 나오지나 않을까 두렵나이다.　　　1075

오이디푸스

터질 테면 터지라지! 설사 내 혈통이 미천하다 할지라도
그것을 알고 싶은 내 소원은 변함이 없을 것이오.
저 여인은 여인들이 그렇듯이 자존심이 강하니까
아마 나의 비천한 출생을 부끄럽게 여길 테지.
하나 나는 내 자신을, 좋은 선물을 주는 행운의 여신의 아들로 1080
여기고 있는 터라 치욕을 당하지는 않을 것이오.
그녀를 어머니로 하고 나는 태어났으니까. 그리고 나의
　친족들인
달들은 나를 때로는 미천하도록 때로는 위대하도록
　정해놓았소.
그러한 자로 내가 태어났을진대 나는 앞으로 결코 다른
　사람으로는
드러나지 않을 것이니 나의 가문을 밝혀내기를 꺼릴 까닭이
　없지 않은가! 1085

코로스(세 번째 정립가 1086~1109행)

좌 1

만일 내가 예언자이고 마음이 지혜로운 자라면
오오 키타이론이여, 올림푸스에 맹세코 그대는
내일 만월(滿月)이 떠오를 때 반드시 알게 되리라, 1090
오이디푸스가 그대를 그의 동향인(同鄕人)으로서

그의 유모와 어머니로서 공경하고 우리들이 춤과 노래로서
그대를 칭송하는 것을. 이는 그대가 우리들의 왕에게 호의를
 베풀었음이라.
비명을 들으시는 포이보스여, 이 일이 그대의 마음에
 드시기를!

우 2

누가, 내 아들이여, 오래 사는 요정들[47] 중에서 누가   1098
산속을 돌아다니시는 아버지 판[48] 신에게 다가가서 그대를
 낳았는가?
아니면 그대를 낳은 것은 록시아스의 신부인가?
그분에게는 고원(高原)의 모든 목장들이 즐거움이니.
혹은 킬레네의 지배자이신가,[49] 혹은 산마루에 사시는 바코스
 신이신가,   1104
그대를 헬리콘의 어느 요정으로부터 새로 태어난 기쁨으로
받으셨던 분은. 그분께서는 이들과 가장 잘 어울려 노심이라.

---

47 요정들은 신들처럼 불사의 존재들은 아니지만 인간보다는 훨씬 오래 사는 것으로 생각되었다.
48 판(Pan)은 가축 떼와 목자들의 신.
49 킬레네(Kyllene)는 아르카디아(Arkadia) 지방의 북동쪽에 있는 높은 산으로 헤르메스(Hermes) 신은 이곳에서 태어났다고 한다.

오이디푸스

노인들이여, 아직 그자를 만나본 적은 없지만　　　　　1110
내가 짐작하기에는 저기 보이는 저 사람이
아까부터 우리가 찾고 있던 그 목자인 듯싶소.
그는 나이 많은 점에서 이 이방인과 비슷할 뿐 아니라
게다가 그를 데려오는 자들이 내 집안일을 돌보는
하인들 같으니 말이오. 하나 그대는 아마 나보다　　　1115
더 잘 알 수 있을 것이오. 전에 저 목자를 본 적이 있으니까.

코로스장

알다마다요. 틀림없습니다. 그는 라이오스의 목자로서
둘도 없이 충실한 사람이었습니다.

늙은 목자 등장

오이디푸스

먼저 그대에게 묻겠는데, 코린토스에서 온 이방인이여,
그대가 말하는 사람이 바로 이 사람이오?

사자

그대가 보고 계시는 바로 이 사람입니다.　　　　　　1120

오이디푸스

이봐요, 노인, 이쪽을 보고 내가 묻는 말에 대답해요.
그대는 전에 라이오스 밑에서 일한 적이 있는가?

목자

그렇습니다. 그러나 팔려온 노예가 아니라 그분의 집에서 자랐습니다.

오이디푸스

어떤 일에, 아니면 어떤 생업에 종사하고 있었는가?

목자

거의 평생 동안 가축 떼를 돌보고 있었습니다.   1125

오이디푸스

주로 어떤 곳에서 가축 떼와 함께 지냈는가?

목자

때로는 키타이론이었고 때로는 인근에 있는 지역이었습니다.

오이디푸스

그렇다면 그곳에서 이 사람을 보아서 알고 있겠구먼?

목자

그가 무엇을 했다고요? 대체 누구를 말씀하시는 것입니까?

오이디푸스

여기 이 사람 말이다. 그대는 전에 그와 만난 적이 있겠지?   1130

목자

글쎄요, 당장 말할 수 있을 만큼 기억이 나질 않습니다.

사자

조금도 놀랄 일이 못 됩니다, 나리. 하나 그가 모르고 있다면
내가 그의 기억을 분명하게 일깨우겠습니다.
우리들이 키타이론 지역에 머물던 때를 그가 잘 알고 있을
  것으로
확신하기 때문입니다. 그때 이 사람은 두 무리의 가축 떼를,   1135
나는 한 무리의 가축 떼를 거느리고 꼬박 삼 년 동안

봄부터 가을까지 반년씩을 그곳에서 함께 지냈습니다.
그러다가 겨울이 되면 나는 가축 떼를 나의 우리에,
이 사람은 라이오스의 우리에 몰아넣곤 했습니다.
내 말이 맞소, 아니면 일어나지도 않은 일을 내가 말하고 있소? 1140

목자

그대의 말은 사실이오. 비록 오래 전의 일이기는 하지만.

사자

자, 그럼 말해주오. 그때 그대가 나에게 어린애를
준 일을 알고 있소? 나더러 양자(養子)로 기르라고 말이오.

목자

무슨 말이오? 무엇 때문에 그런 말을 하는 거지요?

사자

이 친구야, 바로 저분이 그때의 그 어린애란 말이야. 1145

목자

파멸 속으로 꺼져버려라! 당장 입 닥치지 못하겠느냐!

오이디푸스

허어, 이 사람을 꾸짖을 일이 아니야, 노인! 이 사람의
　말보다도
오히려 그대의 말이 꾸지람을 필요로 하는 것 같군그래.

목자

가장 고귀하신 나리, 내가 무얼 잘못했습니까?

오이디푸스

이 사람이 묻고 있는 어린애에 관해 말을 하지 않기 때문이지. 1150

목자

그는 아무것도 모르며 말하고 있습니다. 헛수고를 하고 있는
것입니다.

오이디푸스

그대가 쾌히 말하지 않으면 울면서 말하게 되리라.

목자

제발 부탁이니, 나 같은 늙은이를 학대하지 마십시오.

오이디푸스

누가 당장 저자의 두 팔을 뒤로 묶지 못하느냐!

목자

왜 이러십니까? 나야말로 불행하구나! 더 알고 싶으신 게
무엇입니까? 1155

오이디푸스

지금 묻고 있는 그 어린애를 그대가 이 사람에게 주었느냐?

목자

주었습니다. 차라리 그날 내가 죽어버렸더라면 좋았을 것을!

오이디푸스

그렇지 않아도 바른 대로 말하지 않으면 그렇게 될 것이다.

목자

하지만 말하게 되면 나는 더욱더 망하고 말 것입니다.

오이디푸스

보아하니, 이자가 더 꾸물댈 작정인 게로구나. 1160

목자

아닙니다. 내가 그에게 주었다고 아까 말씀드리지
않았습니까!

오이디푸스

어디서 얻었느냐? 그대 자신의 어린애냐 아니면 남에게서
　얻었느냐?

목자

내 자신의 어린애가 아니라 어떤 사람에게서 받았습니다.

오이디푸스

여기 있는 시민들 가운데 누구에게서? 어떤 집에서?

목자

더는, 제발 부탁이니 나리, 더는 묻지 마십시오.　　　　　1165

오이디푸스

나로 하여금 또다시 묻게 하면 그때는 그대도 끝장이다.

목자

그러시다면, 그것은 라이오스 가(家)의 어린애였습니다.

오이디푸스

노예였던가 아니면 그분의 혈족으로 태어났던가?

목자

아아, 이제야말로 무서운 것을 말하지 않을 수 없게
　되었구나!

오이디푸스

그리고 나는 그것을 듣지 않을 수 없고. 그래도 기어이
　들어야겠다.　　　　　　　　　　　　　　　　　　1170

목자

그러시다면, 그분의 아들이라고 했습니다. 안에 계신
그대의 부인께서 그 사연을 가장 잘 말씀해주실 수 있을

것입니다.

오이디푸스

그녀가 그 애를 그대에게 주던가?

목자

그렇습니다, 왕이여!

오이디푸스

무엇 때문에?

목자

나더러 그 애를 죽여 없애라는 것이었습니다.

오이디푸스

자기가 낳은 자식을 감히 그럴 수가?

목자

사악한 예언이 두려웠기 때문입니다. 1175

오이디푸스

어떤 예언이었지?

목자

그 애가 부모를 죽일 것이라는 말이었습니다.

오이디푸스

그렇다면 어째서 그대는 그 애를 이 노인에게 주었는가?

목자

나리, 그 애가 가엾어서 그랬습니다. 나는 그가 그 애를
다른 나라로, 자기 나라로 데려갈 것이라고 생각했습니다.
그런데 그는 그 애를 구해 가장 큰 불행을 가져왔습니다. 만일
    그대가 1180

이자가 말하는 그 사람이라면, 알고 계십시오, 그대는
불행하게 태어났습니다.

오이디푸스

아아, 모든 것이 이루어졌고 모든 것이 사실이었구나!
오오 빛이여, 내가 그대를 보는 것도 지금이 마지막이
되기를!
나야말로 태어나서는 안 될 사람에게서 태어나서 결혼해서는
안 될 사람과 결혼하여 죽여서는 안 될 사람을 죽였음이라.   1185

오이디푸스 궁전으로 퇴장

코로스(네 번째 정립가 1186~1222행)

좌 1

아아 그대들 죽어야 할 인간의 종족들이여,
내 헤아리건대 그대들의 삶은 한낱 그림자에 지나지 않도다.
그 어느 누가 행복으로부터
행복의 허울과 허울 뒤의 몰락보다도   1190
더 많은 것을 얻고 있는가?
그러니 내 그대의 그대의,
오오 불행한 오이디푸스여,
그대의 운명을 본보기로 삼아   1195
죽어야 할 인간들 중에 어느 누구도 행복하다고 기리지

않으리라.

우 1

그분은 비길 데 없는 솜씨로 쏘아 맞혀
오오 제우스 신이여, 만사가 형통하는 행운을
손에 넣었으니, 신탁을 노래하는
발굽이 굽은 처녀를 죽이고
이 나라를 위해   1200
죽음을 막아주는 탑으로서 일어섰음이라.
그로부터 그대는 우리들의 왕으로 불렸고
큰 테바이를 다스리며
가장 큰 명예를 차지했도다.

좌 2

하나 지금은 누구의 이야기가 이보다 더 비참할 것인가?   1204
누가 삶의 변전(變轉) 속에서 이보다 더 사나운
재앙과 고통의 동거인이 될 수 있을 것인가?
아아 오이디푸스의 이름 높은 머리여,
그대에게는 단 하나의 항구[50]가   1208

---

50 모두 이오카스테를 가리키는 말이다.

어찌나 넓었던지 아들과 아버지가
신랑으로서 들어갈 수 있었도다.
아아, 어찌하여 그대의 아버지가 씨를 뿌리던 밭[51]이 아무
　　말 없이
가련한 자여, 그대를 그토록 오래 견딜 수 있었단 말인가?

우 2

모든 것을 보는 시간은 그대도 모르는 사이에 그대를 찾아내어　1213
오래전부터 아들을 아버지로 만드는
결혼 아닌 결혼을 심판하시네.　　　　　　　　　　　　　　1215
아아 그대 라이오스의 아들이여,
내 그대를 그대를
결코 보지 않았더라면 좋았을 것을!
내 마치 입술에서 만가(輓歌)를 쏟는 사람처럼
울고 있음이라. 하나 사실대로 말하면 나는
그대로 인하여 숨을 돌렸고 내 눈을 잠재웠나이다.　　　　　1222

　　　제2사자 궁전으로부터 등장

사자

51　모두 이오카스테를 가리키는 말이다.

이 나라에서 언제나 가장 존경받는 분들이여,
만일 그대들이 아직도 라브다코스 가를 위해
친척처럼 걱정하고 계신다면, 그대들은 어떤 일을 듣고   1225
어떤 일을 보게 될 것이며 얼마나 큰 슬픔을 짊어지게 될
  것인가!
생각건대 이스트로스나 파시스[52]의 강물도 이 집을 깨끗이
  씻어내지는
못할 것이기 때문입니다. 그만큼 많은 재앙을 이 집은
  숨기고 있고
또 그 일부는 당장 햇빛 속으로 드러낼 것입니다. 그리고 이
  재앙들은
뜻밖에 일어난 것이 아니라 계획된 것이니 고통 중에서도   1230
스스로 택한 고통이 가장 고통스러워 보이는 법입니다.

코로스장

이미 우리가 알고 있는 것만으로도 쓰라린 비탄을
금할 수 없거늘 그대는 그 밖에 또 무엇을 알리려는 것인가?

사자

가장 짧은 이야기를 주고받자면
신과 같은 이오카스테의 머리가 죽었습니다.   1235

코로스장

---

52 이스트로스(Istros)는 도나우(Donau) 강의 하류에 대한 트라케식 이름이다. 파시스(Phasis)는 콜키스(Kolchis)와 소아시아 사이를 지나 흑해로 흘러들어가는 강 이름이다.

아아 불행한 분! 누구의 잘못으로 돌아가셨는가?

사자

자살하셨습니다. 하지만 여러분께서는 직접 보지 못했으니
사건의 가장 큰 고통은 겪지 않은 셈입니다.
하나 내가 기억하고 있는 대로
저 불행한 여인의 운명에 관해 여러분께 말씀드리겠습니다. 1240
부인께서는 미친 듯 현관으로 들어서더니
두 손의 끝으로 머리털을 쥐어뜯으며
곧장 결혼 침대로 달려가셨습니다.
그리고 방 안에 들어서자마자 안에서 문을 쾅 닫으셨습니다.
그러고는 이미 오래전에 고인이 된 라이오스의 이름을 부르며 1245
오래전에 낳은 아들을 생각하셨으니
바로 이 아들로 말미암아 그분 자신은 죽고 어머니는 뒤에
   남아
그분의 자식과 더불어 저주스런 자식들을 낳게 되었기
   때문입니다.
부인께서는 이렇듯 남편에게서 남편을, 자식에게서 자식을
   낳게 한
이중의 결혼을 슬퍼하셨습니다. 하나 그다음에 부인께서 1250
어떻게 돌아가셨는지는 나도 알지 못합니다.
오이디푸스 왕께서 비명을 지르며 뛰어 들어오시는 통에
우리들은 부인의 고통을 마지막까지 지켜보지 못하고
주위를 뛰어다니던 그분에게 시선을 집중시켰기 때문입니다.
그분께서는 왔다 갔다 하시며 우리들에게 창을 달라고 하셨고 1255

아내가, 아니 아내가 아니라 자신과 자신의 자식들을 낳은
이중의 어머니의 밭이 어디 있느냐고 물으셨습니다.
그런데 미쳐 날뛰는 그분에게 신들 중에 한 분이
길을 가리켜주었습니다. 가까이 있던 우리 인간들 중에서는
 아무도
그렇게 하지 않았으니까요. 그리하여 그분께서는 누가
 신호라도 하는 양   1260
무섭게 고함을 지르며 이중의 문으로 달려가시더니
걸쇠에서 빗장을 억지로 뜯어내며 방안으로 뛰어
 들어가셨습니다.
그곳에서 우리들은 흔들리는 밧줄의 꼬인 고리에
부인께서 목을 매달고 있는 것을 보았습니다.
그러나 그분께서는 부인을 보자 무시무시하고 큰 소리로
 울부짖으며   1265
부인께서 매달려 있던 밧줄을 풀으셨습니다. 그리하여
 가련한 부인께서
땅 위에 누우시자 이번에는 보기에도 끔찍한 일이 일어났으니
그분께서 부인의 옷에 꽂혀 있던 황금 브로치를 빼들고는
그것으로 자신의 두 눈알을 푹 찌르며 대략 이렇게
 말씀하셨습니다.
"이제 너희들은 내가 겪고 내가 저지른   1270
끔찍한 일들을 다시는 보지 못하리라.
너희들은 보아서는 안 될 사람들을 충분히 오랫동안
 보았으면서도

오이디푸스 왕 297

내가 알고자 했던 사람들을 알아보지 못했으니
앞으로는 어둠 속에 있을지어다!"
이런 노래를 부르며 그분께서는 손을 들어 1275
한 번이 아니라 여러 번씩이나 자신의 눈을 찌르셨습니다.
그리고 찌를 때마다 피투성이가 된 눈알들이 그분의 수염을
   적시니
핏방울들이 드문드문 떨어지는 것이 아니라
한꺼번에 피의 검은 소나기가 우박처럼 쏟아져 내렸습니다.
이러한 재앙이 두 분으로부터 터져 나왔습니다. 그것도
   따로따로가 아니라 1280
남편과 아내를 위하여 하나로 뭉쳐서 말입니다.
그분들의 대대로 내려온 지난날의 행복은
과연 진정한 행복이었습니다.
하나 오늘은 비탄과 파멸과 죽음의 수치와
온갖 이름의 재앙이 그분들의 것입니다. 1285

코로스장

한데 불쌍하신 그분의 고통도 이제는 다소 진정되었는가?

사자

그분께서는 외치고 계십니다. 누가 문의 빗장을 벗기고
모든 카드모스의 후손들에게 제 아버지의 살해자를 그리고
   어머니를—
그런 상스런 말은 차마 내 입으로 말할 수가 없습니다—
   보여주라고
아마도 자신의 저주로 인하여 집안이 저주받는 일이

없도록 　　　　　　　　　　　　　　　　　1290
이 나라에서 스스로 떠나고 더 머물지 않으려는 생각인
　　듯합니다.
하나 그분에게는 그럴 기운도 없고 안내자도 없으니
그분의 고통이 견디기에는 너무나 크기 때문입니다.
그분께서는 그대에게도 그것을 보여주실 것입니다. 저길
　　보십시오.
문들의 빗장이 열리고 있으니 보고 몸서리치는 사람일지라도　1295
불쌍히 여기게 될 그런 광경을 그대는 곧 보시게 될
　　것입니다.

　　　궁전의 중문이 열리며 오이디푸스가 시종들의 부축을 받으며 등
　　장. 그의 얼굴에는 아직도 핏자국이 남아 있다

코로스(애탄가)[53]
　오오 차마 눈뜨고 볼 수 없는 무서운 운명이여,
　일찍이 이 눈으로 본 것 중에 가장 무서운 운명이여!
　오오 불쌍하신 분이여, 어떤 광증이 그대를
　　덮쳤나이까? 대체 어떤 신이 　　　　　　　　　1300
　인간의 한계를 넘어서는 도약으로써
　그대의 불운한 인생을 덮쳤나이까?

53　이 두 번째 애탄가는 1297행에서부터 1368행까지이다.

아아 슬프도다, 그대 불행하신 분이여!
묻고 싶은 일, 알고 싶은 일,
보고 싶은 일 많건만
내 차마 그대를 쳐다볼 수가 없나이다. 1305
그러한 전율로 그대가 나를 채우나이다.

오이디푸스

어이어이 어이어이,
아아 슬프도다 불쌍한 내 신세여!
어디로, 대지 위 어디로 나는 실려가는 것인가?
어디로 나의 목소리는 흩날려가는 것인가? 1310
오오 나의 운명이여, 그대는 얼마나 멀리 뛰었는가!

코로스

듣기에도 무섭고 보기에도 무서운 무시무시한 곳으로
뛰었나이다.

좌 1

오이디푸스

오오 그대 어둠의 구름이여,
사악한 바람을 타고 와 나를 에워싼
형언할 수도 저항할 수도 없는 손님이여! 1315
아아 슬프고 또 슬프도다,
이 막대기들의 가시와 불행의 추억으로
내 영혼은 얼마나 찔렸던가!

코로스

이토록 많은 슬픔을 당하고 계시니 그대가 이중의 고통을
겪고 견딘다 해도 놀랄 일이 못 되나이다.　　　　　　　1320

우 1

오이디푸스

아아 친구여,
아직도 그대는 내 시중을 들고 있구나.
아직도 그대는 참을성 있게 이 장님을 돌보고 있구나.
아아 슬프도다.
그대 여기 있음을 내게는 숨기지 못하리라. 내 비록 어둠 속에
　　있지만　　　　　　　　　　　　　　　　　　　　　1325
그대의 목소리는 분명히 알고 있음이라.

코로스

오오 그대 무서운 일을 저지른 분이여, 어떻게 감히 그처럼
자기 눈을 멀게 할 수 있었나이까? 어떤 신이 그대를
　　부추겼나이까?

좌 2

오이디푸스

친구들이여, 아폴론, 아폴론 바로 그분이시다.
내 이 쓰라리고 쓰라린 고통이 일어나도록 하신 분은.　　1330

하나 이 두 눈은 다른 사람이 아니라 가련한 내가 손수 찔렀다.
보아도 즐거운 것은 아무것도 보지 못할진대
무엇 때문에 보아야 한단 말인가! 1335

코로스

그 일이라면 그대가 말씀하신 그대로입니다.

오이디푸스

친구들이여, 무엇을 내가 볼 수 있고
무엇을 내가 사랑할 수 있으며
어떤 인사가 내 귀에 반갑게 들릴 수 있을 것인가?
어서 나를 나라 밖으로 데려다다오. 1340
친구들이여, 나를 데려다다오.
완전히 몰락하고 가장 저주받고 1345
하늘의 신들에게도 가장 미움받는 인간인 나를!

코로스

그대야말로 자신의 운명과 운명에 대한 투시력 때문에
　불행해졌나이다.
내 차라리 그대를 알지 않았더라면 좋았을 것을!

우 2

오이디푸스

목장에서 내 발에 채워진 족쇄를 풀어주고
죽음으로부터 나를 구해내어 다시 살려준 자, 1350
그자가 누구이든 그자는 죽어 없어질지어다.

조금도 고마울 것이 없는 짓을 했으니까. 그때 내가
　죽었더라면
친구들과 나 자신에게 이토록 쓰라린 슬픔이 되지는 않았을
　텐데! 　　　　　　　　　　　　　　　　　　　　1355

코로스

그랬더라면 나에게도 좋았을 것입니다.

오이디푸스

그랬더라면 나도 아버지의 피를 흘리지 않았을 것이며
사람들 사이에서 나를 낳은 여인의 남편이라고 불리지
　않았으련만!
하나 지금 나는 신들의 버림을 받아
부정한 여인의 아들이 되고 　　　　　　　　　　　　1360
불쌍한 나를 낳아주신 분의 결혼 침대를 이어받은 자가
　되었구나!
만일 모든 재앙을 능가하는 재앙이 있다면 　　　　　1365
그것이 이 오이디푸스의 몫으로 주어졌던 것이다.

코로스

나로서는 잘하신 일이라고 말씀드릴 수 있을지 모르겠습니다.
그대에게는 장님으로 사느니 죽는 편이 더 나을 테니
　말입니다.

오이디푸스

내가 한 일이 가장 잘한 일이 아니라고
내게 가르치지도 말고 더는 내게 충고하지도 말라. 　　1370
만일 내 눈이 멀쩡하다면 저승에 가서

아버지와 불쌍한 어머니를 무슨 낯으로 본단 말인가!
그 두 분에게 나는 교살(絞殺)로서도 씻을 수 없는
그러한 죄를 지었던 것이다.
그러나 내가 자식들을 보게 되면 1375
태어난 그대로 그들이 내게 사랑스럽게 보이리라고
　　생각하느냐?
오오 천만에, 내 눈에는 결코 사랑스럽지 않으리라.
이 도시도, 이 탑과 성벽도, 신전 안의 거룩한 신상(神像)들도
그렇지 않으리라. 한때는 테바이의 둘도 없이 고귀한
　　아들이었으나
지금은 더없이 불쌍한 인간이 되어버린 내가, 1380
신들에 의해 부정(不淨)한 것으로 밝혀지는 자는 설사
　　그자가
라이오스의 친족이라 하더라도 모두들 그 불경한 자를
　　내쫓아야 한다고
내 스스로 명령을 내림으로써 이런 것들을 내 자신으로부터
손수 빼앗았기 때문이다. 이런 오물을 스스로 뒤집어쓰고도
내 어찌 바른 눈으로 이 백성들을 볼 수 있겠는가? 1385
천만에, 안 될 말이지. 만일 여기에 덧붙여 청각의 근원을
막아버릴 수만 있다면 나는 서슴지 않고
내 이 비참한 몸뚱이를 닫아
아무것도 보지도 듣지도 못하게 만들었을 것이다.
우리의 생각이 슬픔의 영역 밖에 머문다는 것은 달콤한
　　일이니까. 1390

아아 키타이론이여, 어쩌자고 그대는 나를 받아들였던가?
내가 그대에게 주어졌을 때 그대는 왜 당장 나를 죽이지
   않았던가?
그랬더라면 내 출생을 사람들에게 밝히지 않아도
   되었으련만!
아 폴리보스여, 아아 코린토스여, 그리고 조상 대대로
   내려왔다고
일컬어지던 나의 선조들의 집이여, 겉으로는 얼마나 멋있게   1395
그대들이 나를 키워주었던가! 비록 속에는 재앙이 곪고
   있었지만.
이제 나는 사악에서 태어난 사악한 자로 밝혀졌으니 말이다.
오오 그대 삼거리여, 그리고 그대 후미진 골짜기여,
잡목 덤불과 세 갈래 길이 만나는 좁은 길목이여,
그대들은 내 손에서 내 자신의 피인 아버지의 피를   1400
마셨으니 아마 기억하고 있으리라,
내가 그대들을 위해 어떤 일을 저질렀으며
그 후 이곳에 와서 또 어떤 일을 저지르려고 했는지!
오오 결혼이여 결혼이여, 그대는 나를 낳고는
또다시 그대의 자식에 자식들을 낳아줌으로써   1405
아버지와 형제와 아들, 신부와 아내와 어머니 사이에
근친상간(近親相姦)의 혈연을 맺어주었으니
이것이야말로 인간들 사이에 일어난 가장 더러운 치욕이로다.
하나 해서 좋지 못한 일은 입에 담아서도 좋지 못한 법이니
제발 어서 나를 나라 밖 어디에다 숨기든지   1410

아니면 죽이든지 아니면 바닷속으로 던져 넣도록 하라.
그곳이라면 그대들이 나를 결코 보지 못할 테니까.
자, 가까이 다가와 불쌍한 이 몸을 손에 얹어다오.
두려워하지 말고 내 말을 들으라. 내 고통으로 말하면
나 이외의 어느 누구도 감당할 수 없을 테니까.　　　　　　1415

코로스장
그대가 간청하시는 것이 행동이든 조언이든
저기 크레온이 때맞춰 오고 있습니다. 그대를 대신해서
이 나라를 지켜줄 분으로는 그분밖에 남지 않았으니
　말입니다.

오이디푸스
아아, 내 그에게 무슨 말을 해야 한단 말인가?
나를 믿어달라고 어찌 요구할 수 있을 것인가?　　　　　　1420
내 전에 그를 아주 잘못 대했음이 밝혀졌으니!

　　크레온 등장

크레온
오이디푸스여, 내 그대를 비웃거나 지나간 잘못을 들어
그대를 비난하고자 온 것이 아닙니다.

　　시종들에게

너희들은 비록 죽어야 할 인간의 자식들을 더는 존경하지 않을지라도.
적어도 우리의 주인이신 태양의 만물을 키워주는 화염만은 1425
존중하도록 하라. 대지도 신성한 비도
빛도 받아들이지 않는 저분의 더러움을
이렇듯 적나라하게 드러내지 말도록 하라.
자, 어서 저분을 궁전으로 모시고 가거라.
집안사람들의 불행은 집안사람들만이 보고 듣는 게 1430
경건에 가장 부합되는 일이기 때문이다.

오이디푸스

그대는 가장 사악한 인간인 나에게 가장 고귀한 인간으로
　　다가와
나의 불길한 예감을 쫓아버렸으니 제발 한 가지 청을
　　들어주구려.
나 자신을 위해서가 아니라 그대를 위해서 하는 말이니까.

크레온

내게 그토록 간절히 바라시는 것이 무엇입니까? 1435

오이디푸스

지체 없이 나를 이 나라에서 쫓아내어
아무도 내게 인사하지 않는 곳으로 데려다주구려.

크레온

알아두십시오. 나도 그렇게 하고 싶으나
그러기 전에 먼저 어떻게 해야 할지 신에게 묻고 싶습니다.

오이디푸스

하나 그분의 예언은 너무나 분명히 밝혀졌다. 1440

아버지의 살해자요 불경한 자인 나를 죽여 없애라는 것이다.

크레온

예언은 그러했습니다. 하나 지금과 같은 어려운 상황에서는
어떻게 해야 할지 분명히 알아보는 것이 더 좋겠습니다.

오이디푸스

그렇다면 나처럼 비참한 인간을 위하여 대답을 구하겠다는
  것인가?

크레온

그래야만 이제 그대도 신을 믿게 될 테니까. 1445

오이디푸스

그렇다면 내 그대에게 부탁하고 간청하노니, 저기 궁전 안에
  있는
여인을 위해 그대가 원하는 대로 무덤을 지어주구려. 그대의
  친척 중의
한 사람인 그 여인을 위해 그대는 적절히 장례식을 치르게 될
  테니까.
하나 나에 대해서는 ― 내가 살아 있는 동안에는 결코
나의 선조들의 이 도시가 나를 주민으로 받아들이지 않게 하라. 1450
그 대신 산에서 살도록 해주구려. 저기 나의 산이라고
  일컬어지는
키타이론에서. 그곳은 어머니와 아버지께서 살아 계실 적에
나의 무덤으로 정한 곳이니 나를 죽이려고 했던
그분들의 뜻에 따라 나는 그곳에서 죽고 싶구려.
하나 이것만은 나도 알고 있다. 나는 결코 병이나 1455

다른 일로 죽지는 않을 것이다. 기구한 운명이 나를
기다리고 있지 않았더라면 나는 결코 죽음에서 구원받지
   못했을 테니까.
그러니 나의 운명일랑 제멋대로 가도록 내버려두게나.
하나 내 자식들에 대해서는 ― 크레온, 내 아들들에 대해서는
염려하지 말게나. 그 애들은 사내들이라   1460
어디 가든 생계에 부족을 느끼지는 않을 것이다.
그러나 불쌍하고 가련한 내 두 딸들로 말하면
내 상을 따로 차리는 것을 본 일이 없고
언제나 아버지와 함께 있으면서
무엇이든 내가 먹는 것을 나눠 먹었으니   1465
이 애들만은 잘 돌봐주구려. 그리고 가능하다면 내 두
   손으로
그 애들을 만져보고 나의 슬픔을 실컷 울도록 해주구려.
허락해주구려, 왕이여! 허락해주구려, 그대 고귀한 마음씨여!
아아, 내 두 손으로 그 애들을 만질 수만 있다면, 내 눈이
   보이던
때와 마찬가지로 그 애들이 나와 함께 있다고 생각할 수도
   있으련만!   1470

   크레온의 시종들이 안티고네와 이스메네를 데리고 들어온다

이게 무슨 소린가? 오오 신들이여!
내 귀에 들리는 것은 나의 귀여운 두 딸들이

흐느껴 우는 소리가 아닌가? 크레온이 나를 불쌍히 여겨
나의 귀염둥이 두 딸들을 보내준 것인가?
내 말이 옳지?   1475

크레온

그렇습니다. 내가 그렇게 시켰습니다. 전에도 기뻐하셨으니
지금도 기뻐하시리라는 것을 알고 있었기 때문입니다.

오이디푸스

그렇다면 그대에게 축복이 있기를! 그리고 이 심부름에 대한
　보답으로
신께서 나를 지켜주신 것보다 더 훌륭하게 그대를
　지켜주시기를!
애들아, 너희들은 어디 있느냐? 이리 오너라.   1480
같은 어머니에게서 태어난 나의 이 손들이 닿는 곳으로.
그런데 이 손들이 한때는 밝았던 너희들의 아비의 두 눈을
이렇게 보지 못하도록 만들어놓았구나.
애들아, 너희들의 아비는 보지도 알지도 못하고
그 자신이 태어난 바로 그곳에서 너희들의 아비가 되었구나. 1485
너희들을 위해서도 나는 울고 있다. 내 비록 너희들을
보지는 못하지만 너희들이 장차 사람들로부터
강요받게 될 쓰라린 생활을 생각하기 때문이다.
어떠한 시민들의 모임에 가든, 어떠한 축제에 가든
너희들은 축제 행렬에 끼이기는커녕   1490
눈물을 흘리며 집으로 돌아오게 될 것이다.
그리고 너희들이 시집갈 나이가 되면

애들아, 나의 자식들과 너희들의 자식들에게는
치명적인 비난이 퍼부어질 텐데
어떤 사내가 감히 위험을 무릅쓰고 이런 비난을
   떠맡아주겠는가? 1495
온갖 재앙이 다 갖추어졌으니 말이다. 너희들의 아비는
제 아버지를 죽이고 자신을 낳은 여인에게 씨를 뿌려
자신이 태어난 바로 그 밭에서 너희들을 거두었구나.
이러한 비난이 너희들에게 퍼부어질 것이다.
그러니 누가 너희들에게 구혼하겠는가? 1500
천만에, 그럴 사내는 아무도 없다. 애들아, 너희들은
   틀림없이
자식도 못 낳고 처녀의 몸으로 시들어갈 것이다.
오오 메노이케우스의 아들이여, 이 애들의 어버이인
우리들은 둘 다 없어졌으니 이 애들에게는 그대가
단 한 분의 아버지로 남은 셈이구려. 그러니 그대의 친척들인 1505
이 애들이 가난하고 결혼도 못한 채 떠돌아다니도록
   내버려두지 말지며
내가 겪은 불행의 수준으로 이 애들을 낮추지 말아주구려.
이 애들을 불쌍히 여겨다오. 그대도 보다시피 이 애들은
이렇듯 어린 나이에 모든 것을 잃고 말았네. 그대가 주는 것을
   제외하고는.
약속의 표시로, 관대한 이여, 그대의 손으로 이 애들을
   어루만져주게나. 1510
애들아, 너희들에게 이미 분별력이 있다면

내 너희들에게 충고할 말이 많다마는 지금은 단지 이렇게만
　기도해다오.
너희들은 기회가 주어지는 대로 살아갈 것이나 너희들에게
　주어진 일생은
너희들을 낳은 아비의 그것보다 더 훌륭한 것이 되게
　해달라고 말이다.

크레온

눈물도 흘릴 만큼 흘렸으니 자, 이제 궁전으로 드십시오.　　1515

오이디푸스

반갑지는 않지만 그대의 말에 따라야겠지.

크레온

물론이지요. 무슨 일이든 시의에 맞아야 좋은 법이니까요.

오이디푸스

가긴 가되 어떤 조건으로 가는지는 알고 있겠지?

크레온

말씀해보십시오. 나도 들어야 알 게 아닙니까?

오이디푸스

나를 나라 밖으로 내보내주게.

크레온

신께서 주실 것을 나에게 요구하시는군요.

오이디푸스

하나 신들에게라면 나는 가장 미움받는 자일세.

크레온

그렇다면 곧 소원이 이루어질 것입니다.

오이디푸스

그렇다면 승낙하는 것인가?

크레온

나는 마음에도 없는 빈말은 하지 않습니다. 1520

오이디푸스

그렇다면 나를 여기서 데려가게.

크레온

자, 오십시오. 그러나 애들은 놓으십시오.

오이디푸스

아니야, 이 애들만은 내게서 빼앗지 말게.

크레온

만사에 지배자가 되겠다는 생각일랑 버리십시오.
그대가 지배했던 것조차도 평생 동안 그대를 따르지
　않았습니다.

크레온, 오이디푸스, 그 밖의 다른 사람들 궁전 안으로 퇴장

코로스

오오 조국 테바이의 시민들이여, 보라, 이분이 오이디푸스다.
그는 유명한 수수께끼를 풀고 권세가 당당했으니 1525
그의 행운을 어느 시민이 선망의 눈으로 보지 않았던가!
보라, 그러한 그가 얼마나 무서운 고뇌의 풍파에
　휩쓸렸는지를!
그러니 우리의 눈이 그 마지막 날을 보고자 기다리고 있는

동안에는
죽어야 할 인간일랑 어느 누구도 행복하다고 기리지 말라,
삶의 종말을 지나 고통에서 해방될 때까지는. 1530

안티고네

소포클레스

일러두기

1. 텍스트로 Sophocles, *Antigone*, ed. with a Commentary by R. Jebb, Cambridge University Press 1959를 사용하고, 코로스의 노래들의 행수 배분에 있어서는 Sophokles, *Dramen*, hrsg. und übers, von W. Willige, München/Zürich 1995를 참고하였다. 각주는 R. Jebb의 것을 참고하였다. 현대어역 중에서는 W. Willige, K. Reinhardt, W. Schadewaldt의 독역들과 R. Jebb과 D. Grene의 영역들을 참고하였다.
2. 고유명사는 되도록 희랍어를 따랐다. 단 본문 외의 부분에서는 필요하다고 생각되는 경우 라틴어를 병기하였다.
3. 5행마다 행수 표시를 하여 참고하는 데 도움이 되게 하였다.
4. 본문 중 설명이 필요한 부분은 본문 아래 각주를 달았다.
5. 텍스트의 분위기를 살리기 위하여 의미가 통하는 범위 내에서 되도록 직역을 하였다.

등장 인물

안티고네(Antigone) 오이디푸스의 딸
이스메네(Ismene) 오이디푸스의 딸
크레온(Kreon) 테바이(Thebai)의 왕
에우리디케(Eurydike) 그의 아내
하이몬(Haimon) 그의 아들
테이레시아스(Teiresias) 눈먼 예언자
파수꾼
사자(使者)
사자(使者) 2
코로스(Choros) 테바이의 원로들로 구성된

무대

    테바이의 궁전 앞

안티고네

오오 나와 친동기간인 이스메네의 머리[1]여,
오이디푸스에게서 비롯된 온갖 불행들 중에서 제우스께서

---

1 '머리'란 말은 흔히 존경 또는 애정을 뜻하는 우회적 표현으로 쓰인다.

살아남은 우리 두 자매에게 이루시지 않은 것을
너는 단 한 가지라도 알고 있니? 고통과 재앙과
치욕과 불명예치고 너와 나의 불행들 중에서　　　　　　5
내가 보지 못한 것은 한 가지도 없으니 말이야.
하거늘 방금 또 장군[2]님께서 모든 시민들에게
무슨 포고를 내리셨다는 거니? 너는 들어서 알고 있니?
아니면 적들이 받아 마땅한 불행들이 우리 친구들에게
돌아가고 있는 것도 너는 모르고 있니?[3]　　　　　　　10

이스메네

우리 친구들에 관해서는, 안티고네 언니,
기쁜 소식이든 슬픈 소식이든 나는 아무것도 듣지 못했어요.
우리 두 자매가 같은 날 이중의 가격(加擊)에 의하여
돌아가신 두 오라버니를 잃은 뒤로는 말이에요.
그리고 간밤에 아르고스 군(軍)이 물러간 뒤로　　　　　15
나는 내 형편이 더 좋아졌는지 아니면
더 나빠졌는지도 더는 아무것도 모르고 있어요.

안티고네

그럴 줄 알았어. 그래서 너만 듣도록
내가 너를 궁전의 문밖으로 데리고 나온 거야.

---

[2] 새로 왕이 된 크레온. 전쟁이 끝난 직후 그의 장군으로서의 직책이 특히 중요하기 때문이다.

[3] 아르고스(Argos) 군을 이끌고 와서 테바이를 공격하다가 전사한 폴리네이케스(Polyneikes)도, 비록 전왕(前王) 오이디푸스의 아들이지만, 다른 적군과 마찬가지로 매장하지 못하도록 크레온이 명령을 내렸던 것이다.

이스메네

　무슨 일이에요? 보아하니, 무슨 궁리를 하시는 것 같군요.　　20

안티고네

　크레온 님께서 우리 두 오라버니 가운데 한 분은
　후히 장사 지내되 한 분은 장사 지내지 못하게 하셨지 뭐니!
　사람들이 말하기를, 에테오클레스는
　사자(死者)들 사이에서 명예를 누리시도록 그분께서
　바른 법도와 관습에 따라 땅속에 묻어주셨으나,　　25
　비참하게 돌아가신 폴리네이케스의 시신은
　시민들에게 큰 소리로 알려
　아무도 무덤 속에 감추지도 애도하지도 말고,
　애도도 받지 못한 채 무덤도 없이 진수성찬을 노리는
　새 떼의 반가운 먹이가 되도록 내버려두게 하셨대.　　30
　그런 포고를 착하신 크레온 님께서 너와 나에게
　— 그래, 나에게도 말이야 — 내리셨대.
　그리고 모르고 있는 이들에게 똑똑히 알려주기 위하여
　그분께서 이리로 오실 것인데,
　이 일을 그분께서는 결코 가벼이 여기시지 않고,　　35
　이를 조금이라도 어기는 자는 시민들이 돌로 쳐서 죽이게
　　하셨대.
　사정이 이러하니 이제 곧 너는 네가 고귀한 집안에서
　　태어났는지
　아니면 고귀한 부모의 못난 자식인지 보여주게 될 거야.

이스메네

사태가 그러하다면, 가엾은 언니, 내가 매듭을

풀거나 묶는다고 해서[4] 거기에 무엇을 덧붙일 수 있겠어요?   40

안티고네

너는 나와 노고와 행동을 같이할 것인지 잘 생각해보도록 해.

이스메네

무슨 모험을 하시려는 거예요? 무슨 생각을 하시는 거예요?

안티고네

네가 나의 이 손을 도와 시신을 들어 올려주지 않겠니?

이스메네

도시에 금령이 내렸는데도 그분을 묻어줄 작정이세요?

안티고네

그래, 나는 오라버니에 대하여 나의 임무를, 그리고 네가 원치

  않는다면   45

네 임무를 다할 작정이야. 나는 결코 그분께 배신자가 되지는

  않을 테니까.

이스메네

정말 대담하시군요. 크레온 님께서 금하셨는데도요?

안티고네

그분에게는 나를 나의 가족에게서 떼어놓을 권리가 없어.

이스메네

아아 언니, 잘 생각해보세요.

---

4 내가 개입한다고 해서란 뜻이다.

어떻게 아버지께서 자신의 죄과들을 들추어내시고는   50
자신의 손으로 스스로 자신의 두 눈을 치신 뒤에
증오와 경멸 속에서 세상을 떠나셨는지,
그리고 어떻게 그 뒤 동시에 두 가지 이름[5]을 가지신, 그분의
   어머니이자
아내께서 꼰 올가미로 스스로 목숨을 끊으셨는지,
그리고 세 번째로 어떻게 두 오라버니께서 같은 날   55
불행하게도 제각기 혈족의 피를 쏟음으로써
서로 상대방의 손으로 공통된 운명을 마련하셨는지 말이에요.
그리고 지금, 잘 생각해보세요, 유일하게 살아남은
우리 두 자매도 법을 무시하고 왕의 명령이나 권력에
   맞서다가는
누구보다도 가장 비참하게 죽고 말 거예요.   60
아니, 우리는 명심해야 해요. 첫째, 우리는 여자들이며
남자들과 싸우도록 태어나지 않았어요.
그다음 우리는 더 강한 자의 지배를 받고 있는 만큼,
이번 일들과 더 쓰라린 일에 있어서도 복종해야 해요.
그래서 나는 이번 일은 어쩔 도리가 없는 만큼,   65
지하에 계시는 분들[6]께 용서를 빌고
통치자들에게 복종할 거예요.

---

5   이오카스테(Iokaste)는 오이디푸스의 아내이자 어머니다.
6   저승을 다스리는 하데스(Hades)와 그의 아내 페르세포네(Persephone) 및 죽은 폴리네이케스의 혼백을 가리킨다.

지나친 행동은 아무런 의미도 없으니까요.

안티고네

나는 너에게 요구하지 않겠어. 아니, 설사 네가 그러기를
원한다 해도, 나로서는 너의 협력이 달갑지 않아. 70
너는 네 좋을 대로 생각해. 그래도 나는 그분을 묻겠어.
그렇게 하고 나서 죽는다면 얼마나 아름다우냐!
그러면 나는 그분의 사랑을 받으며 사랑하는 그분 곁에 눕게
 되겠지,
경건한 범행을 저지르고 나서. 그것은 내가 여기 살아 있는
 이들보다도
지하에 계시는 이들의 마음에 들어야 할 시간이 더 길기
 때문이지. 75
그곳에 나는 영원히 누워 있게 될 테니까. 그러나 너는
원한다면, 신들께서도 존중하시는 것을 경멸하려무나.

이스메네

경멸하는 것이 아녜요. 하지만 내게는
국가에 대항할 힘이 없어요.

안티고네

그건 네 핑계야. 하지만 나는 가서 80
사랑하는 오라버니를 위하여 무덤을 쌓겠어.

이스메네

아아 가엾어라! 나는 언니가 몹시 걱정돼요.

안티고네

내 걱정은 하지 말고 네 운명이나 똑바로 인도하도록 해.

이스메네

　아무튼 이 일은 아무에게도 말하지 말고

　비밀로 하세요. 나도 그렇게 하겠어요.　　　　　　　　　85

안티고네

　아아 큰 소리로 외치지그래! 네가 침묵을 지키고

　온 세상 사람들에게 알리지 않는다면, 나는 너를 미워하게 될

　　거야.

이스메네

　그토록 으스스한 일에 마음이 그토록 뜨겁게

　달아오르시다니!

안티고네

　내가 알기로는 그래야만 내가 가장 기쁘게 해드려야 할 분의

　　마음에 들 테니까.

이스메네

　그러실 수만 있다면. 그러나 지금 하시려는 일은 될 일이 아녜요.　90

안티고네

　그럴 테지. 힘에 부치면 그만두는 거야.

이스메네

　안 될 일은 처음부터 하지 말아야죠.

안티고네

　네가 그런 말을 하면, 너는 나에게 미움받게 될 것이고,

　돌아가신 분에게도 당연히 두고두고 미움받게 될 거야.

　너는 내가 어리석은 생각에서 이런 끔찍한 일[7]을 당하도록　　95

　내버려둬. 내가 아무리 어려움을 당한다 하더라도,

내게는 역시 고귀한 죽음이 남게 될 거야.

이스메네

그렇게 생각하신다면 가세요. 그러나 이것만은
알아두세요, 비록 언니는 길을 잘못 가고 있지만
사랑하는 사람들에게는[8] 진실로 사랑스런 존재라는 것을!

안티고네는 시내 쪽으로 퇴장하고 이스메네는 궁전 안으로 퇴장한다

코로스(등장가 100~161행)

좌 1

햇살이여, 일찍이 일곱 성문의   100
테바이에 떠오른
가장 아름다운 빛이여,
드디어 그대 모습을 드러내어,
황금 같은 날의 눈이여,
디르케[9]의 흐름들 위를 거니는구나.   105
완전무장을 하고 아르고스에서 온

---

7   여기서는 반어적 표현이다.
8   '죽은 오라버니와 살아 있는 아우에게'란 뜻이다.
9   디르케(Dirke)는 테바이의 서쪽에 있는 샘 및 시내 이름.

흰[10] 방패의 전사[11]를 그대가 쫓아버리니,
그는 전속력으로 말을 달려
허둥지둥 도망쳤다네.

코로스장

말썽 많은 다툼 때문에 폴리네이케스[12]가   110
그를 우리나라로 인도하였으니,
그는 날카로운 소리를 지르는 독수리처럼
이 나라로 날아들었다네,
눈처럼 흰 날개들에 덮인 채
수많은 무구(武具)들과   115
말총 장식의 투구들과 함께.

우 1

그는 우리 지붕들 위에 멈춰 서서
피에 굶주린 창들로
우리 일곱 성문의 입을 에워쌌다네.
하나 그는 이곳에서 물러갔다네,   120

---

10 아르고스의 상징 색깔로 흰색을 택한 것은 '아르고스'란 단어가 보통명사로는 '흰', '흰색의'란 뜻에서 비롯된 연상 작용 때문인 듯하다.
11 '전사'란 말은 여기서는 아르고스 군 전체를 가리키는 총칭으로 사용된다.
12 폴리네이케스란 이름은 '많이 다투는 자'란 뜻이다.

우리의 피로 그의 두 볼이 미어지고

헤파이스토스의 관솔불이

빙 둘러선 우리 탑들을 붙잡기 전에.

그만큼 격렬한 아레스의 소음이

그의 등 뒤에서 일었으니, 그것은　　　　　　　　　　125

용(龍)[13]과 싸우는 그로서는 감당하기 어려운 것이었다네.

코로스장

제우스께서 요란한 호언장담을

진심으로 싫어하심이라. 그래서 그분께서는

그가 소리도 요란한 황금[14]을 헛되이 뽐내며

큰 밀물처럼 달려오는 것을 보시자,　　　　　　　　　　130

어느새 목적지에 닿아 우리 성벽들의 꼭대기에서

승리의 환호성을 지르기 시작한 그[15]에게

불[16]을 내던져 그를 쓰러뜨리셨다네.

---

13 여기서 '용'이란 테바이인들을 말한다.
14 아이스킬로스(Aischylos)도 아르고스의 장수들이 무구(武具)들에 황금을 사용하는 것으로 그렸는데, 이를테면 〈테바이를 공격한 일곱 장수〉에서 카파네우스(Kapaneus)는 황금 문자를 새긴 방패를 들고 다니는 것으로(434행), 폴리네이케스는 황금 무구를 갖춘 전사의 상(像)과 황금의 명문(銘文)을 새긴 방패를 들고 다니는 것으로 그렸다(644행 및 660행).
15 카파네우스가 테바이의 성벽 꼭대기에 기어오르는 순간 제우스의 번개를 맞았다는 이야기는 하도 유명한 이야기라 여기서 그의 이름이 언급되지 않은 것으로 생각된다. 그리고 이 드라마에서는 테바이를 공격한 일곱 장수의 이름은 폴리네이케스 말고는 아무도 언급하지 않고 있다.
16 제우스의 번개를 말한다.

좌 2

그러자 비틀거리며 쿵 하고 땅 위에 내던져졌다네,
횃불을 들고 광란하며   135
격렬한 증오의 광풍과 함께
우리에게 미친 듯이 덤벼들던 그는.
하나 그의 위협은 그의 뜻대로 되지는 않았다네.
그리고 다른 적들에게도 다른 것을 나누어주시며
심히 치셨다네, 어려울 때의 구원자
위대한 아레스는.   140

코로스장

일곱 장수들[17]이 일곱 성문 앞에서
서로 대등하게 맞서다가 전세를 뒤집으시는
제우스를 위하여 청동 무구의 공물을 남겨놓았음이라.
오직 한 아버지와 한 어머니에게서 태어난,

---

17 소포클레스의 〈콜로노스의 오이디푸스〉에 나오는 일곱 장수의 이름은(1313행) 아이스킬로스의 그것과 일치하는데, 예언자 암피아라오스(Amphiaraos), 트로이아(Troia) 전쟁에서 용맹을 떨친 디오메데스(Diomedes)의 아버지 티데우스(Tydeus), 에테오클로스(Eteoklos), 히포메돈(Hippomedon), 카파네우스, 파르테노파이오스(Parthenopaios), 폴리네이케스가 곧 그들이다. 당시 아르고스의 왕으로서 암피아라오스의 처남이자 티데우스와 폴리네이케스의 장인이었던 아드라스토스(Adrastos)는 이 원정에서 주도적인 역할을 했으나 살아서 패주한 까닭에 일곱 장수에 포함되지 않은 듯하다. 그러나 일설에 따르면, 에테오클로스 대신 아드라스토스가 일곱 장수에 포함된다고 한다. 이들의 아들들, 이른바 '후계자들(Epigonoi)'이 후일 테바이를 재차 공격하여 결국 이를 함락시킨다. 그러나

잔혹한 운명의 그 두 사람만이 145
서로 덤벼들어 창을 휘두르다가, 둘 다 이긴 뒤에
둘 다 함께 죽고 말았다네.

우 2

그러나 영광스런 이름의 승리의 여신[18]께서
전차가 많은 테바이의 환희에
화답하여 이곳에 오셨으니, 150
전쟁도 끝난 터라 이제는 잊어버리기로 하세나.
그리고 모든 신전들을 찾아가서
밤새도록 춤과 노래를 바치도록 하세나.
그리고 바코스 신께서 테바이 땅을 뒤흔드시며
우리의 길잡이가 되어주소서! 155

코로스장

저기 이 나라의 왕이 이리로 오고 있소.
메노이케우스의 아들 크레온 말이오.
그분은 신들께서 보내주신 새 행운에 따라

아드라스토스는 '후계자들' 중에서 유일하게 전사한 자기 아들 아이기알레우스(Aegialeus)의 죽음을 슬퍼하다가 귀향 도중 죽고 외손자이자 사위인 디오메데스가 아르고스 왕이 된다. 이 사건은 트로이아 전쟁 직전에 있었던 것으로 생각된다.
18 니케(Nike) 여신.

이 나라의 새 왕이 되었소이다.
대체 그분은 무슨 계획을 품고 있기에　　　　　　　　　160
공적인 소집을 통하여
원로들의 이 특별회의를 주선한 것일까요?

　　크레온 두 시종을 거느리고 등장

크레온

여러분, 우리 도시로 말하자면 신들께서 심한 풍랑으로
뒤흔드셨다가 도로 안전하게 일으켜 세우셨소이다.[19]
내가 사자(使者)들을 시켜 모든 백성들 중에서
그대들을 이렇게 따로 부른 것은, 그대들이　　　　　　165
라이오스[20]의 왕좌와 권력에 변함없이 충성과 경의를
　표했으며,
또 오이디푸스가 이 도시를 구했을 때에도,

19　테바이가 전쟁의 위험에서 벗어났다는 뜻이다.
20　라이오스(Laios)는 테바이의 왕으로서, 오이디푸스의 아버지이자 라브다코스(Labdakos)의 아들이며 카드모스의 증손자이다. 라이오스는 자신이 아들의 손에 죽게 될 것이라는 예언을 듣고, 갓난 아들 오이디푸스를 산에 갖다 버리게 했으나, 그 명령을 받은 목자가 불쌍히 여겨 이웃 나라의 목자에게 준 까닭에 아이는 죽지 않고 자라난다. 그리하여 후일 어떤 삼거리에서 서로 길을 비키라고 시비하다가 아들이 본의 아니게 아버지를 죽이게 되고, 이어서 그는 스핑크스(Sphinx)의 수수께끼를 풀고는 테바이의 왕이 되고 왕비 이오카스테와 어머니인 줄 모르고 결혼하여 폴리네이케스와 에테오클레스(Eteokles) 형제와 안티고네와 이스메네 자매의 아버지가 된다.

그리고 그분이 돌아가신 뒤에도, 그분들의 자식들[21]에게
변함없는 마음을 충성을 다했음을 내가 알고 있기
   때문이오.
그런데 그분의 아들들이 서로 치고 맞는 가운데   170
서로 형제의 피로 물든 채, 이중의 운명에 의하여
같은 날 죽고 말았기 때문에,
지금은 내가 고인들의 가장 가까운 친척으로서
왕좌와 그 모든 권한을 갖게 되었소.
그런데 통치와 입법으로 검증받기 전에는   175
한 인간의 영혼과 심성과 생각을
완전히 안다는 것은 불가능한 일이오.[22]
왜냐하면 누가 모든 도시를 인도하면서도
상책(上策)들만을 고수하지 않고
어떤 두려움 때문에 입을 꼭 다물고 있다면,   180
나는 예나 지금이나 그런 자를 가장 나쁜 자라고
   생각하니까요.
그리고 누구든지 자기 조국보다 친구를 더 소중히 여기는 자
   역시
나는 조금도 존중하지 않소이다.

---

21 라이오스와 오이디푸스의 자식들, 즉 에테오클레스와 폴리네이케스를 말한다.
22 한 인간의 마음은 공직을 통하여 검증받기 전에는 완전히 알 수 없는 까닭에, 나도
     검증받기 전에 그대들에게 충성을 맹세하도록 요구하지는 않겠으나 내가 지키고
     자 하는 원칙들은 말하겠다는 뜻이다.

왜냐하면 나는 — 언제나 만물을 굽어보시는 제우스께서
내 증인이 되어주소서 — 안전 대신 파멸이 185
시민들에게 다가오는 것을 보게 되면 침묵하지 않을 것이며,
조국의 적을 나의 친구로 여기지도 않을 것이기
   때문이오.
우리를 지켜주는 것은 조국 땅이며,
조국이 무사히 항해해야만
우리가 진정한 친구를 사귈 수 있음을 내가 잘 알기 때문이오. 190
이런 원칙에 따라 나는 이 도시를 키워나갈 작정이오.
그리고 내가 오이디푸스의 아들들과 관련하여
시민들에게 알린 포고도 그와 합치되오.
에테오클레스는 우리 도시를 위하여 싸우다가
모든 면에서 뛰어난 창수로서 전사하였으니, 195
그를 무덤에 묻어주고 지하의 가장 훌륭한
사자(死者)들에게 어울리는 온갖 의식을 베풀 것이오.
그러나 그와 형제 간인 폴리네이케스는, 내 말하노니,
추방에서 돌아와 조국 땅과 선조들의 신들을
화염으로 완전히 불사르고, 200
친족의 피를 마시고, 나머지는
노예로 끌고 가려고 하였으니,
그와 관련하여 나는 도시에 알리게 했소이다,
아무도 그에게 장례를 베풀거나 애도하지 말고,
새 떼와 개 떼의 밥이 되고 치욕스런 광경이 되도록 205
그의 시신을 묻히지 않은 채 내버려두라고 말이오.

그것이 내 뜻이오. 나에게는 결코

사악한 자들이 올바른 사람들보다 더 존중받지 못할 것이오.

그러나 누구든지 이 도시에 호의를 가진 사람은

죽었든 살아 있든 똑같이 존경받게 될 것이오. 210

코로스장

메노이케우스의 아들[23] 크레온이여, 그러니까 이 도시의 적과

친구와 관련하여 그렇게 하는 것이 그대의 마음에 든다는

   말이군요.

그대에게는 물론 죽은 자들과 살아 있는 우리들 모두와

   관련하여

어떤 법령이든지 마음대로 적용할 수 있는 권한이 있지요.

크레온

그대들은 내가 내린 명령의 수호자가 되어주시오. 215

코로스장

그런 짐이라면 더 젊은 사람에게 지우시지요.

크레온

물론이죠. 시신을 지킬 감시자들을 준비해두었소.

코로스장

그렇다면 또 무슨 명령을 내리시려는 것이오?

크레온

그대들은 명령을 어기는 자들의 편에 서지 말라는 것이오.

코로스장

---

[23] 크레온은 메노이케우스(Menoikeus)의 아들로 이오카스테의 오라비다.

죽기를 바랄 만큼 어리석은 자가 어디 있겠소! 220

크레온

아닌 게 아니라 죽음이 바로 그 대가[24]요.
그러나 이익에 대한 희망이 종종 사람들을 망쳐놓곤 하지요.

파수꾼 등장

파수꾼

나리, 나는 숨이 차도록 급히 달려왔다거나,
발걸음도 가벼이 열심히 걸었다고 말씀드리지는 않겠습니다.
왜냐하면 나는 걱정이 되어 도중에 몇 번씩이나 멈춰 섰고, 225
되돌아가려고 돌아서곤 했으니까요.
내 마음이 내게 여러 가지 경고를 했기 때문이지요.
"어리석긴, 벌받을 게 뻔한데 왜 이렇게 서둘러 가지?"
"불쌍한 녀석, 또 꾸물대는 거야? 크레온 님께서 이 일을
다른 사람에게서 들으시게 되면 네가 고통을 어찌 피하려고?" 230
이런 일들을 곰곰이 생각하며 나는 느릿느릿 걸어왔고,
그러다 보니 가까운 길이 먼 길이 되고 말았습니다.
그러나 결국 이리로 나리 앞에 나아가기로 마음을 정했습니다.
그리고 내가 말씀드리는 것이 아무것도 아니라 하더라도
말씀드리겠습니다. 타고난 운명 이상은 당할 것이 없다는 235

---

[24] 불복종의 대가란 뜻이다.

희망에 꼭 매달리며 이리로 왔으니까요.

크레온

대체 무슨 일이기에 네가 이토록 기가 꺾였단 말이냐?

파수꾼

먼저 나 자신에 관하여 말씀드리겠습니다. 그것은 내가
한 짓이 아닙니다. 그리고 나는 그렇게 한 자를 보지도
못했습니다.

그러니 그 때문에 내가 화를 입는다면 억울합니다. 240

크레온

너는 조심스럽게 과녁을 겨누며, 비난을 막아줄 울타리를
빙 둘러치는구나. 틀림없이 좋지 않은 소식을 전하려는
게로구나.

파수꾼

그렇습니다. 무서운 소식은 오래 망설이게 하는 법이지요.

크레온

어서 말하고 떠나지 못하겠느냐!

파수꾼

그렇다면 말씀드리겠습니다. 누군가가 시신을 묻어주고 245
가버렸습니다. 몸뚱이에 목마른 먼지를 뿌리고,
그 밖에 다른 의식들을 치르고 나서 말입니다.

크레온

무슨 소리냐? 누가 감히 그런 짓을 했단 말이냐?

파수꾼

모르겠습니다. 그곳에는 곡괭이로 치거나 삽으로 파낸

흔적이 없었으니까요. 땅은 단단하고 메마르고 250
틈이 없었으며, 수레의 바퀴 자국도 없었습니다.
범인은 아무 흔적도 남기지 않았던 것입니다.
첫 번째 낮 파수를 보는 자가 그것을 우리에게 보여주었을 때,
우리에게는 그것이 도저히 이해할 수 없는 기적 같았습니다.
시신이 사라졌으니까요. 시신은 무덤에 묻힌 것은 아니었으나, 255
마치 저주를 면하기 위해서인 듯[25] 먼지로 가볍게
덮여 있었습니다. 맹수나 개가 와서
시신을 찢은 흔적도 볼 수 없었습니다.
그래서 서로 간에 욕설이 시끄럽게 오가는 가운데
파수꾼이 파수꾼에게 죄를 덮어씌우다가 자칫 주먹다짐이 260
벌어질 뻔했으나, 말리는 사람은 아무도 없었습니다.
너나없이 모두가 범인이었고, 그러면서도 확실한 범인은
없고 모두들 모른다고 부인했으니까요.
우리는 발갛게 단 무쇠를 손에 쥐고
불속을 지나가며, 그것은 우리가 265
한 짓이 아니며, 우리는 그 범행의 모의나 실행에
가담하지 않았다고 신들께 맹세하려고까지 했습니다.
결국 아무리 조사해보아도 소용이 없자,
누군가가 한마디 했는데, 그 말에 우리는 모두
두려워서 고개를 아래로 떨구고 말았습니다. 270

---

25 고대 희랍인들은 매장되지 않은 시신을 보고도 그 위에 흙을 덮어주지 않으면 죄를 짓는 것이라고 생각했다고 한다.

우리는 그 말을 반박할 수도 없었고, 그 말에 따를 경우
어떻게 화를 면할 수 있을 것인지 알지 못했으니까요. 그
　　말이란,
이 범행을 나리께 알리고 숨겨서는 안 된다는 것이었습니다.
그래서 그렇게 하기로 결정하고 제비를 던진 결과,
불행하게도 내가 이런 행운을 받게 되었습니다. 그래서 나는　275
환영받지 못할 줄 알면서도 마지못해 여기 서 있는 것입니다.
나쁜 소식을 전하는 사람을 좋아할 사람이 어디 있겠습니까?

코로스장

나리, 마음속으로 한참 생각해보았는데,
이번 일은 신께서 하신 일이 아닐까요?

크레온

입 닥치시오, 그대의 말에 내가 분통을 터뜨리기 전에.　　　280
그렇지 않으면 그대는 노인에다가 바보임이 드러나게 될
　　것이오.
신들께서 그 시신을 위하여 염려하신다고 그대가 말한다면,
그것은 도저히 참을 수 없는 말이니까요.
그래, 신들께서 기둥으로 둘러싸인 자신들의 신전들과
성스러운 보물들을 불사르고,　　　　　　　　　　　　　　285
자신들의 나라를 유린하고, 법규들을 말살하러 온 자를
선행을 베푼 자로 존중하실 것이란 말인가요?
아니면 그대는 신들께서 사악한 자들을 존중하시는 것을
　　본 적이 있소?
천만에! 처음부터 이 도시에는 은밀히 고개를 저으며

이 포고를 못 마땅히 여기고 내게 불평하는 자들이 있어서, 290
그자들이 나를 존중하는 뜻에서 순순히
목에 멍에를 지려 하지 않고 있는 것이오.
바로 그자들에게 속고 매수되어 파수꾼들이
이런 짓을 저질렀다는 것을 나는 잘 알고 있소.
사람들 사이에서 통용되는 것 중에 돈만큼 295
해로운 것은 아무것도 없소. 돈은 도시들도
약탈하고, 남자들을 그들의 집에서 몰아내지요.[26]
돈은 정직한 마음씨를 변하게 하여
수치스런 짓들을 하도록 단련시키지요.
돈은 또 사람들에게 악행을 저지르고, 300
온갖 불경한 짓을 다 알도록 가르치지요.
그러나 누구든지 돈에 팔려 이런 짓을 저지른 자는
언젠가는 벌받게 마련이지요.

　　다시 파수꾼에게

아직도 제우스께서 나의 존경을 받으신다면,
너는 이 점을 알아두어라. 내 맹세코 말하겠다. 305
만약 너희들이 그 매장의 장본인을 찾아내어
여기 내 눈앞에 세우지 못한다면,

26　돈으로 매수하고 음모를 꾸며서.

너희들에게는 죽음만으로는 충분하지 않다.
너희들은 이 비행을 자백할 때까지 먼저 산 채로
매달릴 것이다. 너희들이 앞으로는 어디서 이익을   310
취해야 하는지 알고, 아무 데서나 이익을
취하기를 좋아해서는 안 된다는 것을 배우도록 말이다.
너는 수치스런 이익이 많은 사람들에게
행복보다는 파멸을 가져다준다는 것을 보게 될 테니까.

파수꾼

말씀드려도 되겠습니까, 아니면 돌아서서 갈까요?   315

크레온

이제는 네 목소리도 듣기 싫다는 것을 모르겠느냐?

파수꾼

귀가 아프십니까, 아니면 마음이 아프십니까?

크레온

왜 너는 내 아픈 곳을 따지려 드느냐?

파수꾼

범인은 전하의 마음을 아프게 하고, 나는 귀를 아프게 하지요.

크레온

이제 보니 너는 타고난 수다쟁이로구나.   320

파수꾼

아무튼 그 범행은 절대로 내가 한 짓이 아닙니다.

크레온

아니긴. 게다가 돈을 받고 목숨까지 팔았지.

파수꾼

아아 슬프도다, 판단하는 사람이 잘못 판단한다는 것은!

크레온

'판단'이란 말을 네 멋대로 생각하려무나.
그러나 너희들이 이 사건의 범인들을 나에게 데려오지 못하면 325
야비한 이익은 손해만 가져다준다는 것을 고백하게 해주겠다.

크레온 퇴장

파수꾼

범인을 찾을 수만 있으면 가장 좋겠는데!
그러나 그가 잡히든 안 잡히든 — 그건 운수소관이지 —
나는 정말이지 다시는 이곳에서 뵙지 않을 테야.
지금도 정말 뜻밖에 살아났으니, 330
나는 신들께 큰 신세를 진 셈이지.

파수꾼 퇴장

코로스(첫 번째 정립가 332~375행)

좌 1

무시무시한 것이 많다 해도
인간보다 더 무서운 것은 없다네.
그는 사나운 겨울 남풍(南風) 속에서도

잿빛 바다를 건너며   335
내리 덮치는 파도 아래로 길을 연다네.
그리고 신들 가운데서
가장 성스러우며 다함이 없고
지칠 줄 모르는 대지를
그는 말[馬]의 후손[27]으로 갈아엎으며 해마다   340
앞으로 갔다가 뒤로 돌아서는 쟁기로 괴롭힌다네.

우 1

그리고 마음이 가벼운 새의 부족들과
야수의 종족들과
심해 속의 바다 족속들을
엮은 그물의 코 안으로 꾀어들여   345
사로잡아간다네, 재치가 뛰어난 인간은.
그는 산속을 헤매는 야수들을
책략으로 제압하고,
텁수룩한 갈기의 말을 길들여   350
그 목에 멍에를 얹는가 하면,
지칠 줄 모른 산(山) 소를 길들인다네.

---

[27] 노새.

좌 2

또한 말[言]과 바람처럼 날랜 생각과, 도시에
질서를 부여하는 심성을 그는 독학으로 배웠다네,
그리고 맑은 하늘 아래 노숙하기가 싫어지자   335
서리와 폭우의 화살을 피하는 방법도.
그가 대비할 수 없는 것은 아무것도 없다네.
아무 대비 없이 그가 미래사를 맞는 일은   360
결코 없다네, 다만 죽음 앞에서 도망치는
수단만을 손에 넣지 못하였을 뿐.
하나 그는 좌절시키는 질병으로부터
도망치는 방법은 이미 궁리해냈다네.

우 2

발명의 재능에 있어   365
바라던 것 이상으로 영리한 그는
때로는 악의 길을 가고
때로는 선의 길을 간다네.
그가 국법과, 신들께 맹세한 정의를 존중한다면,
그의 도시는 융성할 것이나,   370
무모함으로 인하여 불미스런 것과 함께하는 자는
도시를 갖지 못하는 법.[28]
그런 자는 결코 나의 화롯가에 앉지 말 것이며,

나와 같은 생각을 품지 말지어다!　　　　　　　　　375

코로스장

　　저기 저것이 무슨 괴상한 환영(幻影)이란 말인가?
　　내 어찌 보면서도 부인할 수 있겠는가,
　　저 소녀가 안티고네가 아니라고?
　　아아 가엾도다, 가엾은 아버지 오이디푸스의 따님이여!　　380
　　어떻게 된 일이오? 설마 그대가
　　왕의 법을 어기고 어리석은 짓을 하다가
　　붙잡혀 끌려오는 것은 아니겠지요!

　　　　파수꾼이 안티고네를 데리고 등장한다

파수꾼

　　여기 이 여인이 범인입니다. 그를 매장하고 있을 때²⁹
　　우리가 붙잡았습니다. 크레온 님께서는 어디 계십니까?　　385

코로스장

　　때맞춰 저기 집에서 다시 나오시는군.

크레온

28　단순히 법을 어기는 자는 추방된다는 뜻이라기보다는, 인간이 부도덕한 행동을 하면 나라를 망치게 된다는 뜻이라고 생각된다.
29　안티고네가 일단 시신에 먼지를 덮어주고 나서(245행) 왜 또 시신을 찾아갔느냐 하는 점에 대해서는 문제가 제기되거나 해답이 제시된 적이 거의 없으나, 시신이 먼지에 덮여 있는 동안 제주(祭酒)를 부어주어야만 완전한 장례식이 되는데, 안티고네는 처음 찾아갔을 때 제주를 준비해 가지 않았기 때문에 재차 찾아간 것이라고 R. Jebb은 나름대로 해답을 제시하고 있다.

무슨 일이오? 무슨 일에 내가 때맞춰 왔다는 것이오?

파수꾼

나리, 인간들은 어떤 일이든지 결코 하지 않겠다고 맹세할 것이
아닙니다.
나중 생각이 처음 의도를 거짓말로 만드니까요.
나는 방금 나리의 심한 으름장에 주눅이 들어   390
다시는 이곳에 서둘러 돌아오지 않겠다고 장담했습니다.
그러나 뜻밖의 기쁨은 그 크기에 있어
어떤 다른 행복도 능가하는 까닭에,
나는 오지 않겠다고 맹세했지만 돌아왔습니다.
장례를 치르다가 발각된 이 여인을   395
데리고 말입니다. 이번에는 제비도 던지지 않았습니다.
이번 행운은 내 것이고 다른 누구의 것도 아니니까요.
나리, 이제 몸소 이 여인을 잡고 실컷 묻고
심문하십시오. 그러나 나는 당연히 자유의 몸이 되어
이 번거로운 사건에서 완전히 벗어나도 되겠지요.   400

크레온

너는 여기 이 여인을 어떻게 어디서 붙잡아 왔느냐?

파수꾼

이 여인이 그를 묻고 있었습니다. 이젠 다 아셨겠지요.

크레온

알고 하는 말인가? 그 말이 사실인가?

파수꾼

묻지 못하게 하셨던 그 시신을 이 여인이 묻는 것을

내가 보았습니다. 이제 내 답변이 분명해졌습니까?　　　　405

크레온

어떻게 발각되고, 어떻게 현장에서 붙잡혔느냐?

파수꾼

그 경위는 이러합니다. 우리는 나리에게서
그토록 심한 위협의 말씀을 듣게 되자, 그리로 가서
시신을 덮고 있던 먼지를 말끔히 쓸어내고
썩어가는 시신을 완전히 드러낸 다음,　　　　410
그의 악취가 우리에게 불어오지 않도록
바람이 불어오는 쪽의 언덕 위에 앉았습니다.
그리고 우리는 서로 깨우며, 누가 맡은 바 임무를
게을리하면 욕설로 위협하곤 했습니다.
그런 상태가 계속되었고, 마침내 밝고 둥근 해가
중천에 떠오르며, 찌는 듯한 더위가 시작되었습니다.
그때 갑자기 회오리바람이 땅에서
하늘의 재앙인 먼지바람을 일으키며
들판을 가득 채우고, 들판에 있는 숲의 머리카락을
마구 헝클어뜨렸습니다. 넓은 하늘은 먼지바람으로 꽉 찼고,　420
우리는 눈을 감은 채 신께서 보내주신 고통을 참고
　있었습니다.
그리고 한참 뒤에 바람이 지나갔을 때,
이 소녀가 눈에 띄었는데, 마치 새끼들을 빼앗기고
빈 둥지만을 보게 되었을 때의 새처럼
날카로운 소리로 비통하게 울고 있었습니다.　　　　425

꼭 그렇게 이 여인도 시신이 드러난 것을 보자
소리 높이 통곡했고, 그런 짓을 한 사람들에게
심한 저주의 말을 퍼붓고 있었습니다.
그러고는 즉시 두 손에 목마른 먼지를 가져오더니
잘 만든 청동 물 항아리를 들어올려 430
시신 주위에 세 번 제주(祭酒)를 부었습니다.[30]
우리는 그것을 보자마자 달려가서
즉시 붙잡았으나 그녀는 조금도 놀라지 않았습니다.
그리고 우리가 먼젓번 일과 이번 일을 그녀의 소행이라고
꾸짖었으나 그녀는 조금도 부인하지 않았습니다. 435
그래서 나는 기쁘기도 하고 괴롭기도 합니다.
자신이 곤경에서 벗어났다는 것은 더없이
기쁜 일이지만, 친구들을 곤경에 빠뜨린다는 것은
괴로운 일이니까요. 그러나 이 모든 것들[31]도
나에게는 내 자신의 안전만큼 중요하지는 않습니다. 440

크레온(안티고네에게)
이번에는 거기 고개를 숙이고 있는 너에게 묻겠는데,
너는 네가 한 짓이라고 시인하느냐, 아니면 부인하느냐?

안티고네
내가 한 짓이라고 시인합니다. 부인하지 않겠습니다.

---

30 《오디세이아》 제10권 519행에서 사자(死者)에게 바치는 제주는 꿀 우유, 포도주, 물 세 가지다.
31 친구들의 안전 같은 일들이란 뜻이다.

크레온(파수꾼에게)

너는 무거운 혐의를 벗고 자유의 몸이 되었으니,
어디든지 네가 원하는 곳으로 가도록 하라.   445

　　파수꾼 퇴장

(안티고네에게) 너는 장황하게 늘어놓지 말고 간단히 말하도록
하라.
너는 그렇게 하지 말라는 포고가 내려졌다는 사실을 알고
있었느냐?

안티고네

알고 있었습니다. 공지 사실인데 어찌 모를 리가 있겠습니까?

크레온

그런데도 너는 감히 법을 어겼단 말이냐?

안티고네

네. 그 포고를 나에게 알려주신 이는 제우스가 아니었으며,   450
하계(下界)의 신들과 함께 사시는 정의의 여신[32]께서도
사람들 사이에 그런 법을 세우시지는 않았기 때문이지요.
나는 또 그대의 명령이, 신들의 확고부동한 불문율들을

---

32 "하계의 신들과 함께 사시는 정의의 여신"이란 사자(死者)들을 하계의 신들에게 바치는 종교상의 관행을 준수할 것을 산 사람들에게 요구할 수 있는 이들 신들의 정당한 권리의 의인화(擬人化)라고 생각된다. 즉 그러한 관행을 준수하지 않은 자는 하데스에게서 그의 소유물을 빼앗는 불의를 저지르게 된다는 것이다.

죽게 마련인 한낱 인간이 무시할 수 있을 만큼,
강력하다고는 생각지 않았어요.   455
왜냐하면 그 불문율들은 어제오늘에 생긴 것이 아니라
영원히 살아 있고, 어디서 왔는지 아무도 모르기 때문이지요.
나는 한 인간의 의지가 두려워서 그 불문율들을 어김으로써
신들 앞에서 벌을 받고 싶지가 않았어요.
나는 언젠가는 죽게 될 것이라는 것을 잘 알고 있었어요.   460
어찌 모르겠어요? 그대의 그 포고가 없었다 하더라도 말이에요.
하나 내가 때가 되기도 전에 죽는다면, 나는 그것을
   이득이라고
생각해요. 나처럼 수많은 불행 속에서 살아가는 사람이라면
어찌 죽음을 이득이라고 생각지 않겠어요?
그러니 내가 이런 운명을 맞는다는 것은 나에게는 조금도   465
고통스럽지 않아요. 그러나 내가 내 어머니의 아들이
묻히지 않은 시신을 밖에 누워 있도록 내버려두었더라면, 그것은
   나에게
고통이 되었을 거예요. 하지만 이것[33]은 나에게 조금도
   고통스럽지 않아요.
그리고 만약 그대의 눈에 내 행동이 어리석어 보인다면,
나를 어리석다고 나무라는 자야말로 아마도 어리석은 자일
   거예요.   470

코로스장

---

33 이런 운명을 맞는 것.

이 소녀는 자신이 성미 급한 아버지의 성미 급한 딸임을
보여주는구려. 불행 앞에 굽힐 줄을 모르니 말이오.

크레온

잘 알아두어라, 지나치게 완고한 마음이
가장 쉽게 꺾인다는 것을. 불에 지나치게 달군
가장 단단한 쇠가 가장 쉽게   475
부러지거나 부서지는 것을 너는 보지 못했느냐!
고집 센 말들도 짧은 고삐 하나로 길들인다는 것을
나는 알고 있다. 누구든지 이웃 사람의 노예라면,
자신이 잘났다고 생각하는 것은 어울리지 않는 일이다.
이 계집은 공표된 법령들을 어겼을 때   480
이미 반항에는 이골이 나 있었고,
저지르고 나서 자신의 소행임을 자랑하며
기뻐 날뛰는 것은 두 번째 반항이오.
정말이지 이제 나는 사내가 아니고 이 계집이 사내일
　　것이오,
이번 승리가 벌받지 않고 그녀의 것으로 남는다면 말이오.   485
그러나 그녀가 내 누이의 딸이고, 우리 집에서 제우스의
　　보호를 받는
그 누구보다도 나와는 가까운 핏줄이기는 하지만,
그녀와 그녀의 아우는 가장 비참한 운명을
피하지 못하리라. 그녀도 이번 장례의 음모에
똑같이 가담했다고 나는 고발하는 바이오.   490
그러니 그녀도 불러오도록 하라. 나는 방금 그녀가

안에서 정신을 못 차리고 미쳐 날뛰는 것을 보았다.

한 시종이 안으로 들어간다

크레온

사람들이 어둠 속에서 옳지 못한 짓을 꾀하면,
양심은 사전에 자신이 도둑임을 드러내는 법이지.
그러나 나쁜 짓을 하다가 붙잡힌 자가　　　　　　　　495
그것을 미화하려고 들면, 그 역시 가증스런 일이지.

안티고네

나를 붙잡아 죽이는 것보다 더 많은 것을 원하시나요?

크레온

아니다. 나로서는 그것만 가지면 다 갖는 셈이니까.

안티고네

그럼 왜 지체하세요? 그대의 말씀 가운데 나를
기쁘게 해주는 것은 아무것도 없고, 또 결코 없을 거예요.　　500
마찬가지로 내가 드리는 말씀도 틀림없이 그대의 마음에 들지
않을 거예요. 하지만 나로서는 친오라버니를 무덤에
묻어드리는 것보다 어디서 더 영광스런 영광을 얻을 수
　있겠어요?
여기 계신 분들도 모두 그것이 마음에 든다고 말할 거예요,
공포가 그분들의 입을 봉하지 않는다면 말이에요.　　505
그러나 왕권(王權)에는 많은 혜택이 있게 마련인데,
마음대로 행하고 말할 수 있는 것도 그중 하나지요.

크레온

테바이인들 중에 너만이 그렇게 생각하고 있다.

안티고네

그들도 그렇게 보고 있어요. 그대 앞에서 입을 다물고 있을 뿐이에요.

크레온

너는 그들과 달리 생각하는 것이 부끄럽지도 않느냐? 510

안티고네

자신의 혈육을 존중하는 것은 결코 수치스런 일이 아네요.

크레온

그자와 맞서 싸우다가 전사한 분도 네 혈육이 아니더냐?

안티고네

같은 어머니와 같은 아버지에게서 태어난 혈육이지요.

크레온

그렇다면 너는 왜 그자에게 호의를 베풀어 그분을 모욕하느냐?

안티고네

돌아가신 분[34]은 그렇다고 시인하지 않을 거예요. 515

크레온

네가 그 불경한 자를 그분과 똑같이 존중하는데도?

안티고네

---

34 에테오클레스.

돌아가신 분[35]은 그분의 노예가 아니라, 형제예요.

크레온

그자는 이 나라를 유린하다가 죽었으나, 그분은 이 나라의
수호자로서 전사하지 않았느냐!

안티고네

아무튼 하데스는 이러한 의식을 요구해요.

크레온

그래도 착한 이에게 나쁜 자와 같은 몫이 주어져서는 안 되지. 520

안티고네

그것이 하계에서는 신성한 규칙인지 누가 알아요?

크레온

적은 죽어서도 친구가 안 되는 법이다.

안티고네

나는 서로 미워하기 위해서가 아니라, 서로 사랑하기 위해서
태어났어요.[36]

크레온

사랑해야겠다면 하계로 내려가서 사자(死者)들을
사랑하려무나.
내가 살아 있는 한, 여인이 나를 지배하지는 못할 것이다. 525

---

35 폴리네이케스.
36 비록 나의 오라버니들은 서로 미워했지만, 나는 천성적으로 에테오클레스의 편을 들어 폴뤼네이케스를 미워하는 대신, 폴뤼네이케스가 나를 사랑했듯이 나도 그를 사랑하지 않을 수 없다는 뜻이다.

이스메네가 집에서 끌려나온다

코로스장

보시오, 저기 이스메네가 문밖으로 나오고 있구려.
자매의 정을 이기지 못해 눈물을 쏟으며.
이마 위에 깃들인 구름이
그녀의 발갛게 단 얼굴을 일그러뜨리며
비가 되어 고운 볼 위로 흘러내리는구려! 530

크레온

너는 독사처럼 내 집에 숨어들어 은밀히
내 피를 빨아먹었구나. 그런데도 나는 왕좌에 거역하도록
두 재앙을 기르고 있는 줄도 모르고 있었구나!
자, 말해보아라. 너는 이번 장례에 가담했다고 시인하느냐,
아니면 전혀 모르는 일이라고 부인하겠느냐? 535

이스메네

언니만 동의하신다면, 나도 거기에 가담했으니
나도 함께 벌을 받겠어요.

안티고네

안 돼. 네가 그렇게 하는 것은 정의가 용납하지 않아.
너는 원치 않았고, 나는 너를 참가시키지 않았으니까.

이스메네

그러나 지금은 언니가 곤경에 처하셨으니, 나는 언니와 함께 540
고난의 바다를 항해하는 것이 부끄럽지 않아요.

안티고네

그것이 누구의 짓인지는 하데스와 사자(死者)들이 알고 계셔.
나는 말로 사랑하는 친구는 사랑하지 않아.

이스메네

언니, 나는 언니와 함께 죽어 고인을
공경할 수 없을 것이라고 나를 무시하지 마세요.   545

안티고네

너는 나와 함께 죽어서는 안 되며, 너와 무관한 것을
네 것으로 삼지 마라. 내 죽음으로 족해.

이스메네

언니가 안 계시면 내가 무슨 재미로 살아가요?

안티고네

크레온 님께 물어보아라. 너를 보살피는 일은 그분 몫이니까.

이스메네

왜 나를 괴롭히시는 거예요, 아무 도움도 안 될 텐데?   550

안티고네

너를 비웃어야 한다면, 나도 괴로워.

이스메네

어떻게 내가 지금 언니를 도와드릴 수 있을까요?

안티고네

너 자신이나 구하도록 해. 네가 벗어나도 나는 시기하지 않겠다.

이스메네

아아 가련한 내 신세여, 언니와 운명을 같이해서는 안 되다니!

안티고네

너는 살기를 택했고, 나는 죽기를 택했지.   555

이스메네

하지만, 나도 할 말을 안 한 것은 아녜요.[37]

안티고네 (손가락으로 주위와 아래를 가리키며)

너는 이분들에게, 나는 그분들에게 현명해 보였지.[38]

이스메네

그래도 죄를 짓기는 우리 둘 다 마찬가지예요.[39]

안티고네

안심해. 너는 살아 있어. 그러나 내 목숨은 죽은 지
이미 오래야, 내가 고인들을 섬기도록 말이야. 560

크레온

내 말하지만, 이 두 소녀 중 한 명은 방금 미쳤고,
다른 한 명은 날 때부터 미친 거야.[40]

이스메네

나리, 타고난 총명도 불행을 당한 자와는
함께하지 않고 떠나가는 법이지요.

크레온

네 경우에는 네가 못된 자들과 못된 짓을 꾀했을 때 그렇게
되었지. 565

이스메네

---

37 본문 49~68행 참조.
38 너는 크레온에게, 나는 하데스와 사자(死者)에게 현명해 보였다는 뜻이다.
39 나도 언니의 행동에 공감한 만큼 도덕적으로는 법을 어긴 셈이라는 뜻이다.
40 크레온은 지금껏 이스메네를 유순하고 고분고분한 소녀로 봐왔던 것이다.

언니 없이 나 혼자서 어떻게 살아가요?

크레온

'언니'란 말을 하지 마라. 언니는 이제 있지 않으니까.

이스메네

그대는 친아드님의 약혼녀를 정말로 죽일 작정이세요?

크레온

그가 씨를 뿌릴 밭은 그 밖에도 얼마든지 있다.

이스메네

그러나 그분과 언니같이 서로 잘 맞는 경우는 일찍이
없었어요. 570

크레온

나는 아들에게 악처(惡妻)를 원치 않는다.

안티고네

오오 사랑하는 하이몬, 그대가 아버지에게 이런 모욕을
당하다니!

크레온

귀찮다, 너도 네 결혼도!

코로스장

정말로 아드님에게서 그녀를 빼앗을 작정이시오?

크레온

하데스가 이 결혼을 막을 것이오. 575

코로스장

그대는 그녀를 죽이기로 결심하신 것 같군요.

크레온

그대와 나를 위해서요. (시종들에게) 그러니 너희들 시종들은
더 지체하지 말고 이들을 안으로 데려가도록 하라.
이 여인들은 단단히 묶어야 하고 풀어놓아서는 안 된다.
대담한 자들도 죽음이 자신들의 목숨에   580
다가오는 것을 보게 되면 도망치려고 하는 법이니까.

시종들이 소녀들을 안으로 데리고 들어간다

코로스(두 번째 정립가 582~625행)

좌 1

행복하도다, 평생 동안 고통을 맛보지 않은 자들은.
집이 한번 신에 의하여 흔들리게 되면
그에게는 재앙이 그치지 않고, 대대로 이어지기 때문이라,   585
마치 파도가 트라케 바람의
사나운 입김에 쫓겨
검은 심연 위를 굴러가며
바닥에 검은 모래를 파헤쳐 올리고,   590
폭풍의 매질에 울부짖을 때와도 같이.

우 1

오래전부터 라브다코스[41] 가에서는 죽은 자들[42]의 슬픔에
또 다른 슬픔이 쌓이는 것을 나는 보고 있노라.   595
한 세대가 다른 세대를 구하지 못하고
어떤 신께서 그들을 허물어뜨리시니 이 가문에 구원은
　없노라.
오이디푸스 가의 마지막 뿌리 위에
비쳤던 희망[43]의 빛마저   600
지하의 신들의 피 묻은 먼지[44]와,
어리석은 말과, 광란하는 마음에 의하여
베어져 넘어지는구나!

좌 2

제우스여, 어떤 인간의 위법(違法)이
그대의 힘을 제약할 수 있겠나이까?   605

41　라브다코스(Labdakos)는 카드모스의 손자로 라이오스의 아버지이자 오이디푸스의 할아버지. 이 가문에 저주가 내린 것은, 라이오스가 펠롭스(Pelops)의 전처 아스티오케(Astyoche)가 낳은 아들인 미소년 크리시포스(Chrysippos)를 계간하려고 납치해 갔을 때 펠롭스가 라이오스를 저주했기 때문이라고 한다.
42　여기서 '죽은 자들'이란 라이오스와 오이디푸스와 그의 두 아들을 말한다.
43　두 오라비가 죽은 뒤에도 두 자매가 가문을 이어갈 수 있으리라는 희망.
44　안티고네가 폴리네이케스의 시신 위에 덮어주었던 흙을 말한다.

모든 것을 제압하는 잠도,
신들의 지칠 줄 모르는 세월도 그대의 힘은
제압하지 못하나이다. 그대는
올림푸스의 번쩍이는 광채 속에서 사시나이다.　　610
가깝고 먼 미래에도
그리고 과거에도 이 법[45]은
적용되리라. 인간들의 생활에 있어
과도한 것은 어떤 것도 재앙을 면치 못하리라.

우 2

멀리 방황하는 희망은　　615
많은 사람들에게 위안이 되어도,
다른 많은 사람들에게는 허용의 미끼라네.
그리하여 아무 영문도 모르고 있다가
뜨거운 불에 발을 데게 된다네.
누군가가 현명하게도　　620
이런 유명한 말을 했었지.
신께서 그 마음을 재앙으로
인도하시는 자에게는 조만간
악도 선으로 보인다고.

---

[45] 다음에 나오는 '과도한 것은 그 어떤 것도 재앙을 면치 못한다'는 법을 말한다.

그러나 그는 가장 짧은 동안에만 재앙에서 자유로울 뿐이라네. 625

코로스장

보시오, 저기 그대의 막내아들인
하이몬이 오고 있어요.
그는 약혼녀 안티고네의 운명이 슬퍼서,
그리고 결혼이 좌절된 것이 괴로워서 오는 것일까요? 630

> 하이몬 등장

크레온

우리는 곧 예언자보다도 더 확실히 알게 될 것이오.
내 아들아, 너는 설마 네 약혼녀에 대한 결정을 듣고
이 아비에게 화가 나서 오는 것은 아니겠지?
내가 어떻게 행동하든, 너는 나에게 늘 호의를 갖고 있는
 것이겠지?

하이몬

아버지, 저는 아버지의 자식입니다. 그리고 아버지께서 저를
 위하여 635
지혜롭게 규칙을 세워주시니, 저는 거기에 따를 것입니다.
저에게는 어떤 결혼도 아버지의 훌륭한 지도보다
더 큰 이익이 되리라고는 생각되지 않을 테니까요.

크레온

그래, 내 아들아, 너는 마음속에 명심해두어야 한다.

매사에 아버지의 뜻을 따라야 한다고 말이다. 640
그래서 사람들은 자신들의 집안에 순종하는 자식들이
자라나게 해달라고 기도하는 것이다.
자식들이 아버지의 적에게는 악으로 갚고, 아버지가 그러하듯,
아버지의 친구에게는 경의를 표하도록 말이다.
그러나 쓸모없는 자식들을 낳은 사람은 645
자신에게는 걱정거리 말고, 그리고 적들에게는 많은 웃음거리
   말고
달리 무슨 씨를 뿌렸다고 너는 생각하느냐?
그러니 내 아들아, 너는 향락에 끌려
한 여인 때문에 이성을 잃어서는 안 된다.
악녀는 집안에서 잠자리를 같이하게 되면 650
품안에서 금세 식어버린다는 것을 알아두어라.
나쁜 친구보다 우리에게 더 큰 상처를 주는 것도 없을
   것이다.
그러니 너는 그 소녀를 원수처럼 미워하고,
하데스의 집에서 그녀가 남편을 구하도록 내버려두어라.
온 도시에서 유독 그녀만이 공공연히 655
내 영(令)을 어기다가 잡혔으니, 나는 그녀 때문에
나 자신을 시민들 앞에 거짓말쟁이로 만들고 싶지 않다.
아니, 나는 그녀를 죽일 것이다. 그녀는 혈족의 보호자이신
제우스께 호소할 테면 하라지! 내가 내 자신의 친척을
   버릇없이
기른다면, 밖에 나가서도 버릇없는 짓을 참아야 할 것이다. 660

자기 가정에서 임무를 다하는 쓸모 있는 사람만이
국가에서도 올바른 사람으로 판명될 것이다.
그러나 누군가가 월권하여 법을 짓밟고
자신의 통치자들에게 명령하려 든다면,
나로서는 결코 그를 칭찬할 수 없다. 665
누구든지 도시를 세운 자에게는 큰일이든 작은 일이든,
옳은 일이든 옳지 않은 일이든 마땅히 복종해야 한다.
그런 사람이야말로, 내 장담하지만,
제대로 통치하고, 제대로 통치받으려 할 것이며,
창의 폭풍 속에 서 있어도 물러서지 않고 670
믿음직한 용감한 전우로서 꿋꿋하게 옆에 서 있을 것이다.
불복종보다 더 큰 악은 없다.
그것은 도시를 파괴하고, 집들을 쑥대밭으로 만든다.
그것은 또 동맹군의 전열을 무너뜨려
도망치게 한다. 그러나 번영을 누리는 675
대부분의 사람들에게는 복종이 안전을 보장해준다.
따라서 우리는 질서를 가져다주는 것을 보호하고,
결코 한 여인에게 져서는 안 된다.
꼭 그래야 한다면, 우리가 한 여인에게 졌다는 말을 듣느니
차라리 한 남자의 손에 쓰러지는 편이 더 나을 것이다. 680

코로스장

우리가 노망이 든 것이 아니라면 그대의 말씀은
우리가 듣기에 현명한 말씀 같소이다.

하이몬

아버지, 신들께서는 인간들에게 이성을 심어주시는데,
그것은 우리의 온갖 재산 중에서 최고의 것입니다.
저는 아버지 말씀이 옳지 않다고 말할 수도 없고 685
또 말할 수 있기를 바라지도 않습니다.
그러나 다른 사람도 쓸 만한 생각을 할 수 있을 것입니다.
아무튼 아버지를 위하여, 사람들이 말하고 행동하고 비난하는
모든 것을 감시하는 것은 제 타고난 임무입니다.
아버지의 눈초리가 하도 무서워서 일반 시민은 아버지의 귀에 690
거슬릴 만한 말은 입 밖에 내지 못하기 때문이지요.
그러나 저는 그 소녀를 위하여 도시가 이렇게
비판하는 소리를 어둠 속에서 들을 수 있습니다.
"모든 여인들 중에서 가장 죄 없는 그녀가
가장 영광스런 행위 때문에 가장 비참하게 죽어야 하다니! 695
자신의 친오라버니가 피투성이의 전투에서 쓰러졌을 때,
날고기를 먹는 개 떼나 어떤 새가 먹어치우도록
묻히지 않은 채로 내버려두지 않았던 그녀야말로
황금 같은 명예를 받아 마땅하지 않은가?"
이런 소문이 어둠 속에서 은밀히 떠돌아다니고 있습니다. 700
아버지, 제게는 어떤 재물도 아버지의 행복보다
더 소중하지는 않습니다. 정말이지 자식들에게는
아버지의 높아가는 명성보다 더 고귀한 장식이 무엇이겠으며,
아버지에게는 자식들의 그러한 명성보다 더 고귀한 장식이 또
  어디 있겠습니까?
그러니 마음속에 한 가지 생각만 품지 마십시오. 705

아버지 말씀만 옳고 다른 것은 옳지 않다고 생각지 마십시오.
누가 자기만이 현명하고, 말과 정신에 있어
자기 만한 사람이 없다고 여긴다면, 그런 사람이야말로
막상 알고 보면 공허하다는 것이 드러나지요.
어떤 사람이 비록 현명하다 하더라도 많은 것을 배우고   710
줄을 너무 팽팽하게 당기지 않는 것은 수치가 아닙니다.
보시다시피, 겨울철 급류 가에서 굽히는 나무들은
그 가지들을 온전히 보전하지만,
반항하는 나무들은 뿌리째 넘어지고 맙니다.
마찬가지로 돛의 아랫줄을 너무 팽팽하게 당기기만 하고   715
늦추어주지 않는 사람은, 배와 함께 넘어져
용골을 타고 항해를 계속하게 될 것입니다.
그러니 노여움을 푸시고 생각을 바꾸십시오.
저 같은 젊은이도 의견을 말씀드릴 수 있다면,
어떤 사람이 날 때부터 전지(全知)하다면   720
그것이 최선이라고 저는 말씀드리겠습니다.
그렇지 않다면 — 그렇게 되기는 어려운 일이니까 —
옳은 말을 하는 사람들에게서 배우는 것도 좋은 일이지요.

코로스장

나리, 그의 말이 적절하다면 그에게서 배우는 것이 온당할
  것이오.
그리고 하이몬, 그대도 아버지에게서 배우시오. 두 분의
  말씀이 다 옳기 때문이오.   725

크레온

내가 이 나이에 이런 풋내기에게서
사리를 배워야 한단 말이오?

하이몬

옳지 않은 것은 배우지 마십시오. 제가 아직
젊다면 나이가 아니라 행위를 보십시오.

크레온

그 행위란 반역자들을 존중하는 것이냐? 730

하이몬

저는 나쁜 짓을 하는 자들을 존중하라고 요구할 생각은 추호도
없습니다.

크레온

그런데 그녀는 그런 병에 걸려 있지 않느냐?[46]

하이몬

테바이의 백성들이 하나같이 그렇지 않다고 말하고 있습니다.

크레온

내가 어떻게 통치해야 하는지 백성들이 지시해야 하나?

하이몬

거 보십시오. 이제는 아버지께서 새파란 젊은이처럼
말씀하시는군요. 735

크레온

나는 이 나라를 내가 아닌 다른 사람의 뜻에 따라 다스려야

---

[46] 단순히 그녀는 나쁜 짓을 하는 자들을 존중하는 병에 걸려 있다는 뜻이라기보다는 그녀 자신이 나쁜 사람, 즉 반역자란 뜻으로 해석하는 편이 좋을 것이다.

하나?

하이몬

한 사람에 속하는 국가는 국가가 아닙니다.

크레온

국가는 그 통치자의 것으로 간주되지 않느냐?

하이몬

사막에서는 멋있게 독재를 하실 수 있겠지요.

크레온(코로스장에게)

보아하니, 이 애는 여자들 편인 것 같소. 740

하이몬

아버지께서 여자시라면. 저는 아버지를 위하여 염려하고
 있으니까요.

크레온

이 천하에 고약한 녀석, 아버지와 시비하려 들다니!

하이몬

아버지께서 부당하게 과오를 저지르시는 것을 제가 보기
 때문이지요.

크레온

내 자신의 통치권을 존중하는 것도 과오냐?

하이몬

신들의 명예를 짓밟으시면 그것은 존중하시는 것이
 아닙니다. 745

크레온

못난 녀석, 한 여인에게 굴복하다니!

하이몬

그러나 제가 비열에 굴복하는 것은 보지 못하실 것입니다.

크레온

아무튼 네 말은 모두 그 여인을 위한 것이다.

하이몬

아버지와 저와 지하의 신들을 위한 것이기도 합니다.

크레온

너는 그녀가 살아 있는 동안에는 절대로 그녀와 결혼하지 못한다. 750

하이몬

그러면 그녀는 죽게 되고, 죽으면서 누군가를 데려가게 되겠지요.

크레온

이제는 뻔뻔스럽게도 위협까지 하는 것이냐?

하이몬

무익한 결심에 항의하는 것도 위협인가요?

크레온

스스로 정신 나간 주제에 나를 정신 차리게 하겠다니, 후회하게 될 것이다.

하이몬

아버지만 아니셨더라면, 제정신이 아닌 분이라고 말씀드렸을 것입니다. 755

크레온

계집년의 종인 주제에 나를 감언이설로 속이려 들지 말아라.

하이몬

그저 말씀을 하시려고만 하지, 들으시려고는 하지 않는군요.

크레온

정말? 저 위에 있는 올림푸스에 맹세코 말하지만, 너는
  알아두어라.
네가 나를 모욕하고 조롱한 것이 너에게 기쁨이 되지 않을
  것이다.
(시종에게) 그 가증스런 것을 이리로 끌어내도록 하라,
  그녀가 지금 당장   760
그의 면전에서, 그의 눈앞에서, 약혼자 옆에서, 죽어가도록.

하이몬

천만에, 그녀는 결코 제 곁에서 죽지 않습니다.
그런 일은 생각지도 마십시오. 아버지께서는
다시는 저를 두 눈으로 보지 못하실 것입니다.
친구들 중에서 아버지를 견뎌낼 수 있는 자들 앞에서나
  날뛰십시오.   765

  하이몬 퇴장

코로스장

나리, 그는 화가 나서 급히 가버렸소.
저런 나이의 젊은이는 고통을 당하면 독한 마음을 먹는
  법이지요.

크레온

할 테면 하라지. 그리고 인간의 한계를 넘어서는 것을
　　추구해보라지.
그래도 그는 그 두 소녀를 그들의 운명에서 구하지 못할
　　것이오.

코로스장

그대는 정말로 둘 다 죽일 작정이시오?　　　　　　　　770

크레온

죄 없는 여인은 죽이지 않겠소. 잘 말해주었소.

코로스장

그렇다면 다른 여인에게는 어떤 죽음을 내릴 작정이시오?

크레온

그녀를 사람의 발길이 닿지 않는 곳으로 데려가서
산 채로 석굴(石窟)에 가두되,
온 도시가 더럽혀지지 않도록,　　　　　　　　　　　　775
우리에게 죄가 돌아오지 않을 정도의 음식을 줄 것이오.[47]
그곳에서 그녀더러 그녀가 유일하게 존중하는 하데스[48]에게
기도하라고 하시오. 그러면 그녀는 아마 죽음에서 벗어나게

---

[47] 크레온은 처음에 자신의 영을 어기는 자는 공개적으로 돌로 쳐서 죽이게 하겠다는 포고를 내렸으나(36행), 지금은 생질녀에게 그런 형벌은 지나치다고 느끼고는, 석굴에 가두어 굶겨 죽이되 약간의 음식을 넣어줌으로써 그녀의 죽음이 일종의 자연사(自然死)가 되어 그녀를 죽인 사람들에게 화(禍)가 미치지 않게 하기로 생각을 바꾼 것이다.

[48] 폴리네이케스는 선조들의 신들을 모셔놓은 신전들을 파괴하러 왔는데(199행), 그러한 그와 하데스를 존중함으로써(519행), 안티고네는 다른 신들을 모욕했다는 뜻이다.

되거나,
아니면 사자(死者)들을 존중하는 것은 헛수고라는 것을
뒤늦게나마 드디어 깨닫게 되겠지요.   780

코로스(세 번째 정립가 781~800행)

좌 1

사랑이여, 그대 싸움에서 지지 않는 자여,
사랑이여, 그대 재물을 결딴내는 자여,
그대는 처녀의 부드러운 볼 위에서
밤을 새우는가 하면,
바다 위와   785
들판의 농가들 사이를 헤매기도 한다네.
불멸의 신들 가운데 어느 누구도,
하루살이 같은 인간들 가운데 어느 누구도 그대에게서 벗어나지
　못하니,
그대에게 붙잡힌 자는 미쳐 날뛰게 마련이라네.   790

우 1

의로운 자들의 마음을 불의로, 치욕으로
인도하는 것도 그대며,
여기 이 남자들의 혈족 간의 싸움을

불러일으킨 것도 그대라네.
그러나 고운 신부의 두 눈썹 밑에서   795
환히 비쳐 나오는 매력이,
위대한 법규들과 나란히 지배하는 힘이
승리를 거두니 이는 여신 아프로디테가
아무도 제어할 수 없는 유희를 하고 있음이라네.   800

안티고네가 포박되어 끌려온다

코로스장

나 자신도 이제 이 광경을 보니
법을 어기고, 흐르는 눈물을
억제할 수가 없구려!
나는 지금 모든 것을 잠재우는 신방(新房)으로
안티고네가 걸어가는 것을 보고 있다네!   805

애탄가 806∼882행

좌 1

안티고네

나를 보세요, 조국 땅의 시민들이여,
나는 마지막 길을 걸어가며
마지막 햇빛을

보고 있어요. 그것을 나는

다시는 보지 못할 거예요. 810

아니, 모든 것을 잠재우는 하데스가

살아 있는 나를 아케론[49] 강변으로

인도하고 있어요. 나를 위해서는

결혼식장으로 갈 때의,

그리고 신방 앞에서의 축혼가도 울려 퍼지지 않았어요. 815

나는 이제 아케론의 신부[50]가 될 거예요.

코로스

그래서 그대는 영광스럽게, 그리고 칭찬받으며

사자(死者)들의 깊숙한 처소로 내려가는 것이오.

그대는 기진케 하는 병에 쓰러진 것도 아니며,

칼의 대가를 받은 것도 아니오. 820

그대는 자신의 뜻대로 살다가 인간들 중에서 유일하게

산 채로 하데스로 내려가는 것이오.

49　아케론(Acheron)은 저승을 흐르는 네 강들 중 하나다. 아케론은 또한 희랍 북서부에 있는 에페이로스(Epeiros) 지방의 남부를 지나 테스프로티스(Thesprotis. 라틴명 Thesprotia) 만으로 흘러드는 실재하는 강 이름이기도 하다.

50　본문 654행 참조.

우 1

안티고네

내 듣기로, 프리기아[51] 출신의 낯선[52] 여인인
탄탈로스의 딸 니오베[53]도
시필로스 산의 봉우리에서 더없이 비참하게   825
죽었다고 하더군요. 꼭 달라붙는 담쟁이덩굴처럼,
돌이 자라서 그녀를 제압했던 것이지요.
슬픔에 쇠약해져가는 그녀의 곁을,
사람들이 말하기를,
비도 눈도 떠나는 일이 없으며   830
하염없이 울고 있는 그녀의 눈썹 밑에서
눈물이 솟아나와 가슴을 적신다고 하더군요.
꼭 그녀처럼 신께서는 나를 저 아래에 누이시는구려!

코로스

---

51 프리기아(Phrygia)는 소아시아의 중앙고원을 포함한 서부 지방이다.
52 테바이 왕 암피온(Amphion)과 결혼한 니오베(Niobe)는 테바이 출신이 아니라는 뜻이다.
53 탄탈로스(Tantalos)의 딸 니오베는 테바이 왕 암피온과 결혼하여 아들딸 각각 일곱(또는 여섯) 명씩 낳게 되는데, 한번은 여신 레토(Leto)는 남매밖에 낳지 못했으나 자기는 많은 자식들을 낳았다고 자랑하다가, 레토의 아들인 아폴론은 아들들을, 딸인 아르테미스(Artemis)는 딸들을 모두 화살로 쏘아 죽이자, 그녀는 소아시아의 리디아(Lydia) 지방에 있는 시필로스(Sipylos) 산기슭에 있던 친정으로 돌아가서 슬픔을 견디다 못해 돌기둥으로 변했다고 한다.

그러나 그녀는 여신이고, 신에게서 태어났으나,[54]
우리는 죽게 마련이고, 인간에게서 태어났지요.   835
하지만 살아서, 그리고 나중에 죽어서,
신과 같은 자들과 같은 운명을 공유한다는 것은
죽은 여인에게는 큰 명성이 되겠지요.

좌 2

안티고네
아아 나는 조롱당하고 있구나.
우리 선조들의 신들의 이름으로 말하거니와,   840
어째서 그대는 아직 죽지 않고
살아 있는 나를 조롱하시는 거예요?
오오 도시여,
오오 도시의 부유한 남자들이여,
아아 디르케 샘이여,[55]

---

54 니오베는 아버지가 제우스의 아들인 탄탈로스이고, 어머니는 아틀라스(Atlas)의 일곱 딸로 하늘의 별자리가 되었다고 하는 플레이아데스(Pleiades)의 한 명인 타이게테(Taygete), 또는 역시 아틀라스의 다섯 딸로 제우스의 아들 주신(酒神) 디오니소스를 양육한 공로로 하늘의 별자리가 되었다고 하는 히아데스(Hyades)의 한 명인 디오네(Dione)이기 때문에 신의 종족인 셈이다.
55 폴리네이케스도 선조들의 샘들의 이름으로 아버지 오이디푸스에게 애원하고(《콜로노스의 오이디푸스》1333행), 아이아스(Aias)도 죽어가며 트로이아의 샘들에게 호소하고 있다(《아이아스》862행 참조).

전차가 많은[56] 테바이의 성역(聖域)[57]이여, 845
그대들은 내 증인이 되어주소서,
내가 사랑하는 이들의 애도도 받지 못한 채
어떤 판결에 의하여 돌무더기로 막은 감옥이라는
전대미문의 무덤으로 내려가고 있는지!
아아, 나야말로 불행하도다, 850
나는 이승에서도 저승에서도
살아 있는 이들 곁에서도 죽은 이들 곁에서도 함께 살지
  못하는구나.

코로스

그대는 대담성의 극한에까지 나아갔다가
디케[58]의 우뚝한 보좌에 격렬히
부딪혔던 것이오, 내 딸이여. 그러나 그대는 855
아마도 아버지의 죗값을 치르고 있는 것이오.

---

56 "전차가 많다"함은 여기서 테바이가 전쟁에서 명성을 떨치는 부유한 도시라는 뜻이다. 본문 148행 참조.
57 테바이는 주신 디오니소스의 성역이며, 사후에 신의 반열에 오른 헤라클레스가 태어난 곳이기도 하다.
58 디케(Dike)는 정의의 여신.

우 2

안티고네

　그대는 내 가장 아픈 곳을
　건드렸어요.
　아버지의 악명 높은 파멸을,
　이름난 라브다코스 가
　출신인 우리들　　　　　　　　　　　　　860
　모두의 운명을!
　아아 어머니의 침상에서
　비롯된 재앙이여, 자기 친자식인
　나의 아버지와의 불행하신 어머니의 동침이여.　865
　그분들에게서 가련한 나는 전에 태어났고,
　그분들에게로 나는 지금 저주받고 결혼도 못한 채
　내려가고 있어요, 함께 살기 위하여.
　아아 불행한 결혼을 하신 오라버니,[59]
　당신은 당신의 죽음으로　　　　　　　　870
　아직도 살아 있는 나를 죽이셨어요.

코로스

---

[59] 폴리네이케스는 테바이에서 추방된 뒤 아르고스로 가서 그곳 아드라스토스 왕의 힘을 빌려 테바이의 왕권을 빼앗기 위하여 그의 딸 아르게이아(Argeia)와 결혼하게 되는데(〈콜로노스의 오이디푸스〉 378행 참조), 결과적으로 이것이 안티고네의 죽음의 원인이 된 셈이다.

경건한 행위는 나름대로 칭찬받아 마땅하오.
그러나 권력은, 누가 그것을 쥐든,
그것을 침범하는 것을 용납하지 않는 법이오.
그대를 망쳐놓은 것은 그대의 자의적(恣意的) 추구외다.　　　875

종가

안티고네

울어주는 이도 없이 친구도 없이,
그리고 축혼가도 없이 가련한 나는
이미 준비되어 있는 이 길로 끌려가고 있어요.
이 빛의 신성한 눈을 쳐다보는 것이
가련한 나에게는 더는 허용되지 않건마는,　　　880
내 운명을 위하여 울어줄 눈물도 없고,
슬퍼해줄 친구도 없구나!

　　　그동안 크레온이 궁전에서 나온다

크레온

죽음을 앞둔 비탄의 노래와 우는 소리는, 그렇게 해서 이익이
된다면, 아무도 그치지 않을 것이라는 것을 너희들은 알지
　　못하느냐?
어서 데려가거라! 그리고 너희들은 내가 말한 대로　　　885

그녀를 천장이 있는 무덤에 가두고 나서 그녀를
혼자 있게 내버려두어라, 그녀가 죽기를 원하든 아니면
그런 거처에서 무덤에 묻힌 삶을 살아가기를 원하든.
그러면 이 소녀에 관한 한 우리의 손은 깨끗하니까.
아무튼 그녀는 이 위에서 우리와 함께 살 수는 없을 것이다. 890

안티고네

오오 무덤이여, 신방(新房)이여, 석굴 속의
영원한 감옥이여, 그리로 나는 내 가족들을
찾으러 가고 있어요. 그들의 대부분은 죽어
페르세포네가 사자(死者)들의 나라로 받아들였고,
나는 맨 마지막으로 누구보다도 가장 비참하게 895
그리로 내려가고 있어요. 타고난 수명을 다 채우기도 전에.
그러나 나는 가면서 희망을 품고 있어요. 내가 그리로 가면
아버지께서 기뻐해주시고, 어머니, 당신께서도,
그리고 오라버니[60]의 머리여, 당신도 역시 나를 반겨주실
　것이라고.
당신들께서 돌아가셨을 때 내가 손수 씻어드리고, 900
옷을 입혀드리고 무덤 위에서 제주(祭酒)를
부어드렸으니까요. 그리고 지금 폴리네이케스 오빠,
내가 당신의 시신도 돌보아드린 까닭에 이런 보답을 받는
　거예요.

60　에테오클레스.

(그러나 현명한 사람들에게는 내가 당신을 존중한 것은
  옳았어요.
내가 아이들의 어머니였거나, 아니면 내 남편이 죽어 905
썩어갔더라면 나는 결코 시민들에 대항하여
이런 노고를 짊어지지 않았을 거예요.
어떤 법을 위하여 내가 이런 말을 하느냐고요?
남편은 죽으면 나에게 다른 남편이 생길 수 있을 것이며,
아이도, 이 아이를 잃으면, 다른 남자에게서 또 생길 수 있을
  거예요. 910
그러나 어머니도 아버지도 두 분 다 하데스에 숨겨져
  계시니,
오라비는 나에게 다시는 생겨나지 않을 거예요.)[61]
그런 법에 따라 나는 당신을 누구보다도 존중했건마는,
그것이 크레온 님에게는 범죄 행위로,
무서운 반역 행위로 보였던 거예요, 오라버니의 머리여! 915
그래서 지금 그분께서 나를 이렇게 완력으로 붙잡아 끌고
  가고
있는 거예요. 신부의 침대도 없이 축혼가도 없이
결혼의 행복도 아이를 기르는 재미도 모른 채

---

61 괄호 안에 든 이 부분(905~912행)을 과연 소포클레스가 썼느냐 하는 문제는 많은 논란의 대상이 되고 있는데, R. Jebb은 전체적인 문맥으로 보아 소포클레스가 쓴 것으로 보기 어렵다고 말하고 있다. 만약 이 부분이 나중에 가필된 것이라면, 아리스토텔레스(Aristoteles)가 911행 및 912행을 인용하고 있는 점으로 미루어 《수사

이렇게 친구들에게 버림받고는 이 불행한 여인은
살아서 죽은 자들의 무덤으로 내려가고 있어요. 920
신들의 어떤 법을 내가 어겼다는 거예요?
어째서 불운한 나는 아직도 신들을 쳐다보아야만 하나요?[62]
누구에게 나는 도움을 청해야 하나요? 이제 나는
경건한 행동 때문에 불경한 자라는 악명을 듣게 되었으니
 말이에요.
그러나 그렇게 하는 것이 신들의 마음에 드신다면 나는 925
고통을 받으면서 내가 죄를 지었음을 시인할 거예요.
그러나 저들이 죄를 짓고 있는 것이라면, 저들은 내게
부당하게 행한 것보다 더 큰 고통을 당하지 않게 되기를!

코로스

아직도 여전히 같은 폭풍이 같은 기세로
이 소녀의 마음을 뒤흔들고 있구려. 930

크레온

그러니 그녀를 끌고 가는 자들은 늑장을 부리다가는
경을 치게 될 것이오.

코로스

아아 그 말씀은 죽음에

학》 3.19.90 참조), 소포클레스가 죽은 직후에 그의 아들 이오폰(Iophon)이나 다른 시인 또는 배우들이 가필한 것으로 볼 수 있을 것이다.

62 만약 내가 신들께 복종한 까닭에 고통을 당하는 것이고, 그런데도 신들께서 그것을 모른 척하신다면, 내가 신들께 호소해도 소용없는 일이 아니겠느냐는 뜻이다.

바싹 다가가는군요.[63]

크레온

내 충고하지만, 그렇게 되지 않을 것이라는　　　　　　　　935
희망은 품지 마시오.

안티고네

오오 테바이 땅의 조국 도시여,
그리고 그대들 우리 집안의 오래된 신들이여,
저들이 나를 끌고 가니, 나는 더는 지체할 수 없군요.
보세요, 테바이의 지배자들이여,　　　　　　　　　　　　940
왕가의 마지막 남은 유일한 딸인 내가
신성한 것을 신성시했다고 해서
어떤 사람들에게 어떤 일을 당하고 있는지!

　　안티고네 끌려간다

코로스(네 번째 정립가 944~987행)

좌 1

아름다운 다나에[64]도 꾹 참고
하늘의 빛을 청동 벽으로 둘러싸인 거처와　　　　　　945

63　죽음이 임박했음을 예고한다는 뜻이다.

바꾸어, 무덤과도 같은 그 방에
아무도 모르게 갇혀 있었소.
하지만 그녀는, 내 딸이며,
고귀한 혈통으로,
황금 비[雨] 속에서 떨어진
제우스의 씨를 간직하고 있었소.   950
그러나 운명의 힘은
무서운 것이어서
그것으로부터는 부(富)도, 아레스도,
성탑도, 주위에서 바다가 노호하는
검은 배들도 벗어나지 못하는 법이오.[65]

---

64 다나에(Danae)는 아르고스 왕 아크리시오스(Akrisios)의 딸로, 아크리시오스는 자신이 외손자의 손에 죽게 될 것이라는 예언을 듣자, 딸 다나에를 청동 탑 안에 가두고 어떤 남자도 접근하지 못하게 한다. 그러나 제우스가 황금 비[雨]의 모습으로 그녀에게 접근하게 되어 그녀는 아들 페르세우스(Perseus)를 낳는다. 그러자 아크리시오스가 다나에와 아이를 상자 안에 집어넣고 바닷물에 떠내려 보내지만 그들은 세리포스(Seriphos) 섬에 무사히 상륙하여 그곳에서 보호받게 된다. 페르세우스는 장성하여, 머리카락이 뱀으로 되고 보는 이를 돌로 변하게 한다는 괴물들인 고르고(Gorgo. 복수형 Gorgones) 세 자매 중 한 명인 메두사(Medousa. 라틴명 Medusa)를 아테네 여신이 준 거울에 의하여 직접 보지 않고도 목을 쳐서 죽인다. 그리고 그는 그 뒤 테살리아에서 경기 도중 원반을 잘못 던져 실수로 외조부 아크리시오스를 죽이게 된다.
65 운명은 부도, 무기도, 성탑도, 함선들도 막을 수 없다는 뜻이다.

우 1

드뤼아스의 성 잘 내는 아들로　　　　　　　　955
에도노이족의 왕인 리쿠르고스[66]도
광란의 험담 때문에 디오니소스 신에 의하여
사슬에 묶여 바위 감옥에 갇혔소.
그리하여 그곳에서
그의 격렬한 광기도　　　　　　　　　　　　960
서서히 사라지자,
그는 자신이 광기로,
험담으로 이 신을
노엽게 했음을 알게 되었으니,
그는 신들린 여인들과
바코스 신도들의 횃불을 제지하고,
피리를 좋아하시는 무사 여신들[67]을 모욕했던 것이오.　　965

---

[66] 에도노이족(Edonoi 또는 Edones)은 역사시대에는 트라케의 동부 지방에 거주하였는데, 디오니소스 신이 새로운 의식을 전하기 위하여 동쪽에서 왔을 때, 마치 그 뒤 테바이에서 펜테우스(Pentheus)에게 박해받았듯이, 트라케에서 리쿠르고스(Lykourgos)에게 박해받았다. 그러나 그는 디오니소스에 의하여 광기에 사로잡혀 난폭한 짓을 일삼다가, 결국 신탁의 지시에 따라 에도노이족에 의하여 산속 동굴에 갇히게 되는데, 나중에 야생마들에게 찢겨, 또는 표범들에게 잡아먹혀 죽었다고 한다.

[67] 무사(Mousa. 라틴명 Musa) 여신들은 제우스의 딸들로 시가(詩歌)의 여신들이다.

좌 2 [68]

푸른 암벽들[69] 옆, 두 바다 사이에
보스포로스의 해안들과 트라케인들의
해안 도시 살미데소스[70]가 있어,   970
그곳에서 이 도시의 이웃인 아레스[71]는 보았소,
피네우스의 두 아들에게 그의 모진 아내가
안겨다준 눈멀게 하는 저주받은 상처를!
그녀는 칼 대신 피투성이가 된 두 손과

---

68 좌 2와 우 2는 역시 갇힌 몸이 된 클레오파트라(Kleopatra)에게 바쳐졌는데, 앞서 133행에서 카파네우스가 그랬듯이 클레오파트라도 여기서 거명되고 있지 않으나, 그녀의 이야기는 다음과 같다. 그녀의 아버지는 트라케 지방에 거주하는 북풍(北風)의 신인 보레아스(Boreas)이고, 어머니는 아테나이(Athenai) 출신의 오레이티이아(Oreithyia)이다. 클레오파트라는 보스포로스(Bosporos) 해협의 입구에서 멀지 않은 흑해 서안(西岸)에 있는 트라케 지방의 도시인 살미데소스(Salmydessos)의 왕 피네우스(Phineus)와 결혼하여 그에게 두 아들을 낳아준다. 그러나 피네우스는 후일 클레오파트라를 버리고 그녀를 감옥에 가둔다. 그러고는 카드모스의 누이 에이도테아(Eidothea)와 결혼하는데, 그녀는 클레오파트라의 두 아들의 눈을 빼고 그들도 감옥에 가두게 한다. 피네우스는 그 뒤 이런 만행에 대한 벌로 눈이 멀었다고 한다. 소포클레스가 여기서 안티고네의 운명과 비교하려는 것은 클레오파트라 자신의 운명이며, 그녀의 두 아들의 운명을 부각시킨 것은 계모의 증오심을 강조하기 위함인 것 같다.
69 보스포로스 해협에서 흑해로 들어가는 입구의 북쪽에 있는 바위섬들을 말한다.
70 이들 바위섬들은 보스포로스 해안이 흑해 서안으로 이어지는 곳에 있고, 살미데소스 시는 보스포로스 입구에서 북서쪽으로 약 100km 정도 떨어진 티니아스(Thynias) 곶 바로 남쪽에 있다.
71 올림푸스의 열두 신의 한 명이면서도 난폭하고 저돌적인 기질 때문에 트라케 지방에 즐겨 머물곤 하는 전쟁과 살육의 신 아레스는 미개한 트라케 지방에나 어울릴 그런 만행을 보고 좋아한다는 뜻이다.

베틀 북으로 찔러 975
복수심에 불타는 눈구멍들에서 시력을 빼앗았던 것이오.

우 2

그리하여 불행한 결혼을 한 어머니의
이 아들들은 자신들의 불행 속에 갇혀 980
자신들의 잔혹한 운명을 슬퍼했소.
그녀의 어머니는
에레크테이다이 가의 오래된 가문의 후손이었으나,
보레아스의 따로 말처럼 날랜 그녀는
멀리 떨어진 동굴들에서, 아버지의 폭풍들 사이에서, 985
가파른 언덕 위에서 자랐소. 그녀에게도,
내 딸이여, 시간을 초월하는 운명의 여신들이 덮쳤던 것이오.

테이레시아스가 한 소년에 이끌려 등장한다

테이레시아스

테바이의 왕자들이여, 우리 두 사람은
한 사람의 눈으로 보며 함께 길을 걸어왔소이다.
장님은 이와 같이 길잡이와 함께 걸어야 하니까요. 990

크레온

무슨 새로운 소식이라도 있나요, 연로하신 테이레시아스여?

테이레시아스

내가 말씀드릴 테니, 그대는 예언자의 말에 귀를 기울이도록
 하시오.

크레온

전에도 나는 그대의 충고를 피한 적이 없었소.

테이레시아스

그래서 그대는 국가라는 배를 똑바로 몰았던 것이오.

크레온

나는 그대가 내게 이익을 주었음을 증언할 수 있지요. 995

테이레시아스

지금 또 그대가 운명의 칼날 위에 서 있음을 알아두시오.

크레온

그게 무슨 말이오? 그대의 그 말에 나는 몹시 떨리오.

테이레시아스

내 예언술의 징조들을 들으면 아시게 될 것이오.
내게는 모든 새들의 항구나 다름없는,
새점[鳥占]을 보는 오래된 자리에 내가 앉아 있는데, 1000
새들 사이에서 이상한 소리가 들려왔소. 새들이
몹시 화가 나서 알아들을 수 없는 괴상한 비명을 질렀던
 것이오.
나는 또 새들이 발톱으로 서로 찢어 죽인다는 것도 알았소.
윙윙거리는 날개 소리가 분명히 그것을 말해주었지요.
그래서 나는 놀라서 충분히 불을 붙인 제단의 화덕들 위에서 1005
태운 제물을 가지고 시험해보았지요.
그러나 제물들로부터는 불길이 환히 비쳐 나오지 않고,

넓적다리 살점들[72]에서 나오는 육즙이 재 위에 떨어져
바지직 소리를 내며 연기를 내뿜는 것이었소.
쓸개들은 부풀어오르더니 터져버렸고, 넓적다리들은
　녹아내리며　　　　　　　　　　　　　　　　　1010
그것들을 쌌던 기름 조각을 벗고 거기 놓여 있었소.
이와 같이 제물들이 징조를 주지 않아 내 점[占]은 실패로
　돌아가고
말았소. 이 모든 것을 나는 이 소년을 통하여 알았지요.
내가 다른 사람들의 인도자이듯, 그는 나의 인도자니까요.
그리고 도시가 이런 병을 앓는 것은 전적으로 그대의 생각
　때문이오.　　　　　　　　　　　　　　　　　1015
왜냐하면 제단들과 화덕들은 모조리
새 떼와 개 떼가 오이디푸스의 불행하게 전사한
아들에게서 뜯어낸 먹이에 의하여 더럽혀졌으니까요.
그래서 신들께서는 이제 더는 우리에게서
제물도, 기도도, 넓적다리의 불길도 받지 않으시는 것이며,　1020
새도 맑은 목소리로 분명한 징조를 주지 않는 것이오.
그것들은 죽은 사람의 피에서 기름기를 맛보았으니까요.

---

72 "넓적다리 살점들" 또는 "넓적다리들"(본문 1008행 참조)은 엄밀히 말하면 약간의 살점이 붙어 있는 넓적다리뼈를 뜻한다. 고대 희랍인들은 신들에게 제물을 바칠 때 뼈를 기름 조각들에 싸서 신들에게 태워드리고, 나머지 살코기는 자신들이 구워 먹었는데, 신들과 인간들이 제물의 몫을 나눌 때 그렇게 하도록 프로메테우스(Prometheus)가 제우스를 설득한 까닭에, 그것도 후일 프로메테우스가 제우스에 의하여 쇠사슬에 결박되는 이유의 하나가 되었다.

그러니, 그대는 이런 일들에 관하여 심사숙고하시오, 내
　아들이여!
인간은 누구나 다 실수할 수 있으니까요.
그러나 실수를 하더라도, 자기가 저지른 실수를　　　　1025
고칠 줄 알고 고집을 피우지 않는 자는 더는
조언과 행복으로부터 버림받은 사람이 아니오.
고집만이 어리석음의 죄를 짓게 되는 것이오.
그러니 그대는 사자(死者)에게 양보하여, 죽은 자를 찌르지
　마시오.
죽은 자를 또 죽여보았자 그게 무슨 용감한 행위가 되겠소?　1030
나는 호의에서 좋게 충고하는 것이오. 그리고 그것이 이익이
　된다면
좋은 충고를 하는 자에게서 배우는 것이야말로 가장 유쾌한
　일이겠지요.

크레온

노인이여, 마치 궁수(弓手)가 과녁을 향하여 쏘듯이,
그대들은 모두 이 나를 향하여 화살을 쏘고 있고,
예언술로도 나를 떠보고 있소. 이미 오래전부터 이들
　무리들은　　　　　　　　　　　　　　　　　　　　　1035
나를 가지고 거래를 하며 나를 배신했던 것이오.
그대들은 이득을 챙기며 원한다면 사르데이스[73]의
은금(銀金)[74]과 인도의 순금을 사들이구려.
그러나 그자를 그대들은 무덤에 안치하지는 못할 것이오.
설사 제우스의 독수리들이 그자를 먹이로 낚아채어　　　1040

제우스의 왕자로 가져가려고 하더라도,
나는 그 부정(不淨)이 두려워서 그자를 묻도록 내버려두지는
않을 것이오. 왜냐하면 신들을 더럽히는 일은 어떤 인간도
할 수 없다는 것을 내가 잘 알기 때문이오.
그러나 테이레시아스 노인이여, 인간들은 가장 강력한 자들도 1045
수치스럽게 넘어지는 법이오, 그것이 이익이 된다고 해서
수치스런 생각들을 번지르르한 말로 늘어놓는다면 말이오.

테이레시아스

아아 인간들 중에 누가 알고 있으며, 누가 생각하고
 있는가……

크레온

무엇을 말이오? 무슨 보편적 진리를 말하려는 것이오?

테이레시아스

올바른 생각이 얼마나 값진 재산인지를! 1050

크레온

생각건대, 어리석음이 가장 큰 손해인 그만큼이겠지요.

테이레시아스

그런데 그대는 바로 그 병에 감염되어 있소.

크레온

---

73 사르데이스(Sardeis)는 소아시아 리디아 지방의 수도로, 가까운 트몰로스(Tmolos)
산에서 금이 많이 나왔으며, 큰 부자로 유명한 크로이소스(kroisos)도 리디아의 왕
이었다.
74 은금(銀金, elektron)은 금에다 은을 7:3의 비율로 섞은 것.

나는 예언자에게 나쁜 말로 대답하고 싶지 않소.

테이레시아스

내 예언을 거짓말이라고 말한다면, 결국 그렇게 하는 셈이지요.

크레온

역시 예언자의 종족은 모두 돈을 좋아하기 때문이지요.　　1055

테이레시아스

그리고 참주(僭主)의 종족은 더러운 이익을 좋아하지요.

크레온

그대는 그대의 왕에 관하여 그런 말을 하고 있다는 것을 알고 있소?

테이레시아스

알고말고요. 그대는 내 덕택에 이 도시를 구했으니까요.

크레온

그대는 현명한 예언자이지만 불의를 좋아하지요.

테이레시아스

그대는 내 가슴속에 숨겨두고 있는 것을 말하도록 나를 부추기시는구려.　　1060

크레온

털어놓으시오. 다만 이익을 위하여 말하지는 마시오.

테이레시아스

그럴 생각이오 — 그대에 관한 한.[75]

크레온

그대는 알아두시오, 내 결심을 가지고 거래를 하지는 못할 것이라는 것을.

테이레시아스

그렇다면 잘 알아두시오. 지금으로부터
태양의 날랜 수레가 여러 바퀴를 돌기 전에   1065
그대는 자신의 혈육 가운데 한 명을,
시신들을 위한 시신으로 바치게 될 것이오.
왜냐하면 그대는 지상(地上)에 속하는 자들 가운데 한 명을
　아래로
밀어내고, 살아 있는 자를 무자비하게도 무덤 속에서 살게
　하는가 하면,
하계(下界)의 신들께 속하는 시신을 장례도 치르지 않고,   1070
매장도 하지 않은 채 욕보이며 이 지상에 붙들어두고 있기
　때문이오.
시신들에 대해서는 그대에게도, 상계(上界)의 신들께도 권한이
　없으며,
그대가 그렇게 하는 것은 이들 신들께 폭행을 가하는
　것이오.[76]
그래서 나중에 복수하는 파괴자들이,
하데스와 신들의 복수의 여신들이 그대를 노리고 있으며,   1075
그대를 똑같은 재앙으로 엄습할 것이오.

75　아닌 게 아니라 내가 지금 말하고자 하는 것은 그대에게 이익이 되지 않을 것이라
　　는 뜻이다.
76　시신을 지상에 붙들어두는 것은 상계의 신들을 모욕하는 것이라는 뜻이다.

그대는 잘 생각해보시오, 내가 과연 매수당하여 이런 말을
하는 것인지. 오래지 않아 그대의 집안에서는 남자들과
여자들의 울음소리가 일 것인즉, 그때는 그것이 밝혀지겠지요.
그리고 개들이나 맹수들이나, 또는 불경한 악취를   1080
도시와 그 전사들의 화로로 나는 날개 달린 새가
갈기갈기 찢긴 시신으로 장례를 치르게 되면,
모든 도시들이 증오심을 품고 일어서게 될 것이오.[77]
그대가 나를 모욕한 까닭에 나는 화가 나서 이런 화살들을
궁수처럼 그대의 가슴을 향하여 쏘았거늘, 정통으로 맞히는 1085
그 화살들이 가져다주는 고통을 그대는 피하지 못할 것이오.
애야, 너는 나를 집으로 데려가다오.
그러면 저분은 더 젊은 사람들에게 분통을 터뜨리되
더 입조심하고, 지금까지보다는
더 착한 마음씨를 가지는 법을 배우게 되리라.   1090

    테이레시아스 소년에게 이끌려 퇴장

코로스장

나리, 저분은 무서운 예언을 하고 가버렸소.

---

[77] 테바이를 치기 위한 아르고스의 원정군에 군대를 보낸 여러 도시들은 실제로 그들의 전사자들에게 매장을 금한 크레온의 처사에 크게 분개하여, 테바이 원정에서 죽은 일곱 장수의 아들들이 주축이 되어 재차 테바이를 공격하여 이를 함락시키고 만다.

그런데 내가 알기로는, 한때는 검었던
이 머리털이 하얘진 이후로
그는 이 도시에서 거짓말을 한 적이 한 번도 없었소.

크레온

나도 알고 있소. 그래서 마음에 충격을 받았소. 1095
굴복한다는 것은 비참한 일이오. 그러나 반항하다가
파멸을 덮어쓰는 것은 더욱 비참한 일이오.

코로스장

지금이야말로 지혜가 필요하오, 메노이케우스의 아들이여!

크레온

어떻게 하면 좋겠소? 내가 따를 것이니, 말해보시오.

코로스장

가셔서 소녀를 석실(石室)에서 놓아주시고, 1100
누워 있는 자에게 무덤을 지어주시오.

크레온

그렇게 하기를 권한단 말이오? 내가 굴복하기를 바라는
　것이오?

코로스장

그것도 되도록 빨리요, 나리. 신들께서 보내시는 해악들은
어리석은 생각을 가진 자들을 빠른 발로 따라잡으니까요.

크레온

아아 괴롭구나! 나는 내 생각을 버리고 그렇게 하겠소. 1105
필요(必要)에 대항해서 싸울 수는 없는 법이니까.

코로스장

지금 가서서 그렇게 하시고, 남들에게 맡기지 마시오.

크레온

지금 이대로 가겠소. 자, 너희들 시종들은
지금 이 자리에 있는 자든 없는 자든 모두 손에
도끼를 들고 저기 저 언덕 위로 달려가도록 하라.   1110
나는 이제 이렇게 생각을 바꾸었으니,
내가 손수 묶은 그녀를 가서 손수 풀어주겠다.[78]
그러나 나는 정해진 법들[79]을 죽을 때까지
지키는 것이 과연 최선인지 의구심이 드는구나.

크레온 퇴장

코로스(무도가[80] 1115~1154행)

좌 1

그대 많은 이름을 가지신 이[81]여, 카드모스의 따님의   1115
영광이자, 크게 우레를 치시는 제우스의 자손이여!

---

78 너희들은 가서 폴리네이케스를 묻어주어라, 그동안 나는 안티고네를 풀어줄 것이
다라는 뜻이다. 그러나 실제로는 크레온은 그 두 가지 일에 다 참여한다.
79 신들에 의하여 정해진 법들이란 뜻이다.
80 테바이의 보호자인 디오니소스에게 바쳐진 이 무도가(hyporchema)는 다섯 번째
정립가를 대신하고 있다.
81 디오니소스.

그대 이름난 이탈리아[82]를 지켜주시고,
모든 손님을 반겨주는, 데메테르의 들판[83]을,
엘레우시스[84]의 만(灣)을 다스리시는 이여!   1120
오오 바코스여, 그대 이스메노스의
흐르는 물가, 사나운 용의 이빨들이
뿌려진 곳에, 바코스 신도들의
어머니 도시인 테바이[85]에
거주하시는 이여!   1125

우 1

쌍바위 봉우리[86] 위, 바코스의 여신도들인

---

82 여기서 이탈리아(Italia)는 희랍의 식민시(植民市)들이 있던 남부 이탈리아, 즉 마그나 그라이키아(Magna Graecia)를 가리킨다.
83 "데메테르의 들판"이란 다음에 나오는 엘레우시스 들판을 말한다.
84 엘레우시스(Eleusis)는 아테나이 서쪽 약 20km 지점에 있는 아티케(Attike) 지방의 도시로, 곡식의 여신 데메테르에게 제사 지내던 이른바 '엘레우시스 비의(秘儀)'로 유명한 곳이다.
85 테바이는 디오니소스의 어머니 세멜레의 도시이자 디오니소스가 태어난 곳일 뿐만 아니라, 디오니소스 숭배가 소아시아에서 트라케를 거쳐 희랍 본토에 들어오면서 본토에서는 맨 먼저 정착되고 확립된 곳이므로, '바코스 신도들의 어머니'라고 불리는 것은 당연한 일이다.
86 "쌍바위 봉우리"란 델포이(Delphoi) 위쪽 가파른 암벽들로 둘러싸인 큰 분지의 양쪽에 서 있는 두 봉우리를 말한다. "쌍바위 봉우리 위"라 함은 이들 두 봉우리 위쪽, 파라낫소스(Parnassos) 산 정상 밑에 있는 고원을 말하는데, 이곳에서 디오니소스의 횃불 축제가 겨울이 끝날 무렵 인근에 사는 여인들에 의하여 격년으로 개최되었다고 한다.

코리키온 동굴[87] 주위의 요정들이
거니는 곳에서, 횃불의 그을음이,
그리고 카스탈리아[88] 샘물이   1130
그대를 보곤 하였나이다.[89]
그리고 그대가 불사의 수행원들의
환호성 속에서 테바이의 거리들을
찾으실 때면, 담쟁이덩굴에 덮인
니사 산[90]의 비탈들이, 그리고 포도송이가 주렁주렁 달린 1135
초록빛 해안이 그대를 전송하나이다.

좌 2

테바이를 모든 도시들 중에서
가장 존중하시나이다.
그대도, 번개에 맞으신 그대의 어머니께서도.
그러니 도시와 모든 백성이   1140

---

87 코리키온 동굴(Korykion antron)은 델포이 북동쪽 약 10km 지점의 파르나소스 산에 있는 동굴로 길이 약 60m, 높이 약 12m의 종유동(鐘乳洞)으로서 해발 1,360m.
88 카스탈리아(Kastalia)는 높은 바위틈에서 솟아나 델포이로 흘러내리는 샘으로 그 물은 여러 가지 성스러운 용도로 사용되었다.
89 요정들이 횃불을 휘두를 때 그들 사이에서 디오니소스 신의 모습도 보였다는 뜻이다.
90 니사(Nysa) 산은 디오니소스 신이 요정들에 의하여 양육된 곳으로, 그 위치에 관해서는 여러 견해가 있으나 일반적으로 에우보이아(Euboia) 섬의 서안(西岸), 포세이돈(Poseidon) 신의 신전으로 유명한 아이가이(Aigai) 근처에 있었던 것으로 추정된다.

무서운 병[91]의 포로가 된 지금,
정화하는 발걸음으로 오소서,
파르나소스 산의 기슭을 넘어, 신음하는 해협[92]을 건너.　　1145

우 2

그대 불을 숨쉬는 별들의
합창 가무단의 지휘자[93]여,
밤의 환호성들의 주인이여,
그대 제우스에게서 태어나신 아드님이여,
나타나소서, 오오 왕이여,　　1150
복을 가져다주시는 그대 이아코스[94] 앞에서 밤새도록
미친 듯 춤을 추는, 그대의 시녀들인 티이아이들[95]을
　이끄시고!

　사자 등장

91　본문 1015행 참조.
92　보이오티아 지방과 에우보이아 섬 사이의 에리포스(Eripos) 해협을 말한다. '신음한다' 함은 늘 조류가 바뀌는 이 해협에서의 요란한 바람 소리와 물소리를 가리키는 말이다.
93　별들도 디오니소스의 이러한 횃불 축제에 공감하고 호응한다는 뜻이다.
94　이아코스(Iakchos)는 '엘레우시스 비의'에서 데메테르 여신의 동반자로서의 바코스를 가리키는 말이다.
95　티이아이(Thyiai)들은 디오니소스의 여신도들로서, 여기서는 그를 수행하는 요정들을 말한다.

사자

그대들, 카드모스와 암피온[96]의 궁전 주위에 사시는 분들이여, 1155
나는 어떤 상태의 인간의 삶도 결코 항구적이라고
찬양하거나 비난하지 않을 것입니다.
운명은 행복한 사람도 불행한 사람도 끊임없이
일으켜 세우는가 하면 넘어뜨리기도 하여, 정해진 일들을
인간들에게 예언해줄 수 있는 사람은 아무도 없기
때문입니다. 1160
사실 크레온 님께서 전에는 내 눈에 부러워 보였습니다.
그분께서는 이 카드모스의 땅을 그 적들로부터 구하셨고,
이 나라의 무제한한 통치권을 손에 넣으셨으며,
좋은 가문의 자식들이 흥성하는 가운데 이 나라를
다스리셨습니다.
그런데 지금 그분께서는 모든 것을 잃으셨습니다. 1165
한 인간이 사는 즐거움을 잃어버렸다면 나는 그를
살아 있다고 생각지 않고, 산 송장으로 여기기 때문입니다.
원하신다면, 집에 큰 재물을 쌓아두고 왕처럼 화려하게
살아보십시오. 그러나 거기에 아무런 낙(樂)이 없다면,
나는 즐거움이 아닌 그 밖의 모든 것을 위해서는 1170
연기의 그림자도 지불하지 않을 것입니다.

---

[96] 암피온(Amphion)과 제토스(Zethos) 형제는 전에 카드모스가 세운 성채인 카드메이아 주위에 성벽을 쌓아 테바이를 난공불락의 도시로 만들었다. 암피온은 앞서 나온 유명한 니오베의 남편이기도 하다.

코로스장

자네는 대체 왕가(王家)의 무슨 새로운 소식을 가져왔다는
것인가?

사자

그분들이 죽었습니다. 그리고 살아 있는 분들이 그 죽음에
책임이 있습니다.

코로스장

누가 죽였느냐? 죽은 자는 누구냐? 말해보아라!

사자

하이몬이 죽었습니다. 그리고 그의 피는 남의 손에 의하여
쏟아진 것이 아닙니다. 1175

코로스장

아버지의 손에 의해서인가, 아니면 자신의 손에 의해서인가?

사자

그는 아버지의 살인에 화가 나서 제 손에 스스로 죽었습니다.

코로스장

오오 예언자여, 이제 그대는 그대의 말이 진실임을
보여주었소.

사자

사태가 이러하니, 남은 일들을 심사숙고하십시오.

코로스장

저기 크레온의 아내, 가엾은 에우리디케가 다가오고 있는
것이 1180
보이는군. 그녀가 집에서 나오는 것은 우연이거나,

아니면 아들에 관하여 들었기 때문이겠지.

에우리디케 등장

에우리디케
　모든 시민들이여, 나는 팔라스 여신께
　기도하고 간청하기 위하여 문밖으로
　나오다가 그대들의 말을 들었어요. 　　　　　　　　　1185
　내가 막 문을 열기 위하여 빗장을
　벗기고 있을 때, 집안의 재앙에 관한 목소리가
　내 귀에 들려왔어요. 그래서 나는 놀란 나머지
　하녀들의 팔에 뒤로 넘어졌고, 정신을 잃어버렸어요.
　어떤 소식이었는지 그대들은 한 번 더 말해주세요. 　　1190
　나는 불행이라면 경험이 없지 않으니 귀를 기울일 거예요.
사자
　왕비님, 나는 그곳에 있었던 사람으로서 말씀드리되,
　사실을 한마디도 빠뜨리지 않겠습니다.
　금방 거짓말쟁이임이 탄로날 텐데, 왜 내가 경감해서
　말씀드리겠습니까? 진실만이 언제나 옳은 법이지요. 　　1195
　나는 길라잡이로서 부군(夫君) 되시는 분을 모시고
　들판 끝까지 갔었는데, 그곳에는 아직도 폴리네이케스의
　　　시신이
　무자비하게 개 떼에 찢긴 채 누워 있었습니다.
　우리는 길의 여신[97]과 플루톤[98]께, 자비를 베풀어

노여움을 푸시도록 기도하고 나서, 1200
그분을 신성한 목욕으로 목욕시켜드리고는 그분의
　나머지나마
갓 꺾은 나뭇가지들로 완전히 태워드렸습니다.
우리는 그분을 위하여 고향 땅에 높다란 무덤을
쌓아올리고 나서, 소녀의 돌을 깐 신방(新房)으로,
죽음의 신부의 속이 빈 방으로 향했습니다. 1205
그때 우리들 가운데 한 명이 멀리 의식을 치르지 않은
신방 근처에서 날카로운 비명 소리가 들려오는 것을 듣고는
와서 통치자 크레온 님께 알려드렸습니다.
그리고 그분께서도 가까이 다가가시는 동안 이상한
　신음 소리가
주위에서 들려오자 신음하시며 비탄의 말을 1210
내뱉으셨습니다. "나야말로 비참하구나.
내 예감이 맞는 것일까? 나는 내가 일찍이 걸었던
모든 길 중에서 가장 불행한 길을 걷고 있는 것일까?
나를 맞아주는 것은 내 아들의 목소리로다. 자, 시종들아
너희들은 가까이 다가가도록 하라. 그리고 무덤에 이르거든, 1215
돌무더기를 헐고 내놓은 틈새[99]를 지나 무덤의 입구까지

---

97 "길의 여신"이란 헤카테(Hekate)를 말한다. 그녀는 길이 만나는 곳에 출몰하는 길의 여신으로 생각되었으며, 그런 곳에서 사람들은 그녀를 위하여 제물을 바쳤다고 한다.

98 플루톤(Plouton)은 저승의 신 하데스의 다른 이름으로 '부유한 자'란 뜻이다.

들어가서 내가 들은 것이 과연 하이몬의 목소리인지,
아니면 신들께서 나를 속이시는 것인지 살펴보도록 하라.”
그래서 우리는 안절부절못하시는 통치자의 명령에 따라
그것들을 알아보러 갔습니다. 그리고 무덤의 맨 안쪽에서   1220
우리는 소녀가 고운 린네르 천의 올로 만든 올가미에
졸린 채 목을 매달고 있는 것을 보았습니다.
한편 그는 두 팔로 그녀의 허리를 끌어안고 쓰러진 채
세상을 떠난 신부의 죽음과 아버지의 행위들과
자신의 불운한 사랑을 슬퍼하고 있었습니다.   1225
그분께서는 그를 보시자, 무섭게 소리를 지르며
안으로 들어가시더니, 울면서 그를 부르셨습니다.
“불쌍한 녀석, 이게 무슨 짓이냐? 무슨 생각이 들었더냐?
어떤 불행이 너를 망쳐놓았단 말이냐?
나오너라, 내 아들아. 제발 부탁이다.”   1230
그러나 아드님은 그분을 무서운 눈으로 노려보더니
그분의 얼굴에 침을 뱉고는 한마디 대답도 없이
열십자 손잡이의 칼을 뺐으나, 아버지께서
도망쳐 뛰어나오시는 바람에 그분을 맞히지는 못했습니다.
그러자 불운한 그는 자기 자신에 화가 나서   1235
즉시 칼에 몸을 기대며, 칼을 반이나 옆구리에 밀어 넣었습니다.
그리고 나서 그는 아직도 정신이 있는 동안 축 늘어진 팔로

---

99 하이몬은 절망한 나머지 돌무더기의 일부를 헐고 무덤 안으로 들어갔는데, 잠시
    뒤 크레온이 도착했을 때 틈새는 그대로 남아 있었던 것이다.

처녀를 끌어안고는 숨을 헐떡이며 그녀의 창백한 얼굴에다
쓰라린 핏방울들을 콸콸 쏟았습니다.
그리하여 그는 시신으로서 시신 곁에 누워 있었습니다.   1240
그는 결혼식을 가련하게도 이곳이 아닌 하데스의 집에서
   올렸으며,
인간에게는 어리석음이 가장 큰 재앙이라는 것을
세상 사람들에게 보여주었습니다.

   에우리디케 퇴장

코로스장
자네는 이 일을 어떻게 생각하나? 마님께서 좋다 궂다
말 한마디 없이 도로 안으로 들어가셨으니 말이네.   1245
사자
나도 깜짝 놀랐습니다. 그래도 나로서는
마님께서 아들에 관한 슬픈 소식을 들으시고는
세상 사람들 앞에서 통곡하실 수가 없어, 집안에서 하녀들로
   하여금
집안의 슬픔을 애도하게 하시리라는 희망을 버릴 수가
   없습니다.
마님께서는 잘못을 저지를 만큼 분별없는 분은 아니시니까요.   1250
코로스장
나는 모르겠네. 그러나 내가 보기에, 너무 조용한 것도
무익하고 시끄러운 비탄 못지않게 위험해 보이는군그래.

사자

그렇다면 내가 집에 들어가서, 혹시 마님께서
격앙된 가슴 깊숙한 곳에 어떤 속셈을 억누른 채 은밀히
감추고 계신 것이 아닌지 알아보겠습니다. 그 말씀이
   옳습니다. 1255
사실 너무 조용한 것도 위험할 수 있는 법이니까요.

   사자는 집안으로 들어가고 크레온이 시종들과 함께 하이몬의 시신을 들고 등장한다

코로스

저기 나리께서 몸소 오고 계시오,
너무나 분명한 기념비를 안고.
그러나 그것은, 이런 말을 해도 좋다면, 남의 미망(迷妄)이
   아니라
그분 자신의 실수가 저질러놓은 것이오. 1260

   애탄가 1261~1347행

좌 1

크레온

아아 슬프도다!
생각 없는 생각의

완고하고 죽음을 가져다주는 실수여!
아아 그대들은 보시오,
한핏줄에서 나온 살해자와 피살자를!
아아 슬프도다, 나의 불행한 결정이여! 1265
아아 내 아들아, 젊어서 때도 되기도 전에,
아아 아아
죽어서 혼백이 날아가버리다니,
너의 어리석음이 아니라 내 자신의 어리석음 때문에!
코로스
아아 올바른 것을 너무 늦게 깨달으시는 것 같군요. 1270
크레온
아아 슬프도다!
불행 속에서 나는 그것을 배웠소. 그러나 그때는 그때는
어떤 신이 내 머리를 위에서 엄청난 무게로
내리치시며 나를 그릇된 길들로 내동댕이치셨소,
내 행복을 넘어뜨리고 발로 짓밟으시며. 1275
아아 아아 인간들의 힘겨운 노고들이여!

　궁전에서 제2사자가 등장한다

사자
오오 나리, 나리께서는 이미 갖고 소유하신 분으로서
이런 재앙을 손에 들고 계시거늘, 집에 드시면
새로운 재앙을, 그것도 당장 보시게 될 것 같습니다. 1280

크레온

재앙들에 또 무슨 더 심한 재앙들이 잇따른단 말이냐?

사자

왕비님께서 돌아가셨습니다. 여기 이 시신의 친어머니께서
　말입니다.
불행하신 그분께서는 방금 받으신 타격들 때문에 돌아가신
　것입니다.

우 1

크레온

아아 슬프도다!
아아 달랠 길 없는 하데스[100]의 항구여, 왜 나를 왜 나를
망쳐놓으십니까? 오오 재앙의 사자여, 너는 내게 고통을　　　1285
가져다주는구나! 너는 대체 무슨 말을 하고 있는 것이냐?
아아 이미 죽은 사람을 너는 또 한 번 죽이는구나!
대체 그게 무슨 뜻이냐, 내 아들아?[101]
이 무슨 새로운 소식을 너는 내게 전해주는 것이냐?
아아 아아　　　　　　　　　　　　　　　　　　　　1290

---

100 하데스는 한번 저승에 들어온 사람은 내보내지 않는다.
101 사자(使者)를 가리키는 말이다. 요즘 관점에서 보면 좀 이상하지만, '내 아들아'라
는 호칭은 당시로서는 매우 흔히 쓰였는데, 여기서는 '이봐, 젊은이'란 뜻으로 보
면 될 것이다.

그래, 내가 슬퍼하도록 아내가 죽어서
죽음 위에 또 죽음이 겹쳤단 말이냐?

코로스

자 보시오. 이제 그것은 더는 집안에 감추어져 있지
　않아요.

에우리디케의 시신이 들것에 운반되어 나온다

크레온

아아 슬프도다!
저기 두 번째 재앙이 보이는구나, 나야말로 비참하구나!　　1295
어떤, 아아, 어떤 운명이 나를 기다리고 있는 것일까?
아아 여기 내 손에 아직도 내 아들을 들고 있는데,
저기 벌써 다른 시신이 눈앞에 보이는구나!
아아 아아 가엾은 어미, 아아 내 아들!　　1300

사자

왕비님께서는 저기 저 제단 옆에서 예리한 칼로
자신을 찌르시고는 어두워지는 두 눈을 감으시며
먼저, 죽은 메가레우스[102]의 고귀한 운명을 위하여,
　다음에는
여기 누워 있는 이분의 운명을 위하여 우셨고,
마지막으로 아들들을 죽이신 나리께 악운을 비셨습니다.　　1305

좌 2

크레온

아아 아아

무서워서 못살겠구나. 쌍날칼로 앞에서

내 가슴을 찔러줄 자는 아무도 없느냐?

나야말로 비참하구나 아아,   1310

비참한 파멸과 섞였으니!

사자

그렇습니다. 이 아드님의 죽음도 저 아드님의 죽음도

돌아가신 이분께서는 나리의 탓으로 돌리셨습니다.

크레온

이분은 도대체 어떤 방법으로 죽어서 세상을 떠나셨느냐?

사자

---

102 메가레우스(Megareus)는 크레온의 아들로, 그의 애국적 죽음에 관한 이야기는 다음과 같다. 아르고스 군이 테바이를 압박하자, 크레온과 에테오클레스는 예언자 테이레시아스(Teiresias)를 불러오게 한다. 예언자는 그러나 카드모스가 옛날에 성벽 밖에 살던 신의 피를 받은 용(龍)을 죽인 까닭에 아레스가 노여워하고 있으며, 그를 달래기 위해서는 카드모스족 한 명을 제물로 바쳐야 한다고 말한다. 그런데 그때 순수한 스파르토이로서 남은 것은 크레온과 그의 두 아들뿐이다. 그런데 하이몬은 결혼을 했기 때문에 메가레우스가 죽어야 한다고 예언자가 말한다. 메가레우스가 델포이로 도망치겠다고 하자, 크레온은 여비를 마련해주려고 잠시 자리를 비우는데, 그사이 메가레우스는 성탑의 꼭대기로 달려가 스스로 목을 찌르고 전에 용이 살았던 소굴로 떨어진다(에우리피데스의 〈페니키아의 여인들(*Phoinissai*)〉 930~1018행 참조). 그러나 에우리피데스의 이 비극에서는 그의 이름은 메가레우스가 아닌 메노이케우스(Menoikeus)로 되어 있다.

이분께서는 아드님의 비참한 운명을 들으시고는,   1315
자기 손으로 자기 가슴을 찌르셨습니다.

좌 3

크레온

아아 슬프도다. 이 죄는 내 곁을 떠나
어떤 다른 사람에게도 굴러가지 않을 것이다.
내가, 내가 그대를 죽였으니까. 아아 괴롭구나!
내가 그랬어. 이건 정말이야. 나의 시종들이여,   1320
어서 빨리 나를 데려가거라, 길 밖으로 데려 나가거라!
나는 없는 것만도 못하니까.   1325

코로스장

구원의 말씀을 하시는군요. 재앙 속에 아직도 구원이 있다면
　말이오.
발 앞의 재앙은 짧을수록 좋은 법이니까요.

우 2

크레온

오게 하라, 오게 하라,
내 운명들 가운데 가장 아름다운 것이 나타나서
나에게 마지막 날을 가져다주게 하라.   1330
최고의 운명이 오게 하라, 오게 하라.

내가 더는 다른 날을 보지 않도록.

코로스장

그런 것들은 나중 일들이오. 지금은 당면한 일들을

처리해야하오. 그런 것들은 염려해야 할 분들이 염려할 것이오. 1335

크레온

내가 바라는 것들을 기도하였을 뿐이오.

코로스장

이제 더는 기도하지 마시오.

인간은 정해진 운명에서 벗어날 수 없으니까요.

우 3

크레온

나를 길 밖으로 데려 나가거라, 이 어리석은 인간을!

나는 본의 아니게, 내 아들아, 너를 죽였구나,   1340

그리고 그대까지도, 내 아내여! 아아 나야말로 비참하구나.

나는 어디로 시선을 돌려야 하고, 어디로 향해야 할지

  모르겠구나.

내 손에 있던 모든 것이 잘못되고,   1345

내 머리 위로

참을 수 없는 운명이 뛰어올랐음이라.

코로스

지혜야말로 으뜸가는 행복이라네.

그리고 신들에 대한 경의는

침범되어서는 안 되는 법. 1350
오만한 자들의 큰 소리는,
그 벌로 큰 타격들을 받게 되어,
늙어서 지혜를 가르쳐준다네.

작품 해설

아리스토텔레스는 그의 《시학》 제26장에서 비극은 서사시가 가진 요소들을 모두 가지고 있는 외에도 음악과 장경(場景, opsis)을 가지고 있을 뿐 아니라, 서사시보다 짧은 시간에 더 많은 효과를 산출할 수 있다는 점에서 가장 우수한 문학 장르라고 말한 바 있지만, 희랍 문학 전체를 통틀어 보더라도 희랍 비극은 희랍 민족이 정치적으로 그리고 정신적으로 가장 원숙한 경지에 이르렀을 때 나온 희랍 문학의 정수라고 할 수 있을 것이다.

왜냐하면 정치사의 관점에서 볼 때 서사시는 귀족체제의, 서정시는 참주체제(僭主體制)의, 비극은 민주체제의 산물이며, 문제사(問題史)의 관점에서 볼 때 서사시는 신화 탐구에, 서정시는 자연(physis) 탐구에, 비극은 인간 그 자체에 대한 탐구에 상응하는 문학 장르이기 때문이다.

기원전 6세기 페이시스트라토스(Peisistratos) 시대에 와서 세 명의 비극 시인들이 세 편의 비극(trilogia)과 한 편의 사티로스(satyros) 극으로 된 4부작(tetralogia)으로 우열을 가리는 비극 경연대회가 아테나의 국가적 행사인 대(大)디오니소스제(祭)의 일부가 되긴 했지만, 희랍 비극이 오늘날 우리가 알고 있는 그러한 깊이 있는 예술 장르가 될 수 있었던 것은 형식과 내용 면에서의 부단한 개선 노력과 축적된 경험의 결과이기도 하겠지만 무엇보다도 페르시아 전쟁의 처절한 체험과 기적 같은 승리가 아테나이인들에게 준 인간 정신의 가능성과 한계에 대한 각성과 "이 일을 해낸 것은 우리가 아니라 신들과 영웅들이었다"는 헤로도토스(Herodotos)《역사》제8권 109장의 말에서 볼 수 있는 것과 같은 신의 섭리에 대한 깊은 명상의 결과라고 해야 할 것이다.

아이스킬로스(Aischylos)는 사티로스 극을 포함하여 모두 90편의 극을 썼다고 하나 현존하는 7편의 비극들은 모두 페르시아 전쟁 이후의 작품들이고 그의 어느 작품도 그가 이 전쟁에서 몸소 체험한 신의 섭리라는 근본 사상을 떠나서는 이해하기 힘들 것이다. 시칠리아에 있는 그의 묘비명에서도 읽을 수 있듯이 그는 시인으로서보다는 마라톤의 전사(戰士)로서 후세에 기억되기를 원했을 만큼 이 역사적인 전쟁에 참가한 것을 평생 동안 자랑으로 여겼던 것이다. 그는 이 전쟁을 민족 간의 단순한 갈등이 아니라, 역사가 헤로도토스처럼 정의와 불의, 선과 악, 자유와 예속 간의 투쟁으로 보았으며, 희랍인들의 기적 같은 승리를 인간의 교만(hybris)을 응징하는 신의 섭리로 보았던 것이다.

그리하여 그는 이전의 작품들에서는 볼 수 없던 심오한 세계관과 종교관을 보여줌으로써 '종교적 명상가'가 되었고, 머리(G. Murray)

가 그를 '비극의 창조자'라고 한 까닭도 여기 있는 것이다.

아이스킬로스는 형식적인 면에서도 희랍 비극의 발전에 획기적인 공헌을 했는데 그가 처음으로 배우의 수를 두 명으로 늘리고 코로스(choros)의 역할을 줄여 대화(對話)가 비극의 중심이 되게 했으며(아리스토텔레스 《시학》 제4장 참조), 또 세 편의 비극이 통일된 전체를 이루는 이른바 '커넥티드 트릴러지(connected trilogy)' 기법을 처음으로 도입하였던 것이다.

그것은 그가 "인간은 자신의 죄과에 대한 신의 응징과 고난을 통하여 지혜에 도달한다"는 그의 근본 사상을 표현하는 수단으로서 저주받은 가문의 역사를 작품의 줄거리로 선택한 것과 밀접한 연관성이 있는 것으로 생각된다. 왜냐하면 그의 말처럼 인간의 죄과에 대한 신의 응징은 반드시 당대에서 나타나는 것이 아니라 아들 손자 대에 가서도 나타나기 때문이다.

그의 이러한 근본 사상들은 〈아가멤논〉, 〈코에포로이〉, 〈에우메니데스〉의 세 작품으로 된 3부작 《오레스테이아》에서 가장 원숙한 형태로 드러나고 있다. 아이스킬로스에게 열세 번째이자 마지막 우승을 안겨주었고 희랍 비극 전체를 통틀어 현존하는 유일한 3부작인 《오레스테이아》, 스윈번(Swinburne)이 "인간 정신의 위대한 성취"라고 찬양한 바 있고 괴테가 훔볼트(W. v. Humboldt)에게 보낸 1816년 9월 1일자 편지에서 그 첫 번째 작품인 〈아가멤논〉에 관하여 "예술작품 중의 예술작품"이며 "과거와 현재와 미래를 한눈에 볼 수 있도록 짜놓은 양탄자"라고 말한 《오레스테이아》야말로 익티노스(Iktinos)와 페이디아스(Pheidias)의 파르테논(Parthenon) 신전과 더불어 희랍 정신이 낳은 최대 걸작이며 그 웅장한 구상과 사상의 심오함에 있어서는 미켈란젤로의 벽화 정도나 이에 견줄 수 있을 것이다. 그만큼 이 작품에서는 그의 심오한 종교관이 원숙한 모습을 드러내고 있을 뿐 아니라, 희랍 비극이 서정시의 우위에서 산문의 우위로, 무용에서 행동으로, 춤추는 가수(歌手)에서 대사를 외우는 배우로 발전해나가는 전체적인 과정에서 이 양자의 조화와 균형이 이 작품에서처럼 성공적으로 이룩된 예가 없으며, 형식적인 면에서 고전주의적 완성에 도달하지 못한 채 아르카익(archaique) 시대적 요소들을 많이 내포하고 있는 이 작품에서는 이러한 요소들이 오히려 특유의 생동감과 직접성과 깊이를 더해주고 있기 때문이다.

아이스킬로스의 언어는 장중하면서도 음악적이고 그의 표현은 대담한 비유와 은유로 가득 차 있으며, 그의 작품에서는 서정적 부분, 즉 코로스의 노래들이 그의 후계자들의 작품에서보다도 양(量)도 많을 뿐 아니라 극의 진행과 결말을 암시한다는 점에서도 훨씬 중요한 의미를 갖는다.

아이스킬로스가 '비극의 창조자'라면 소포클레스(Sophokles)는 '희랍 비극의 완성자'라고 할 수 있을 것이다.

희랍의 3대 비극 작가를 페르시아 전쟁과 관련지어, 아이스킬로스는 이 전쟁에 전사로서 직접 참가하였고, 소포클레스는 이 전쟁에서의 승리를 축하하기 위해 찬신가(讚神歌, paian)를 부른 소년 합창단을 지휘했으며, 에우리피데스(Euripides)는 살라미스(Salamis) 해전에서 희랍군이 승리를 쟁취하던 날에 태어났다고 하는 일화가 전해지고 있는데, 앞의 두 사건은 사실이었던 것으로 생각되나 마지막 사건은 확실한 근거가 없는 것으로 생각된다.

그러나 이 일화는 여러 가지 중요한 사건을 동시에 일어난 것으로 기록하려는 고대 문학사들의 싱크로니즘(synchronism)적 경향에서 비롯된 것이라 하더라도 이 세 작가들의 작품과 사상을 이해하는 데 상징적인 의미를 갖는 것으로 생각된다. 아이스킬로스는 조국의 위대한 승리의 순간에 직접 참여함으로써 신의 의지와 섭리를 몸소 체험하였고, 소포클레스는 조국 아테나이에 영광스런 미래가 약속되는 순간에 장래가 촉망되는 훌륭한 가문의 미소년으로서 조국의 영광을 노래하였고, 에우리피데스는 조국의 영광된 순간을 다른 세대에 속하는 사람들로부터 전해 들었을 뿐으로, 이러한 체험의 차이는 그들의 인생관, 세계관, 종교관에서도 이에 상응하는 차이를 유발했기 때문이다.

다시 말해서 직접 전쟁에 참가하여 신의 섭리와 신의 위대함을 절실하게 체험한 아이스킬로스의 작품에서는 신과 인간의 관계에서 신의 의지가 인간의 의지보다 더 중요한 역할을 한다는 점에서 인간보다는 신이 오히려 극의 주역이고 인간은 신의 의지의 구현 도구로서 결국 신의 의지에 순응하고 귀의하는 반면에, 페르시아 전쟁에 뒤이은 조국 아테나이의 가장 영광된 시기와 더불어 펠로폰네소스(Peloponnesos) 전쟁으로 인하여 아테나이의 미래에 어두운 그림자가 드리워지던 불안한 시기를 겪어야 했던 소포클레스의 작품에서는 인간의 한계와 더불어 인간의 위대함이 주제를 이루고 있다는 점에서 그리고 신의 의지보다는 인간의 의지가 결정적인 역할을 한다는 점에서 신이 아닌 인간이 극의 주역이며, 조국의 영광스런 순간을 단지 전해 들었을 뿐인 에우리피데스는 전통적인 세계관과 종교관에 회의적이고 사변적인 해석을 가하고 있는 것이다.

앞서 말한 사상적인 측면에서뿐만 아니라 형식적인 측면에서도 소포클레스는 '희랍 비극의 완성자'이다. 그는 처음으로 제3의 배우를 사용하고 무대배경을 개량 또는 도입하였으며, 코로스의 구성원의 수를 12명에서 15명으로 늘려 코로스장(長)을 제외한 14명을 7명씩으로 나누어 두 개의 반(半)코로스를 구성했으며, 아이스킬로스가 개발한 '커넥티드 트릴러지' 기법을 버렸는데, 그것은 그의 작품에서는 신의 의지보다는 인간의 의지가 강조되고 하나의 인격체로서의 인간이 주역이 됨으로써 개개 작품들이 하나의 독립적인 전체를 이루기 때문이다.

그의 작품에 등장하는 인물들은 외적인 사건이 아니라 자신의 성격과 과실에 의해서 파멸하게 되는데 비록 인간적인 결함을 갖고 있기는 하지만 대체로 영웅적이고 고상한 동기에 의해 움직인다. 아리스토텔레스에 따르면 소포클레스가 자기는 이상적인 인간을, 그리고 에우리피데스는 있는 그대로의 인간을 그린다고 말했다고 하는데 그가 그렇게 말한 까닭도 필경 이런 데 있을 것이다.

소포클레스 극의 대화들은 단순하면서도 품위가 있어 그의 이상주의적 주인공들의 성격에 적합하다 할 것이다. 그의 작품에 나오는 서정적 부분들은 아이스킬로스의 그것들만큼 극중에서 중요한 역할을 하지는 않지만 매우 우아하고 장엄한 편이다.

소포클레스는 모두 120여 편의 극을 써서 18번 우승했다고 하는데 지금은 비극 7편만이 남아 있다. 이 중에서 그의 대표작이라면 역시 현존하는 그의 7편의 비극 가운데 연대적으로 중기에 해당하는 〈오이디푸스 왕〉일 것이다.

왜냐하면 앞에서 단편적으로 지적한 그의 사상적·형식적 특징들이 이 작품에서 가장 원숙하게 표출되어 있고, 극의 구성이란 측면에서도 유례가 없을 정도로 치밀하게 짜여 있기 때문이다. 서양문학의 대표적인 분석극(分析劇)이라 할 이 작품에서는 친부 살해(親父殺害)와 어머니와의 결혼이라는 극의 중요한 사건들은 극이 시작하기 여러 해 전에 있었던 일들이고 극 자체는 단순히 '비극적 분석'을 보여줄 뿐이다. 그러나 이러한 '비극적 분석'은 극의 서두에서 인자한 통치자로서의 모습을 보여주던 오이디푸스가 포키스(Phokis)의 삼거리에서 아버지 라이오스(Laios)를 죽인 흉악한 살인범과 동일인이고, 오이디푸스가 아내라고 믿던 이오카스테(Iokaste)가 다름 아닌 그의 어머니이고, 라이오스가 살해된 삼거리에서 유일하게 도망쳐온 하인이 오이디푸스를 그의 부모의 명령에 따라 산에 갖다버린 목자(牧者)와 동일인이고, 코린토스에서 온 사자(使者)가 앞서 말한 라이오스의 하인으로부터 오이디푸스를 받아 코린토스 왕 폴리보스(Polybos)의 양자(養子)가 되게 했던 코린토스의 목자와 동일인이 되는 것과 같은 연극상의 기법과, 어머니와 결혼하는 것을 두려워하고 있는 오이디푸스를 안심시키기 위해 코린토스의 사자가 그의 신분을 밝힌 것이 오히려 그를 결정적인 파멸로 인도하고, 라이오스의 살해범을 찾아내겠다는 오이디푸스의 순수한 열성과 성실한 노력이 오히려 그를 파국으로 이끄는 것과 같은 '비극적 아이러니'를 통하여 관객이나 독자를 숨 막히는 극적 긴장 속으로 몰아넣음으로써 짧은 시간에 극적 긴장을 지속적으로, 집중적으로 고조시키는 분석극 특유의 효과를 마음껏 발휘하고 있다.

그러나 이 작품을 그의 대표작으로, 아니 희랍 비극 중에서도 가장 고전적인 작품으로 만든 것은 이러한 치밀한 구성과 원숙한 기법 외에도 자신의 파멸을 초래할줄 뻔히 알면서도 이오카스테의 만류를 뿌리치고 자신의 신분을 끝까지 밝히고 말겠다는 오이디푸스의 확고한 의지와, 상상하기도 두려운 처참한 파멸 속에서도 오이디푸스가 보여주는 인간으로서의 존엄일 것이다.

흔히 희랍 비극을 가리켜 '운명 비극'이라 하지만 오이디푸스는 결코 운명의 단순한 제물은 아니다. 그는 마지막 순간에도 맹목적 생존을 위해 자신의 인간적 존엄을 포기할 수만 있었다면 파멸에서 벗어날 수 있었던 것이다. 그러나 그는 파멸할 줄 알면서도 자신의 의지를 굽히지 않았고, 또 그렇게 함으로써 진정한 의미의 비극의 주인공이 될 수 있었던 것이다. 왜냐하면 진정한 의미의 비극이란, 신 또는 외부로부터의 의지와 인간 또는 내부로부터의 의지 사이의 갈등과 대립이라는 절망적이고 가망 없는 투쟁에서도 타협을 거부하고, 파멸 속에서도 인간으로서의 위대함과 존엄을 지키고 보여주는 데 있기 때문이다.

옮긴이

소포클레스 연보

BC 496(?)년 아테네 근교 콜로노스에서 태어났다.
BC 468년 디오니소스제 비극 경연 대회에서 아이스킬로스를 꺾고 처음으로 우승했다.
BC 443년 페르시아 전쟁 뒤 재침공에 대비해 맺어진 델로스 동맹의 재무관을 역임했다.
BC 441년 〈안티고네〉가 초연되었다.
BC 428년 〈오이디푸스 왕〉이 초연되었다. 이 작품의 초연 시기는 BC 428~425년으로 추정된다.
BC 413년 아테네가 시라쿠사 원정에서 대패한 후 고위직 조언자로 활동했다.
BC 406년 90여 세의 나이로 사망했다.

아이스킬로스 연보

BC 525(?)년 아테네 인근 엘레우시스에서 귀족 가문의 아들로 태어났다.
BC 490년 마라톤 전투에 참전했다.
BC 484년 디오니소스제 비극 경연에서 처음으로 우승했다.
BC 480년 살라미스 해전에 참전했다. 이 경험은 〈페르시아인들〉에 반영되었다.
BC 467년 〈테바이를 공격한 일곱 장수〉가 초연되었다.
BC 458년 대표작인 오레스테이아 3부작이 발표되었다.
BC 456년 시칠리아에서 사망했다.

옮긴이 **천병희**

서울대학교 문리대 독문과 및 동 대학원 졸업. 동 대학원 문학박사, 독일 하이델베르크대학교에서 5년간 독문학 및 고전문학을 수학했으며 북바덴 주정부 시행 희랍어 자격시험(Graecum) 및 라틴어 자격시험(Groβes Latinum)에 합격한 바 있다. 단국대학교 인문학부 명예 교수를 지냈으며, 2022년 타계했다. 역서로 오비디우스의 《변신이야기》, 베르길리우스의 《아이네이스》, 아폴로도로스의 《원전으로 읽는 그리스 신화》, 호메로스의 《일리아스》, 《오뒷세이아》, 아리스토텔레스의 《시학》 및 호라티우스의 《시학》, 아이스킬로스의 《자비로운 여신들》, 《결박된 프로메테우스》, 에우리피데스의 《메데이아》, 《히폴뤼토스》, 《알케스티스》, 《헬레네》, 《트로이아의 여인들》, 아리스토파네스의 《구름》, 《새》, 《뤼시스트라테》, 《개구리》 등 다수가 있다.

오이디푸스 왕·안티고네 외

1판 1쇄 발행 1983년 6월 15일
4판 1쇄 발행 2025년 4월 28일

지은이 소포클레스·아이스킬로스 | 옮긴이 천병희
펴낸곳 (주)문예출판사 | 펴낸이 전준배
출판등록 2004. 02. 11. 제 2013-000357호 (1966. 12. 2. 제 1-134호)
주소 04001 서울시 마포구 월드컵북로 21
전화 02-393-5681 | 팩스 02-393-5685
홈페이지 www.moonye.com | 블로그 blog.naver.com/imoonye
페이스북 www.facebook.com/moonyepublishing | 이메일 info@moonye.com

ISBN 978-89-310-2488-3 04800
ISBN 978-89-310-2365-7 (세트)

• 잘못 만든 책은 구입하신 서점에서 바꿔드립니다.

문예출판사® 상표등록 제 40-0833187호, 제 41-0200044호

문예세계문학선

★ 서울대, 연세대, 고려대 필독 권장 도서 ▲ 미국대학위원회 추천 도서
● 《타임》 선정 현대 100대 영문 소설 ▽ 《뉴스위크》 선정 세계 100대 명저

	1 젊은 베르테르의 슬픔 괴테 / 송영택 옮김	34 지상의 양식 앙드레 지드 / 김붕구 옮김
▲▽	2 멋진 신세계 올더스 헉슬리 / 이덕형 옮김	35 체호프 단편선 안톤 체호프 / 김학수 옮김
▲●▽	3 호밀밭의 파수꾼 J. D. 샐린저 / 이덕형 옮김	36 인간 실격 다자이 오사무 / 오유리 옮김
	4 데미안 헤르만 헤세 / 구기성 옮김	37 위기의 여자 시몬 드 보부아르 / 손장순 옮김
	5 생의 한가운데 루이제 린저 / 전혜린 옮김	●▽ 38 댈러웨이 부인 버지니아 울프 / 나영균 옮김
	6 대지 펄 S. 벅 / 안정효 옮김	39 인간희극 윌리엄 사로얀 / 안정효 옮김
●▽	7 1984 조지 오웰 / 김승욱 옮김	40 오 헨리 단편선 O. 헨리 / 이성호 옮김
▲●▽	8 위대한 개츠비 F. 스콧 피츠제럴드 / 송무 옮김	★ 41 말테의 수기 R. M. 릴케 / 박환덕 옮김
▲●▽	9 파리대왕 윌리엄 골딩 / 이덕형 옮김	42 파비안 에리히 케스트너 / 전혜린 옮김
	10 삼십세 잉게보르크 바흐만 / 차경아 옮김	★▲▽ 43 햄릿 윌리엄 셰익스피어 / 여석기 옮김
★▲	11 오이디푸스왕·안티고네 소포클레스·아이스킬로스 / 천병희 옮김	44 바라바 페르 라게르크비스트 / 한영환 옮김
		45 토니오 크뢰거 토마스 만 / 강두식 옮김
★▲	12 주홍글씨 너새니얼 호손 / 조승국 옮김	46 첫사랑 이반 투르게네프 / 김학수 옮김
▲●▽	13 동물농장 조지 오웰 / 김승욱 옮김	47 제3의 사나이 그레이엄 그린 / 안흥규 옮김
★	14 마음 나쓰메 소세키 / 오유리 옮김	★▲▽ 48 어둠의 속 조셉 콘래드 / 이덕형 옮김
★	15 아Q정전·광인일기 루쉰 / 정석원 옮김	49 싯다르타 헤르만 헤세 / 차경아 옮김
	16 개선문 레마르크 / 송영택 옮김	50 모파상 단편선 기 드 모파상 / 김동현·김사행 옮김
★	17 구토 장 폴 사르트르 / 방곤 옮김	51 찰스 램 수필선 찰스 램 / 김기철 옮김
	18 노인과 바다 어니스트 헤밍웨이 / 이경식 옮김	★▲▽ 52 보바리 부인 귀스타브 플로베르 / 민희식 옮김
	19 좁은 문 앙드레 지드 / 오현우 옮김	53 페터 카멘친트 헤르만 헤세 / 박종서 옮김
★▲	20 변신·시골 의사 프란츠 카프카 / 이덕형 옮김	54 몽테뉴 수상록 몽테뉴 / 손우성 옮김
★▲	21 이방인 알베르 카뮈 / 이휘영 옮김	55 알퐁스 도데 단편선 알퐁스 도데 / 김사행 옮김
	22 지하생활자의 수기 도스토옙스키 / 이동현 옮김	56 베이컨 수필집 프랜시스 베이컨 / 김길중 옮김
★	23 설국 가와바타 야스나리 / 장경룡 옮김	★▲ 57 인형의 집 헨리크 입센 / 안동민 옮김
★▲	24 이반 데니소비치의 하루 A. 솔제니친 / 이동현 옮김	★ 58 소송 프란츠 카프카 / 김현성 옮김
		★▲ 59 테스 토머스 하디 / 이종구 옮김
	25 더블린 사람들 제임스 조이스 / 김병철 옮김	★ 60 리어왕 윌리엄 셰익스피어 / 이종구 옮김
★	26 여자의 일생 기 드 모파상 / 신인영 옮김	61 라쇼몽 아쿠타가와 류노스케 / 김영식 옮김
	27 달과 6펜스 서머싯 몸 / 안흥규 옮김	▲▽ 62 프랑켄슈타인 메리 셸리 / 임종기 옮김
	28 지옥 앙리 바르뷔스 / 오현우 옮김	▲●▽ 63 등대로 버지니아 울프 / 이숙자 옮김
★▲	29 젊은 예술가의 초상 제임스 조이스 / 여석기 옮김	64 명상록 마르쿠스 아우렐리우스 / 이덕형 옮김
▲	30 검은 고양이 애드거 앨런 포 / 김기철 옮김	65 가든 파티 캐서린 맨스필드 / 이덕형 옮김
★	31 도련님 나쓰메 소세키 / 오유리 옮김	66 투명인간 H. G. 웰스 / 임종기 옮김
	32 우리 시대의 아이 외된 폰 호르바트 / 조경수 옮김	67 게르트루트 헤르만 헤세 / 송영택 옮김
	33 잃어버린 지평선 제임스 힐턴 / 이경식 옮김	68 피가로의 결혼 보마르셰 / 민희식 옮김

(뒷면 계속)

★	69 팡세	블레즈 파스칼 / 하동훈 옮김
	70 한국 단편 소설선	김동인 외
	71 지킬 박사와 하이드	로버트 L. 스티븐슨 / 김세미 옮김
▲	72 밤으로의 긴 여로	유진 오닐 / 박윤정 옮김
★▲▽	73 허클베리 핀의 모험	마크 트웨인 / 이덕형 옮김
	74 이선 프롬	이디스 워튼 / 손영미 옮김
	75 크리스마스 캐럴	찰스 디킨스 / 김세미 옮김
★▲	76 파우스트	요한 볼프강 폰 괴테 / 정경석 옮김
▲	77 야성의 부름	잭 런던 / 임종기 옮김
★▲	78 고도를 기다리며	사뮈엘 베케트 / 홍복유 옮김
★▲▽	79 걸리버 여행기	조너선 스위프트 / 박용수 옮김
	80 톰 소여의 모험	마크 트웨인 / 이덕형 옮김
★▲▽	81 오만과 편견	제인 오스틴 / 박용수 옮김
★▽	82 오셀로·템페스트	윌리엄 셰익스피어 / 오화섭 옮김
★	83 맥베스	윌리엄 셰익스피어 / 이종구 옮김
▽	84 순수의 시대	이디스 워튼 / 이미선 옮김
★	85 차라투스트라는 이렇게 말했다	니체 / 황문수 옮김
★	86 그리스 로마 신화	에디스 해밀턴 / 장왕록 옮김
	87 모로 박사의 섬	H. G. 웰스 / 한동훈 옮김
	88 유토피아	토머스 모어 / 김남우 옮김
★▲	89 로빈슨 크루소	대니얼 디포 / 이덕형 옮김
	90 자기만의 방	버지니아 울프 / 정윤조 옮김
▲	91 월든	헨리 D. 소로 / 이덕형 옮김
	92 나는 고양이로소이다	나쓰메 소세키 / 김영식 옮김
★	93 폭풍의 언덕	에밀리 브론테 / 이덕형 옮김
★▲	94 스완네 쪽으로	마르셀 프루스트 / 김인환 옮김
★	95 이솝 우화	이솝 / 이덕형 옮김
★	96 페스트	알베르 카뮈 / 이휘영 옮김
▲	97 도리언 그레이의 초상	오스카 와일드 / 임종기 옮김
	98 기러기	모리 오가이 / 김영남 옮김
★▲	99 제인 에어 1	샬럿 브론테 / 이덕형 옮김
★▲	100 제인 에어 2	샬럿 브론테 / 이덕형 옮김
	101 방황	루쉰 / 정석원 옮김
	102 타임머신	H. G. 웰스 / 임종기 옮김
●	103 보이지 않는 인간 1	랠프 엘리슨 / 송무 옮김
●	104 보이지 않는 인간 2	랠프 엘리슨 / 송무 옮김
▲	105 훌륭한 군인	포드 매덕스 포드 / 손영미 옮김
	106 수레바퀴 아래서	헤르만 헤세 / 송영택 옮김
▲	107 죄와 벌 1	표도르 도스토옙스키 / 김학수 옮김
▲	108 죄와 벌 2	표도르 도스토옙스키 / 김학수 옮김
	109 밤의 노예	미셸 오스트 / 이재형 옮김
	110 바다여 바다여 1	아이리스 머독 / 안정효 옮김
	111 바다여 바다여 2	아이리스 머독 / 안정효 옮김
	112 부활 1	레프 톨스토이 / 김학수 옮김
	113 부활 2	레프 톨스토이 / 김학수 옮김
▲●	114 그들의 눈은 신을 보고 있었다	조라 닐 허스턴 / 이미선 옮김
	115 약속	프리드리히 뒤렌마트 / 차경아 옮김
	116 제니의 초상	로버트 네이선 / 이덕희 옮김
	117 트로일러스와 크리세이드	제프리 초서 / 김영남 옮김
	118 사람은 무엇으로 사는가	레프 톨스토이 / 이순영 옮김
	119 전락	알베르 카뮈 / 이휘영 옮김
	120 독일인의 사랑	막스 뮐러 / 차경아 옮김
	121 릴케 단편선	R. M. 릴케 / 송영택 옮김
	122 이반 일리치의 죽음	레프 톨스토이 / 이순영 옮김
	123 판사와 형리	F. 뒤렌마트 / 차경아 옮김
	124 보트 위의 세 남자	제롬 K. 제롬 / 김이선 옮김
	125 자전거를 탄 세 남자	제롬 K. 제롬 / 김이선 옮김
	126 사랑하는 하느님 이야기	R. M. 릴케 / 송영택 옮김
	127 그리스인 조르바	니코스 카잔차키스 / 이재형 옮김
	128 여자 없는 남자들	어니스트 헤밍웨이 / 이종인 옮김
	129 사양	다자이 오사무 / 오유리 옮김
	130 슌킨 이야기	다니자키 준이치로 / 김영식 옮김
	131 실종자	프란츠 카프카 / 송경은 옮김
	132 시지프 신화	알베르 카뮈 / 이가림 옮김
	133 장미의 기적	장 주네 / 박형섭 옮김
	134 진주	존 스타인벡 / 김승욱 옮김
	135 황야의 이리	헤르만 헤세 / 장혜경 옮김